The

Survived Alchemist

with a dream of quiet town life.

04 book four

written by Usata Nonohara
illustration by ox

Kadokawa Fantastic Novels

我到底睡了多久啊……
算了，沒差。那傢伙大概也醒了吧。
肚子也餓了，久違地回去一次吧！
哦！
來得正好。
ずしん

嘎啊啊啊!!
超煩。
叮!
呼~
就叫那傢伙用這種肉做飯

嗷嗚—
吼嚕嚕…
嗷嗚…
這是怎樣，魔物增加太多了吧？
唉…
吾賜予食糧，
汝應以烈火吞噬無數吾之仇敵。
「火柱亂生」。

報…報告！
於魔森林發現異常強大的魔力反應！
有人一邊隨地施放魔法，一邊接近迷宮都市？
是的，目前正在調查其身分。
究竟是誰…難道不是人類…？
目前還不確定對方是敵人吧。
命令馭蟲師調查其身分。
別被對方察覺了。
是！

嗡嗡～
呵。
很高興有人來迎接我了。來吧，替我帶路。
嗷嗚嗚…
嗚～
嗚～
都已經這麼靠近城市了…
ひゅっ
那傢伙都在偷懶嗎？

唔！
怎麼了？
被察覺了……
你說什麼!?
馭蟲師的魔蟲與普通昆蟲沒有兩樣……
對方竟能一眼看穿……
難道不是會錯意嗎？
對方向蟲說「替我帶路」。
……這樣啊。那麼，對方是什麼樣的人？
您親自看看比較快。

ギィ…
我是都市防衛隊的隊長，名叫凱特。
您似乎是位實力高強的冒險者。
能請教您來訪的目的嗎？
我叫作芙蕾琪嘉，是來找我徒弟的
能讓我進去嗎？
請問您的徒弟是誰呢？
我討厭拐彎抹角。
你們不想讓我進去嗎？

絕…絕對沒有那回事！
為了避免失禮，好好款待貴賓，我只是想請教幾個問題…
我不會傷害這座城市的。
我徒弟的名字叫作瑪莉艾拉。

倖存
鍊金術師的
城市慢活記

The survived alchemist
with a dream of quiet town life.

[作者]のの原兎太
[插畫]ox

written by Usata Nonohara
Illustration by ox

04
book four

Kadokawa Fantastic Novels

ANNVS VENTORVM-ANNVS SO
ANNVS STELLATVS-ANNVS
Mercurius Philosophorum
Mercurius corporeum
Sulphur Fixum
Sulphur Æthiorum
Sal Centrale
Sal Elementorum
Ignes Quatuor ad opus reperiuntur
Mercurius Vulgaris
Sulphur Combustibile
Sal Terrenum

The survived alchemist
with a dream of quiet town life.

04 Contents

The
Survived
Alchemist
with a dream
of quiet town life.

04

book four

序章

於焦土萌芽

Prologue

01

恐懼的泉源——究竟是什麼樣的東西呢？

對率領迷宮討伐軍，靠著劍與魔法，以及自身的肉體來對抗強大魔物的金獅子將軍萊恩哈特而言，恐懼正是必須克服的感情。

萊恩哈特擁有的技能「獅子咆哮」能夠提昇軍隊的戰鬥力。率領以一擋百的勇猛士兵，將軍卻因恐懼而顫抖的話，根本不可能充分發揮其力量。

正因為如此，萊恩哈特為了使自己隨時保持在堅強且冷靜的狀態下，他時常捫心自問：自己究竟對什麼感到恐懼。

例如魔森林——白天依然幽暗的茂密樹林中，隨時流竄著魔物氣息的魔性之地。裡頭究竟有多少魔物棲息？潛伏著多麼強大的魔物？在這樣的地方，就連開在腳下的嬌嫩花朵也可能帶著含下一口花蜜就會永遠沉睡的劇毒。

例如流經迷宮都市地下的大水道——城市的廢水匯集而成的廣大水脈似乎存在可怕的魔物，使人不禁將腳下的地面想像成遲早會崩塌的脆弱舞臺。

（未知——面對強大的對手而無法推知其能耐，就會招來恐懼。）

正因為如此，迷宮討伐軍擁有負責探索的斥候部隊。他們會探索新的樓層，確保路線的安全，並調查該地的魔物種類、數量與弱點。即使是強度超越迷宮討伐軍的魔物，只要基於充足的情報，擬定適當的計畫再挑戰，就並非無法戰勝。

金獅子將軍萊恩哈特相信，比起自己的技能「獅子咆哮」的效果，人類的智慧才是排除萬難、克服恐懼、開拓未來的關鍵。

他還不知道，超越了他的理解能力，甚至能為既有典範帶來變革的人物正從魔森林深處的荒涼大地覺醒。被譽為「炎災」的這號人物一覺醒，便立刻將襲擊而來的A級強敵——地龍燒成焦黑的肉塊。這名可怕的魔法師看準了迷宮都市，正在逐步逼近，而萊恩哈特對此仍渾然不知。

02

『我是炎災，我現在在焦土。』

我想起來了，我有點睡過頭了。雖然不知道是不是「有點」。大家早安。今天真是吃烤肉的好天氣。

嗯，魔力的循環沒有異常，反而狀況絕佳。我用早安之火把三隻地龍烤過頭了，害得我連早餐也沒得吃。不對，現在不是吃早餐的時間，因為太陽已經升到頗高的位置。重點是我好餓。那傢伙一定也已經醒了，我就去道個午安，順便一起吃頓飯吧。只要帶點美味的肉去，她大概會高興地做些什麼給我吃吧。

喔！地龍來得正好。剛才的三隻地龍被我烤過頭，現在又有其他地龍來了。地龍明明塊頭很大卻很靈巧，會連續放出一堆石槍，實在是煩死人了。你們是刺蝟嗎？我不管三七二十一，朝牠們張開的嘴巴放出爆炎魔法，炸掉牠們的頭。這次很順利。頸部以下的肉沒有烤焦，還是生的，這下有食材啦。打倒獵物後應該要放血，但太麻煩了，直接帶走吧。

嗯，我本來想搬，可是這麼大的東西好重，我搬不動。我用風刃切下最好吃的背部，用附近的葉子包起來帶走。雖然有點浪費，剩下的還是要燒掉。因為魔物吃到地龍這種強大魔物的肉就有可能會進化，所以把屍體徹底焚燬，連同魔力一起歸還至地脈才有公德心。

我只拿走要吃的部分，剩下的就讓地脈回收。

我很想讚揚自己的模範行為，但美味的烤肉香氣似乎造成了反效果，引來一大堆魔森林的雜兵。這就叫作不請自來。我可沒有發烤肉派對的邀請函給你們。

這是怎樣，增加太多了吧？最近大家都偷懶不打獵嗎？

「吾賜予食糧，汝應以烈火吞噬無數吾之仇敵——『火柱亂生』。」

火焰〜！

我引燃火柱，燒光這些雜兵。

喔～燒得真旺。這些魔物平常的伙食真不賴啊。就是因為吃得肥滋滋的，才會燒得這麼旺嘛～我都放出這麼多火柱了，有沒有人會來迎接我啊？我實在懶得走路耶。

＊03

圍繞迷宮都市的外牆是由都市防衛隊負責戒備。

這座城市的第一要務是討伐迷宮，因此強者都會被迷宮討伐軍召集，都市防衛隊的戰力頂多只能對付C級的半獸人王率領的半獸人群。所以負責看守的士兵都是擅於感應魔力的人，一旦發現有強大魔物接近，他們就會馬上向迷宮討伐軍報告。話雖如此，他們也日夜守衛著區隔魔森林與迷宮都市的外牆，曾多次見識迷宮討伐軍擊敗可怕的魔森林魔物。這些士兵都有一定的膽識，不論出現什麼樣的魔物，他們都能靠著平時的訓練冷靜應對。

如此足以信賴的其中一名衛兵卻帶著蒼白臉色，極為慌亂地衝進都市防衛隊的值班處。

「報……報告！於魔森林西南部約十公里處發現異常強大的魔力反應！」

接到報告的都市防衛隊隊長——凱特對衛兵的緊張神情感到驚訝，但還是冷靜地聆聽他報告狀況。

「魔森林西南部……是地龍嗎？」

「不，反應遠比地龍還要強大！從魔力的感覺來判斷，恐怕是人類……」

人類再怎麼模仿野獸的叫聲，除非經過大量的訓練，否則還是聽得出是人類的聲音。魔力也一樣，在某種程度上能判斷究竟是出於人類還是魔物。可是，鮮少有人類能夠放出比地龍還要強大的魔力。

理解事情的嚴重性後，凱特隊長立刻向身為上司的上校報告。

「到底是什麼人？是今天出發的冒險者嗎？」

「不，今天出發的冒險者並沒有B級以上的人！」

魔森林的西南部只有廣大的樹林，根本沒有村落。既然不是從迷宮都市出發的冒險者，究竟是誰基於什麼目的，才會使用那麼強大的魔法呢？

凱特隊長正在針對今天離開迷宮都市的冒險者進行報告時，又有其他的傳令兵衝了進來。這個傳令兵的臉色更加蒼白。

「報告！於魔森林西南部約九公里處再次發現強大的魔力反應！」

「什麼！愈來愈近了嗎……繼續觀測。我要去向迷宮討伐軍報告。凱特隊長去加強西南門的防禦。」

「是！」

凱特隊長迅速敬禮，帶著部下前往西南門。

這是先前的巨大史萊姆事件發生以來的……不，肯定是更加嚴重的事件。

都市防衛隊的戰力薄弱。不過，說到守護迷宮都市的志氣，他們也不會輸給迷宮討伐軍。

由於任務的危險性較低，隊裡聚集了許多家世良好但欠缺戰力的人。「弱者才加入都市防衛隊」的印象愈是根深蒂固，士兵的熱情和道德意識都會降低，甚至被市民看輕，影響到任務的執行。因此，都市防衛隊目前的定位是「兼具品行與智慧的部隊」。泰魯托的繼任者——現任上校特別提出「化身市民之盾」的方針，要求士兵面對平民和冒險者時都要保持禮貌且正直的態度。於是，都市防衛隊的形象有了驚人的提昇。

迷宮討伐軍只有在大規模遠征的遊行或發生大事時會出現在民眾面前，除此之外都只是不為人知地探索迷宮；和他們相比，都市防衛隊與市民的接觸機會本來就比較多。在許多居民都不會讀書寫字的城市裡，家教良好的都市防衛隊士兵總是彬彬有禮地對待居民，當然會受歡迎了。

特別是年輕女孩，她們發現都市防衛隊的薪水雖然比迷宮討伐軍低，危險性卻也比較低，所以很穩定。迷宮討伐軍有許多不能說的誓約與祕密，都市防衛隊則有豐富的話題且具備紳士風範。他們簡直是買到賺到的優良物件。

能受年輕女孩歡迎事情就簡單了。不管是紳士還是知識分子，本質都很單純。如果人氣的祕訣是紳士風範，那就鑽研這一點吧。轉型成雅痞紳士團體的都市防衛隊為了以市民之盾的英姿化解這次的危機，並且贏得心儀女孩的歡呼，所有人立刻採取行動。

在凱特隊長的指揮之下，他們馬上加強西南門的防禦，把附近的女孩送回家，仔細觀察逐漸靠近的人物接下來的動向。

04

對此，泰魯托顧問的反應是——

「迷宮討伐軍？要去找萊恩哈特將軍閣下？我……我也要去！也帶我去吧！」

「……泰魯托顧問，您知道這是緊急情況嗎？」

「我當然知道！如果我沒有記錯，今天這段時間的萊恩哈特將軍閣下要和維斯哈特副將軍閣下一起在迷宮討伐軍的基地開定期會議！」

一想到能和自己崇拜的金獅子將軍見面，泰魯托顧問馬上抓住機會。沒想到泰魯托對強者的喜好在這種時候依然健在。上頭或許該乾脆禁止他與將軍接觸。

由於泰魯托極度白目的態度，反而恢復冷靜的都市防衛隊上校表示「沒有時間猶豫了」，於是帶著泰魯托顧問前往迷宮討伐軍的基地。

『我是炎災，我現在在河邊。』

我見過這條河。這裡是安妲爾吉亞王國地下大水道的其中一條支流，會流入南方的河川。

因為我用魔法暢行無阻，很快就抵達了。不過～就算有用魔法，腳的長度還是很重要。這都是多虧我腳長呢！

我記得這條河本來有座橋，現在卻完全不見蹤影。

看來這附近已經很久沒有人經過了。真是怠慢。生長在這一帶的水果可以釀成非常美味的酒，竟然沒有人來採集。美酒豈能放棄！

我火冒三丈，於是砍倒附近的幾棵大樹，架起簡易的橋。打倒魔物之後我才發現，這條河川兩側的魔物強度有差距。架了橋可能會讓強大的魔物跑到河川對面的安妲爾吉亞王國，不過算了，無所謂。採得到能釀出好酒的水果肯定比較重要。

美酒和佳餚——那傢伙做的下酒菜實在好吃。一想到這裡，我發現一件事。

要是有強大的魔物跑到安妲爾吉亞王國，那傢伙會超生氣。她還是個乳臭未乾的小鬼頭時，就老是告誡我不可以給別人添麻煩。

以前我只是開個小玩笑，用巨人蝸牛的黏液在整張臉上製造假的濕疹(顆粒)來裝病，後來就被她臭罵了一頓。

要是她又罰我吃蝸牛全餐怎麼辦？雖然還不錯吃，但要是連續好幾天的三餐都吃蝸牛，我就要內牛滿面了。

當時我用這個諧音笑話得到她的原諒，但再講一次應該行不通吧。

我想著想著，又有魔物聚集過來了。

雖然比焦土那邊還要弱很多，卻有相當多B級的魔物。例如狂熊。這傢伙的肝臟是很好的素材，但一隻一隻打倒很花時間，而且我已經有地龍的肉能當伴手禮了。嗯，那就全部燒了吧。

「『火柱亂生』。」

火焰～！

狼煙務求明確，狩獵務求精確。要是連森林都燒掉就暫時沒肉可吃了，所以我用火柱精準地燒掉了魔物。不是我要說，控制得真不賴。雖然找回手感是很好，但我真的餓扁了。

王國那邊也差不多該看到火柱了吧～還沒有人要來接我嗎～

05

「有不明人物一邊隨地施放高難度的魔法，一邊接近迷宮都市？」

都市防衛隊的上校與泰魯托正在向萊恩哈特等人報告的時候，凱特手下的傳令兵前來回報最新狀況了。

「報告！稍早再次於西南部5公里處發現高魔力反應！此外也自外牆上方的瞭望臺發現河川附近有大量火柱竄升！」

「大量是多少？」

「難以細數，恐怕不下數十道。」

用魔法攻擊複數敵人的時候，通常會用「牆型」的魔法來指定線狀的攻擊範圍，或是用「風暴型」的魔法來攻擊整個面。因為如果不這麼做，就無法打中敵人。若要簡單形容，就類似對移動中的標的物扔石頭，看看有幾顆能夠擊中。不過範圍愈廣，同樣的魔力能產生的攻擊力就愈低。

所以能夠精準地擊中敵人，可說是十分理想的攻擊方法。然而——

「數十道火柱同時？」

維斯哈特驚訝不已。假如有冒險者能同時用石頭擊中數十隻魔物，其階級究竟有多高？更何況對方使用的是火柱。就算是使用「火球」魔法，也是將火焰具象化並放出，所以難度比扔石頭還要高出許多，對方卻是用遠高於此的火力在固定的座標發動。

同時發動數十道火柱——如果全都是單一人物所為，能力絕對不只A級。可是，操縱火焰的Ｓ級冒險者別說是帝國了，據說連鄰近諸國都不存在。

「究竟是誰……難道不是人類……」

現在只能確定，某個擁有恐怖力量的神祕人物正在接近迷宮都市。

「目前還不確定對方是敵人吧。叫馭蟲師過來，使用魔蟲就能在不被察覺的狀況下進行調查。迷宮討伐軍到西南門集合，以防萬一。所有人徹底壓抑氣息，埋伏在附近。西南門比較靠近都市防衛隊的值班處，我們也動身前往吧。」

接到萊恩哈特的命令，迷宮討伐軍即刻採取行動。

傳令兵正要回去轉達將軍即將來訪的消息時，泰魯托把他攔了下來。

「我問你，屋裡有整理乾淨嗎？廁所和洗手間也要記得檢查！還有，在花瓶裡插一些香氣宜人的花！還有還有……！我的房間裡有我珍藏的茶葉，回去準備一下！」

「……我明白了。」

你是第一次請男朋友進房間的女生嗎？傳令兵隱藏這段心聲，快步返回都市防衛隊的值班處。

＊
06

『我是炎災，我現在看到城牆了。』

我都走了這麼久，別說是迎接我的人了，連冒險者都沒有遇到。這是什麼情況？我原本這麼想，但一看到外牆就明白了。

原來安妲爾吉亞王國已經因為魔森林氾濫（魔物暴動）而滅亡了啊。

漂亮的石灰牆有用附近的石材修補過，上頭還爬滿了多吸思藤。不過，比起只重外表的白色牆壁，這個樣子還比較有人們生活在其中的感覺，我覺得還不錯。

我這麼想著，這時有一隻蟲發出嗡嗡聲，飛了過來。

是魔蟲。

我都已經來到這麼近的地方了，好不容易有東西來迎接我，卻是隻魔蟲。

瞧不起人嗎？再怎麼說也太失禮了吧？我有點想燒死牠，但又決定拿出成熟大人的態度。平常心，平常心。要是被對方當作敵人，結果進不了牆內就傷腦筋了。

因為那傢伙大概就在牆內。

要炸掉外牆是很簡單，但事後會很麻煩，而且不快點把地龍的肉拿過去就趕不上晚餐了。那傢伙明明有實力卻笨手笨腳的，可能還是會過著成天被壓榨的困苦生活，吃些窮酸的食物。我想吃肉啦～

所以就算是魔蟲，還是要親切地打招呼。我拿出自己最友善的笑容，對區區蟲子開口說道：

「很高興有人來迎接我了。來吧，替我帶路。」

我才剛說完，魔蟲就發出嗡的一聲，再次往天上飛去。

唔，無禮之徒！我正想把牠連同這一帶燒成一片火海的時候，發現周圍已經聚集了大批森狼。汪汪。

啊～這就是原因啊～話說回來，狗狗為什麼會出現在這麼靠近城市的地方啊～？要記得定期潑灑除魔魔藥啊。那傢伙都在偷懶嗎？我一定要好好懲罰她。

因為狗狗一直汪汪叫很吵，所以我燒了牠們。

「『火柱亂生』。」

火焰～！

好了，就快到城市了。

07

「唔！」

「馭蟲師啊，怎麼了？」

馭蟲師流下冷汗，身體瞬間僵直，於是維斯哈特這麼問道。

「被察覺了……」

「你說什麼？」

馭蟲師放出的魔蟲可用於探索魔物橫行的迷宮，乍看之下就像普通昆蟲，尺寸極小，振翅的聲音也不易察覺，行動時能融入周圍景觀，具有高度隱密性。若非如此，馭蟲師也無法探索超過五十層樓的迷宮。對方竟能一眼看穿……

「難道不是會錯意嗎？」

「請恕我直言……對方向我的魔蟲說『替我帶路』，我想應該沒有錯。」

「……這樣啊。那麼，對方是什麼樣的人？」

對於半信半疑的維斯哈特，馭蟲師說：「您親自看看比較快。」

『我是炎災，我現在在城門前。』

我好不容易才一路走到這裡，大門卻是緊閉的。

而且，裡頭聚集了一大堆疑似士兵的人。

（他們以為我沒有發現嗎？火柱又不是什麼稀奇的東西，這是什麼反應？雖然數量是稍微多了點啦。）

「炎災賢者」這麼想著，站在近處看著緊閉的大門，這時有一名士兵從小門走了出來。

「我是都市防衛隊的隊長，名叫凱特。您似乎是位實力高強的冒險者，能請教您的名字和來訪的目的嗎？」

不愧是凱特隊長，又要扛起吃力不討好的工作了。

不知道此人究竟是敵是友，實力之強，連維斯哈特都懷疑對方不是人類。雖然馭蟲師說語言是相通的，凱特隊長要面對的卻是在魔森林一邊放出火柱，一邊不斷逼近的神祕人物。簡直是與未知事物的初次接觸。

如果不是敵人，失禮的話就會造成往後的麻煩，所以需要有一定地位的人出面；但如果是敵人，他等於是面臨了一觸即發且馬上就會送命的場面。

這項任務相當困難，凱特隊長卻能冷靜地應付這種狀況，有一部分的原因是在面對巨大史萊姆的時候培養起來的膽量。他毫無疑問是個勇敢的人。

可是，另外還有一個更重要的理由。

一見到仰望迷宮都市西南門的人物，其容貌就讓他的心情大為放鬆。

若是在迷宮第五十四樓和假人魚戰鬥過的迷宮討伐軍士兵，並不會以貌取人；但凱特隸屬於都市防衛隊，恐怕還是非常天真。

「我叫作芙蕾琪嘉，是來找我徒弟的。能讓我進去嗎？」

如此自稱的聲音主人有一副充滿活力的緊緻肢體，年齡看似二十五歲左右。眼角上揚的金色眼睛帶著強勢的氣息，紅潤的嘴唇正在微笑著。飄逸的長髮在陽光的照射下，色澤介於金色和紅色之間。不，就像是搖曳的火焰一樣，混合著紅色、橘色和黃色等色調。

自稱芙蕾琪嘉的人物有如一名火焰化身的美女。

「請問您的徒弟是誰呢？」

「我討厭拐彎抹角。你們不想讓我進去嗎？」

金色眼睛發出肉食動物般的銳利光芒，眼前的美女彷彿瞬間化為一隻火焰巨獸，令凱特的背脊滲出冷汗。

「絕……絕對沒有那回事！只不過，您似乎是位相當高階的冒險者。我們迷宮都市十分歡迎高階冒險者。為了避免失禮，好好款待貴賓，我只是想請教幾個問題……」

凱特吞吞吐吐地說道，但這番話並不假。

在迷宮都市，愈高階的冒險者所獲得的待遇就愈豐厚。即使是犯罪奴隸，達到A級就有機會重獲自由。若這名自稱芙蕾琪嘉的女子願意在迷宮都市工作，那可說是求之不得。

或許是看得出凱特並沒有說謊，芙蕾琪嘉眼中的怒意消失，然後這麼答道：

「我不會傷害這座城市的。我徒弟的名字叫作『瑪莉艾拉』。」

「什麼？鍊金術師（瑪莉艾拉）！」

凱特隊長和芙蕾琪嘉的對話會透過「傾聽」魔法和「念語」技能，即時轉達給萊恩哈特與維斯哈特。

一邊施放驚人的火柱，一邊來到迷宮都市的魔法師自稱芙蕾琪嘉，她具有與人對話的理性，雖然有些性急，但似乎沒有敵意。到這裡還沒有問題，但……

「也有可能是同名的不同人物。」

「……維斯，你真的這麼想嗎？」

萊恩哈特與維斯哈特的對話被隔音魔法阻絕，只有他們兩人聽得到。熱愛冒險者的泰魯托在房間角落自言自語地說著：「芙蕾琪嘉？我第一次聽到這個名字呢～不知道是不是遙遠異國的冒險者呢～」既然連泰魯托都不知道，那就不會錯了。

帝國的鄰近諸國並沒有A級以上的冒險者名為芙蕾琪嘉。至少目前是如此。

迷宮都市照理來說已經沒有與地脈締結契約的鍊金術師，突然現身的高階魔法師卻稱她為徒弟。

認為這兩個人沒有任何關聯反而不自然。

若兩者真的是師徒關係，那就沒有問題。只不過萊恩哈特等人一時難以置信，實力如此高強且來路不明的魔法師竟然是鍊金術師的師父。

「鍊金術師（瑪莉艾拉）閣下呢？」

「她今天待在『枝陽』。」

「請她打烊，一步也不要離開店面。帶芙蕾琪嘉閣下前往最高級的旅館，好好款待她。以尋找她的徒弟為由，問出詳細情報。」

「是！」

萊恩哈特的命令馬上轉達給凱特，於是迷宮都市的西南大門為芙蕾琪嘉敞開。

「芙蕾琪嘉閣下，迷宮都市占地遼闊。我們已經準備好本市最高級的旅館，請您在那裡放鬆休息。旅館會用豐盛的料理招待您。我們會替您找到您的徒弟瑪莉艾拉閣下，帶她前去見您。」

凱特隊長深深低下頭，這麼說道。

「謝謝你們的好意，我心領了。我今天想要吃瑪莉艾拉做的菜。至於地點，我查得出來。」

不過芙蕾琪嘉一走進門裡便拒絕凱特隊長的提議，唸出陌生的咒語：

「吾欲尋其蹤，魂之同胞啊，回應吾聲——『魂之呼應』。」

凱特隊長從來沒有聽過這種咒語。他的職業是盾牌戰士，等級也不高。雖然對魔法並不熟悉，但身為隊長，他還是接受過關於魔法體系的基礎教育。可是，他是第一次聽到這樣的詠唱。最重要的是，他從來沒有聽說過尋找特定人物的魔法。

「找到了。她果然醒了嘛。」

輕笑一聲的芙蕾琪嘉大步穿越仍然想慰留她的凱特隊長身邊，完全不在乎躲藏於巷弄中的士兵，在人事已非的街道上毫不猶豫地往目的地邁出步伐。

萊恩哈特等人對此感到慌張。

本來想禮貌地招待對方，判斷她是否會危害鍊金術師（瑪莉艾拉），卻連爭取時間都辦不到。

「哥哥，請交給我。既然對方是魔法師，由我來應付比較適合。」

說完，維斯哈特馬上站起身，帶著幾名魔法師部下趕往「枝陽」。不知為何，連泰魯托都緊跟在他們後面。他這麼做只是想要看一眼新出現的高階冒險者，但事態緊急，所以沒有人意識到泰魯托的存在。

不知道本人究竟有沒有發現迷宮討伐軍的這場騷動。

芙蕾琪嘉哼著歌，流暢地走在迷宮都市的大街上。她的步調明明只是慢慢參觀街道，凱特隊長卻要用小跑步才能勉強跟上她。

而維斯哈特在更後方慌忙追趕。

（移動到都市防衛隊的值班處是個錯誤的決定。如果待在迷宮討伐軍的基地，就可以從地下通道搶先一步了。）

維斯哈特一行人祈禱先前發出的命令能及時讓「枝陽」關上大門，同時在狹窄的小巷裡奔馳，往「枝陽」前進。

08

『我是炎災，我現在在家門前。』

無關乎維斯哈特的焦慮，瑪莉艾拉和吉克一如往常，彼此深陷在失去林克斯的悲傷中，陰沉到幾乎要長出香菇。只不過他們並沒有轉職成菇農，現在也還沒有種出香菇。

從迷宮討伐軍口中聽到打烊並緊閉門窗的指示，瑪莉艾拉正要走到門前上鎖的時候回過頭來看著吉克，淚眼汪汪地說道：

「吉克……多虧梅露露姊才能自然而然地打烊，可是為什麼要突然叫我們關上店門，不要出去呢……該不會又發生什麼壞事了吧……」

「瑪莉艾拉，別擔心。萬一發生什麼事，我會保護妳的。」

陰沉陰沉陰沉，陰沉陰沉超陰沉。

雨季都已經結束了，濕度卻如此之高。長出香菇也只是時間的問題了。肯定有某種菌類正在繁殖，陰沉菌之類的。他們需要消毒，髒東西就要用熊熊燃燒的烈火來消毒。

順帶一提，多愁善感的對話吸引了瑪莉艾拉的注意力，所以她完全忘了鎖門。

磅！

沒有上鎖的「枝陽」之門猛然打開。

瑪莉艾拉背對著門。而她的背後……

「瑪莉艾拉～！」

「呃……咦咦咦咦咦咦咦咦咦！」

突然從背後被抱住的瑪莉艾拉手足無措，吉克則是不知道該如何是好。

「瑪莉艾拉～真的超久不見～已經幾年啦？妳好像有點長大了耶？」

「咦！不……不會吧？」

「等等，妳到底是誰？」

吉克趕緊把從背後抱住瑪莉艾拉，還用臉頰猛蹭她的謎樣女子拉開。終於重獲自由的瑪莉艾拉一轉過來，馬上目瞪口呆。

「師……師父——？為什麼！」

「啊哈～我睡過頭了啦。不對，妳不也一樣嗎～？妳這個冒失鬼！」

師父開懷大笑。瑪莉艾拉的嘴巴倒是閉都閉不起來。

（真……真的是她的師父嗎……這麼說來，她是第二個……？可是，那麼強的攻擊力……）

躲在建築物後方觀察事態發展的維斯哈特了解鍊金術師（瑪莉艾拉）沒有危險後，一方面安心，一方

面又處於無法理解現狀的混亂之中。

「話說～瑪莉艾拉，妳只有長高，其他地方都沒有成長嘛～拜託，我不是說胸部，是鍊金術啦，笨蛋。好啦～晚點再敘舊，總之這個伴手禮給妳。我肚子餓了，幫我煮～」

瑪莉艾拉張大嘴巴看著胸部和師父的臉，師父則把葉子包著的地龍肉交給她。

「這……這是地龍的肉嗎？呃，沒有放血又是常溫保存，妳到底在想什麼啦！太浪費了。我看看，適合這種肉的調理方法是……有了有了。雖然有食譜，但香料不夠。吉克，你去買一下～」

一見到高級食材，瑪莉艾拉馬上就重新啟動了。地龍的肉是連批發市場都沒有賣的超高級食材。如果至少有冷凍過，還有其他更好的調理方法，師父的隨便實在令人懊悔。

「好……好吧，我知道了。」

看到瑪莉艾拉突然振作起來，吉克雖然一時愣住，卻還是點頭回應。即使有師父在，身為護衛的吉克還是不能離開瑪莉艾拉的身邊，他卻不禁這麼回應。注意到吉克蒙德的師父從頭到腳仔細打量了他一遍，然後露出愉快的笑容，向瑪莉艾拉問道：

「嗯～什麼情況～這傢伙是妳的男人嗎？討厭啦～學會交男朋友了嘛。」

「不……不不不……不是妳想的那樣啦！師父！」

「天啊～最近的年輕女孩真可怕～竟然選這種身經百戰的超黑男人，年輕女孩真的好可怕喔～」

「您……您在說什麼啊，瑪莉艾拉的師父大人。」

「就是嘛，師父。吉克只是心思細膩，才不黑心呢。」

「我才不是那個意思。啊～既然瑪莉艾拉還是老樣子，我就安心了～」

看到聽得懂的吉克和聽不懂的瑪莉艾拉，師父又露出了然於心的笑容。

「師父大人，請不要教瑪莉艾拉奇怪的事……」

這個人是危險人物——直覺到這一點的吉克為了牽制師父，委婉地這麼勸說，可是……

「啊？你在說什麼啊，超黑的吉克小弟？我可是瑪莉艾拉的師父，鍊金術師的師父就等同於父母。你懂這是什麼意思嗎？懂了就快點去買東西～」

「啊！是！母親大人，我馬上去！」

師父一聲令下，吉克就立即轉身，衝出門去採買了。話說護衛工作呢？

但實際上「枝陽」周圍有護衛正在待命，所以吉克短暫離開店裡也沒有問題。

順帶一提，向瑪莉艾拉下達打烊的命令之後，店面的警備體制比平常還要森嚴，師父卻穿過了所有的監視。就像是放任一般行人路過，士兵們一回神才發現她已經通過了。

沒有任何人發現這其實是師父所哼的歌帶來的效果。

對此渾然不知，才剛見面幾分鐘就被師父逮住的吉克衝到「梅露露香料店」採購食材。

「因為沒有放血，就做成燉肉好了，師父。可是，聽說用烤的才是最好吃的。所以下次帶來之前請記得放血，然後冷凍起來喔。」

「咦～太麻煩了啦，妳也一起來嘛～」

「……一不小心就會死的，還是算了吧。」

為了好好品嚐高級食材，瑪莉艾拉毫不吝嗇地使用魔力和技能完成了燉肉料理，成品可說是色香味俱全，簡直是人間美味。或許連休森華德邊境伯爵家的主廚都會為這個味道脫帽致敬。

明明才剛經歷奇蹟般的重逢，師徒倆卻默默地大快朵頤，吉克則忙著服侍她們。夜晚的時間在沉默的晚餐中靜靜流逝。

（第二位鍊金術師是瑪莉艾拉閣下的師父，而且還是一名高階魔法師……若能獲得她的幫助，或許……）

維斯哈特站在「枝陽」附近的街頭沉思到忘了時間，再也等不下去的泰魯托對他這麼說道：

「不好意思，維斯哈特副將軍閣下，您不去向芙蕾琪嘉閣下打聲招呼嗎？剛才暫時出門的年輕人也是我認識的人……」

「嗯？是泰魯托啊，你怎麼會在這裡……算了，無所謂。芙蕾琪嘉閣下正沉浸在重逢的喜悅中。現在我們已經知道她是個與迷宮都市很有緣的人。此刻上門打擾就太不近人情了，撤退吧。」

「好……好的……話說回來，芙蕾琪嘉和童話中出現的『炎災賢者』同名，能力也相同呢。哈哈哈。」

泰魯托很明顯表現出失望的神情，然後又打起精神，而他隨口說出的這句話卻讓維斯哈特恍然大悟。

（難不成……）

維斯哈特想起幾天前與鍊金術師（瑪莉艾拉）在餐會上聊到的話題。

據說「炎災賢者」在兩百年前的魔森林氾濫（魔物暴動）中葬送了許多魔物。難道兩者是同一個人？既然亞格維納斯家的地下室有多名鍊金術師靠著假死魔法陣持續沉睡，就無法斷定絕無可能。

然而，「炎災賢者芙蕾琪嘉」的名號卻曾出現在更加古老的童話中。

（我想太多了。恐怕只是後世子孫使用了魔森林氾濫（魔物暴動）的英雄之名而已吧……）

維斯哈特如此說服自己。

可是，沒有根據的想法從內心深處湧出，維斯哈特仍然無法加以否定。

別說是推測了，這一切都只不過是想像。現在唯一能確定的是，不論是愛爾梅拉的丈夫沃伊德，還是瑪莉艾拉的師父芙蕾琪嘉，都不是能夠等閒視之的對象。

順帶一提，興奮地心想「我明天就要去跟芙蕾琪嘉閣下打聲招呼！」的泰魯托一回到迷宮討伐軍的基地就被迫立下「今後不再接近芙蕾琪嘉與枝陽，並不以包含文書的任何方法透露已知情報」的誓約，所以不只是芙蕾琪嘉，他甚至不能靠近偶然得知其住處的吉克，也就是在巨大史萊姆事件中救了他的恩人。泰魯托的失望之情簡直無法用言語形容。

瑪莉艾拉等人在「枝陽」的生活因此稍微平靜了一些，但比起炸彈般的師父引起的騷動，這只不過是枝微末節的小事。

09

「師父也忘記熄燈了？油燈萬能？」

「所以妳也是嗎？真是笨手笨腳的～啊哈哈。」

自己明明也不小心睡了兩百年，師父卻嘲笑瑪莉艾拉是個笨手笨腳的人。瑪莉艾拉噘起嘴巴抱怨：「太不講理了吧！」師父就笑得更瘋了。

吉克用自己的零用錢買的「愛德坎來哭訴時用的酒」已經被喝光了好幾瓶。這些當然都是師父說著：「嗯～這才是『生命甘露』嘛～」並一個人喝光的。把酒比喻為「生命甘露」實在不是個鍊金術師該有的行為，但以酒鬼來說似乎是很貼切的比喻。

負責掌管「枝陽」家計的吉克眼睜睜地看著酒愈來愈少，一邊認真想著是否要在預算項目中追加「師父費」，一邊從倉庫裡搬出新的酒。雖然他很想向貴為岳母的師父獻上貢品，可惜他的零用錢似乎不夠。

自從師父把瑪莉艾拉留在魔森林的小屋後離開，已經過了兩百年又一小段時間。沒有任何預兆便來訪的師父就像是回到自己的老家般放鬆，還以肚子餓為由，要求瑪莉艾拉做晚餐。

師父帶來的地龍肉簡直是人間美味，明明是失散多年後奇蹟般的重逢，但料理一上桌，師徒倆便不發一語地開動。

即使扣除以「假死魔法陣」沉睡的兩百年，兩人也已經有幾年沒見了。明明累積了不少話題，師父一派輕鬆的樣子卻彷彿只相隔了數日，彌補兩百年歲月的對話於是成了不著邊際的閒話家常。本來應該要照順序描述甦醒後發生的事，但師父帶來的衝擊實在是太強烈了。

「明明都已經過了兩百年，為什麼師父還在？」

幾乎快要用地龍燉肉撐爆自己的肚皮，只有腰部快要變回瑪肉艾拉的瑪莉艾拉終於問了一個正經的問題。

「咦～已經過了兩百年喔～？真令人驚訝～安姐爾吉亞王國好像已經滅亡了，這裡是什麼國家啊？」

「這裡是帝國的休森華德邊境伯爵的領地，名叫迷宮都市的城市。」

「反應好淡泊！」

師父裝傻的反應讓瑪莉艾拉閉起來咀嚼地龍燉肉的嘴巴再次張開，於是吉克回答了師父的問題。

「啊～是喔。迷宮都市啊～」

聽完吉克的說明，師父稍微想了一下便理解了。

「給我等一下！師父！妳到底為什麼會沉睡兩百年？當時說我畢業了就不告而別，過了這麼久又突然跑回來！話說回來，師父怎麼知道我在哪裡？魔森林的小屋明明都徹底消失了。」

「為什麼～？因為我忘了熄燈就睡過頭了嘛。」

瑪莉艾拉與師父又回到了一開始的話題。

彷彿只是睡過頭而錯過約定時間的師父說得輕鬆，用愉快的表情看著激動地質問自己的瑪莉艾拉。

「瑪莉艾拉還是跟以前一樣愛撒嬌～我只是想說妳如果醒了，應該會待在附近的城市。因為魔森林的小屋大概已經被魔森林氾濫（魔物暴動）毀掉了嘛。只要來到附近，我就能調查妳在哪裡。」

師父似乎是直接來到迷宮都市的。如果瑪莉艾拉還沒有醒來，或是已經壽終正寢的話那該怎麼辦？可是瑪莉艾拉不管怎麼想，都不覺得師父會走投無路。

（算了，已經無所謂了。畢竟是師父……既然還能再見面，這樣就夠了……）

師父就是這樣的人。

不管發生多麼出人意料的事，她都能靠著極少的說明理解狀況，儘管別人依然一頭霧水。

瑪莉艾拉很高興能見到師父，對師父的老樣子感到安心，卻又對她與兩百年前一樣我行我素的作風感到有一點點不服氣。這個人毫無疑問是瑪莉艾拉的師父。

所以瑪莉艾拉忍不住和師父離開以前一樣，稍微透漏了一點真心話。

「我以為再也見不到師父了，所以還有一點沮喪呢。」

「哇，我的天啊，妳也太可愛了吧！」

師父緊緊抱住瑪莉艾拉。

「師……師父，妳抱太緊了啦。而且好熱。」

師父的體溫高，所以在冬天以外的季節被她抱住就會覺得很熱。

（對了，最近變得很少下雨……就快到夏天了。我連這種事都沒發現……）

瑪莉艾拉掙脫師父的懷抱，這才終於發現雨季已經結束。自從林克斯走了以後，自己似乎都沒有心思留意其他事物。瑪莉艾拉像是突然想起似的環顧周圍，連已經十分熟悉的「枝陽」店內都有著令人懷念的發現。

（角落的大玻璃瓶是我覺得放進各種肥皂會很可愛，所以才買的。為了區分不同的煙霧彈而買的色紙還是揉成團的樣子呢。）

另外，還有一直待在自己身旁的吉克。想趁機跟師父一起上前擁抱的他暴露在瑪莉艾拉那純真的目光之下，眼神正尷尬地游移著。

「呵呵……」
瑪莉艾拉自然而然地笑了。
林克斯死後，瑪莉艾拉悲傷又寂寞，認為這全都是自己的錯，能夠盡情歡笑的日子再也不會來臨了。林克斯永遠不會回來，他無法再感覺到快樂或喜悅，也無法歡笑，所以瑪莉艾拉不禁覺得能夠像現在這樣露出笑容的自己是個非常惡劣的人。
「師父……我跟妳說喔……」
「怎麼了，瑪莉艾拉？」
瑪莉艾拉帶著邊哭邊笑的表情，向師父說起林克斯的事——自從約半前年從假死沉睡中甦醒，與他在魔森林相遇後發生的事。
師父是個很隨便的人，平常幾乎都不聽人說話，這種時候卻會好好傾聽到最後。不管瑪莉艾拉怎麼語塞，師父都會溫柔地催促她繼續說下去，很有耐心地陪著她，直到插在心中的刺終於脫落。
「縮以啊……嗚，窩想要消滅迷宮……嗚……因為都肆窩的錯……」
瑪莉艾拉再次口齒不清地哭著，捏緊放在附近的抹布，對師父訴說林克斯的死。
「這樣啊～原來發生過這種事。所以，妳覺得林克斯會死是因為自己的關係嗎？」
師父就像是對待年幼的孩子，溫柔地摸著瑪莉艾的頭，這麼問道。吉克拿著一條乾淨的手帕，急著想加入她們。

「嗯，因為都肆窩……」

面對溫柔撫摸自己的頭的師父，瑪莉艾拉正要繼續說下去的時候——

「胡說八道！『轉寫』！」

「呀啊——！」

「瑪……瑪莉艾拉！」

睽違兩百年的「轉寫」超級痛。

見到瑪莉艾拉突然發出奇怪的叫聲，吉克不知所措。

「師……師父！妳做什麼啦！為什麼要轉寫？而且這是『如何喚回與地脈締結契約的徒弟』？這很……不實用耶。這是學會做特級之後『書庫』就會開放的內容吧？不是很多餘嗎？我就快要學會了，現在就『轉寫』有什麼用！根本就白『轉寫』了。這樣不是白痛一場了嗎——！真是的，師父！」

瑪莉艾拉比吉克還要慌亂。

因為強烈的衝擊，剛才溢出的淚水全都縮回眼眶裡了。

「這都要怪妳還沒學會做特級！過了兩百年還無法消滅迷宮的這座城市也有錯！大家都各有一點責任。所謂無可挽回的悲劇，大多是這麼造成的。所以，這並不是特定一個人的錯。妳懂了嗎？如果妳還有空自責，就連同那個林克斯的份一起向前邁進！妳已經悲傷夠了吧。」

師父揚起嘴角一笑，凝視著瑪莉艾拉的眼睛這麼說道。聽到師父如此直言，瑪莉艾拉的眼睛睜得像阿普力堅果一樣圓。

「師父，真的嗎……？」

「當然了，妳以為我是誰？」

「……師父……」

瑪莉艾拉小聲回應，師父便露出十分滿足的表情，笑著說道：「妳看，我沒說錯吧？」

插在瑪莉艾拉心中的刺經過師父「轉寫」的衝擊，別說是脫落了，甚至煙消雲散。

師父是個很厲害的人，所以既然師父這麼說，那肯定沒錯。

「師父，我會連同林克斯的份一起努力的。」

對瑪莉艾拉來說，林克斯是很重要的人，失去他讓瑪莉艾拉非常悲傷。可是和林克斯共同度過的時光並不會消失，瑪莉艾拉全都記得。林克斯一定不會想看到瑪莉艾拉一直裹足不前的樣子。瑪莉艾拉終於想通了。

下定決心的瑪莉艾拉抿起嘴唇，筆直注視著師父。

「做得好，瑪莉艾拉。妳先前有多偷懶，我就會對妳多嚴格，做好覺悟吧！」

「咦——！」

師父咧嘴一笑。好燦爛的笑容。師父露出這種笑容時，心裡想的絕對不是什麼好事。

（對喔，師父就是這樣的人……）

完全恢復正常的瑪莉艾拉一想到師父會替自己找來什麼難題，腦袋就像是剛被「轉寫」一樣痛了起來。

「唉……我會做好覺悟的。啊～對了。我還有一個問題想請教師父——請問當初為什麼要選擇『假死魔法陣』作為我的畢業考呢？」

這是瑪莉艾拉一直感到疑惑的問題。就連瑪莉艾拉也知道「假死魔法陣」並不是隨處可見的東西。若是沒有它，瑪莉艾拉也無法從魔森林氾濫（魔物暴動）中倖存下來。因此，瑪莉艾拉忍不住思考「師父為何要讓我學會『假死魔法陣』？」。然而，師父又說出了一個令人意想不到的答案。

「為什麼～？因為自己畫很麻煩啊。」

「啥？」

將「假死魔法陣」「轉寫」給瑪莉艾拉的人就是師父。所以，師父不可能不會畫「假死魔法陣」。

因為嫌麻煩，所以叫徒弟來畫。

雖然很像是師父的作風，但她難道就是為了這個目的，才會從瑪莉艾拉還小的時候就開始「轉寫」各式各樣的魔法陣嗎？

「妳不是很擅長這類細膩的工作嗎？」

「不，話是這麼說沒錯……但師父真的是因為嫌麻煩，才會叫我來畫嗎？」

「對啊。」

師父很乾脆地答道。

「太不講理了吧……」

瑪莉艾拉雙腿一軟，師父卻又進一步發動攻勢。

「而且妳仔細想想就知道了嘛，魔法陣跟鍊金術又沒有關係。」

「——！」

經過兩百年的歲月才被揭開的衝擊性事實。

看到瑪莉艾拉因震驚而渾身僵硬，師父大笑著喝乾吉克替她倒的珍藏美酒。

「好吧，算了……」

對師父認真實在是太傻了。師父就是這樣的人。

自從師父離開後，自己一個人在魔森林生活的幾年似乎讓瑪莉艾拉把師父美化過頭了。

（我明明一滴酒都沒喝，卻開始覺得頭暈了。）

瑪莉艾拉抱頭苦惱，師父卻開朗地給了她最後一擊。

「就是這麼回事，樓上的客房現在是我的房間啦！哎呀～沒想到瑪莉艾拉竟然住在這麼氣派的房子裡～啊，吉克，等一下把酒搬到我房間。洗澡水燒好之後再叫我。」

「我明白了，母親大人。」

「師父要住在這裡嗎？而且吉克，你那是什麼稱呼！」

結果這一天，瑪莉艾拉光是要讓吉克停止稱呼母親大人就費盡力氣。

「咦～有什麼關係嘛。因為瑪莉艾拉就像我的女兒啊。」

「我的意思是！為什麼我是女兒，吉克就是兒子啊！」

「嗚哇～我開始有點想替吉克加油了……」

「那就麻煩您多多關照了，母親大人。」

結果師父高高在上地允許吉克稱她為「芙蕾大人」，被瑪莉艾拉批評「太高傲」，於是師父回答：「哪有～我本來就很了不起。」

看到完全恢復活力的瑪莉艾拉，放心與失落的感覺在吉克心中互相衝突。其中包含了想要一起沉浸在悲傷深淵的怠惰心態。看到瑪莉艾拉正要拋下仍然無法邁步向前的自己勇往直前，吉克就覺得她似乎會逐漸走遠，不禁感到焦慮。

師父——芙蕾琪嘉的黃金眼瞳如火焰般搖曳，映照著愛徒與其青年護衛的身影，彷彿看透他們的內心深處。

10

這一晚，吉克蒙德輾轉難眠。

他的睡眠很淺。他一直認為是由於長年過著奴隸生活的影響，自己才會因為一點細微的聲音而甦醒。長久虐待他的前主人——商人會狠狠傷害在自己面前睡著的奴隸，即使是因粗活而累垮且毫無防備的身體也一樣。

尚未天亮的昏暗寢室只有即將沉沒的月光，吉克的獨眼頂多只能分辨零星家具的輪廓。吉克背靠牆壁，抱著單膝坐在床上，一動也不動地聆聽清晨的聲音。

夜晚並非無聲。

「枝陽」所在的位置不是治安惡劣的地區，幾乎沒有人會在半夜出門閒晃，所以夜晚十分靜謐，適合居住。即使如此，起風時也能聽到枝葉搖曳的聲響，另外還有蟲鳴與夜行性鳥類的振翅聲。

到了黎明時分，鳥兒與小動物便開始活動。遠處有開啟門窗的聲音傳來。或許是麵包店為了趕上早餐時間，正在進行準備。只要壓抑氣息並側耳傾聽，直到足以感受自己心跳聲的程度，就能聽見城市從沉睡中漸漸甦醒的過程。

鳥鳴從遠處傳來。

（這個叫聲是報晨鳥吧……）

報晨鳥是在黎明前開始活動的鳥類。牠一啼叫，就表示即將日出。

（這件事是爸爸告訴我的。）

吉克的父親是獵人，他的體內流著獵人的血。獵人會揹著弓箭追逐獵物，在森林裡打獵好幾天。他們在森林裡休息時就像此刻的吉克一樣，會坐著壓抑氣息，等待夜晚過去。據說在某些情況下，有些祖先甚至能睜開眼睛睡覺。

吉克想起了自己跟著父親去打獵，第一次在森林裡過夜的事。父親教導的所有技巧，吉克都輕而易舉地學會了。當時的吉克認為沒有學識的父親所教的都是些簡單的技巧，從教師那裡學到的知識和禮數比這些難多了，但事實並非如此。

現在的吉克知道，父親的教誨全都是血脈相傳，所以即使是高超的技術，他也能輕易習得。吉克的淺眠體質其實並不是來自於奴隸生活和前主人，比較接近天賦。

（我都知道……）

吉克拿起放在身旁的弓。

比起空手抱膝或手持祕銀之劍，握弓最讓他感到順手。

這才是自己本來的武器。獵人會帶著弓箭，倚靠森林的樹木或洞窟的牆壁過夜。而現在的吉克靠著房間的牆壁，等待日出。

不過，那個時候——為了讓瑪莉艾拉逃走，與林克斯一起阻擋死亡蜥蜴的時候，是林克斯在背後保護吉克。那是吉克第一次把自己的背後交給某個人，彼此掩護、並肩作戰。自己只要專心對付前方的敵人。明明是賭上性命的戰鬥，卻不必擔心背後的偷襲。吉克第一次有這樣的經驗，彷彿終於達到自己想要改變、想要成為的模樣。

（如果當時我能用弓的話……）

如果能用弓，林克斯一定就不會死了。就算無法一箭射殺死亡蜥蜴，只要能讓牠稍微退縮，這段短暫的空檔一定也能讓林克斯免於承受死亡蜥蜴的利爪，使他有餘力彈開攻擊。

不，才剛開始使用半年，吉克的劍術就已經達到這種程度。如果能早點重拾弓箭，或許就能靠自己的力量保護瑪莉艾拉了。

每次回想起那一天，吉克便感到後悔不已。

那一天就連身為迷宮討伐軍治療技師的尼倫堡也不在，照理來說迷宮一定有什麼事。如果不在那種日子進入迷宮……

不論是多麼安全的樓層，如果有攜帶魔藥……

如果沒有帶小賈那種不忠的搬運工奴隸一起去……

從嚴酷的奴隸生活中存活下來的吉克蒙德比誰都清楚，再怎麼談論其他假設，都無法改變過去，以及延伸而來的現在。

如果那個時候——吉克不知道重複了多少次同樣的後悔。

可是這一切都沒有任何意義，是偶然相遇的瑪莉艾拉拯救了跌落死亡深淵的吉克蒙德。

正因為如此，為了不再重蹈覆轍，吉克才想要告別過去犯下太多錯誤的自己。過去的自己已經不存在，被瑪莉艾拉拯救而重獲新生的吉克打算靠著她所給予的這把劍繼續活下去。

但他卻連保護瑪莉艾拉都辦不到。

保護了瑪莉艾拉的人是林克斯，吉克卻連他這位值得依靠的重要同伴兼摯友都失去了。

吉克根本沒有成為嶄新的自己。

東方的天空漸漸亮起。這麼一來，就能勉強看到裝在後院牆壁上的標靶。吉克蒙德揹起練習用的箭筒，單手拿著弓，站起身來。

如果那個時候——如此後悔也無法改變過去。憂愁根本無濟於事。

吉克的頭腦能夠理解，正如芙蕾琪嘉所說，這並不是特定一個人的錯。可是，他怎麼樣也無法揮別「如果我能用弓」的想法。

吉克蒙德回想起遇見瑪莉艾拉之後，這半年來發生的事。

「啊——！可惡，跑來跑去的！吉克！用弓箭啦，你本來是弓箭手吧！」

在冬天的亞利曼溫泉對付針猿的時候，林克斯這麼說過。

狩獵飛龍的時候，吉克也不是沒有想過用弓來對付與冒險者保持距離而不主動攻擊的飛龍。愛爾梅拉的丈夫——沃伊德不是也曾指出矛盾之處嗎？但吉克全都用藉口來搪塞，不願面對弓箭和過去的自己。

（唯獨瑪莉艾拉，我絕對不能失去……）

吉克的腰上掛著瑪莉艾拉所給的祕銀之劍。除此之外，還有林克斯借給他的短劍。這把短劍裡包含了林克斯寄望吉克「保護瑪莉艾拉」的意念。

如果已經無法歸還，那就永遠帶著它吧。反正自己也沒能改變。這副身軀只值兩枚大銀幣。想成為配得上鍊金術師的護衛，本來就是不自量力的願望。

啊，即使如此——

只要能夠盡量幫助瑪莉艾拉，盡量陪伴在與師父重逢而再次向前邁進的她身邊就好。

吉克蒙德靜靜走到後院，對朝霧中的模糊標靶拉滿弓弦。

第一章

開拓之路

Chapter 1

* 01

「哇，那是什麼？我們去看嘛！走吧，快點快點！」

「等一下啦。妳跑得那麼快，要是迷路我可不管喔！」

師徒的吵鬧聲音在迷宮都市的大街上響起。

師父對眼前的一切都感到驚奇，興奮地大吵大鬧，瑪莉艾拉則在她後頭筋疲力竭地追趕著。

「瑪莉艾拉好慢喔～體力也太差了吧？都是因為妳每天都窩在家裡啦～」

「……請問這是誰的錯？」

自從師父突襲迷宮都市，時間剛過一週不久。這一個星期對瑪莉艾拉和吉克來說，簡直有如驚濤駭浪。瑪莉艾拉在師父的指導下不斷製作魔藥，吉克也依照師父的指示，出門執行要過夜的護衛任務。因為師父說太過投入不是一件好事，所以今天休假。但一大早就跟著師父在迷宮都市到處跑，瑪莉艾拉的體力早就已經到了極限。

順帶一提，這星期在肉體方面最為操勞的吉克就走在師徒倆後方，搬著大包小包的物品。

雖然尼倫堡認為身為護衛的吉克不應該雙手都拿著行李，但師父卻只用一句「沒問題，要是有奇怪的傢伙出現，我會燒了他們」就解決了這個問題。

立起無數火柱，從魔森林深處獨自來到迷宮都市的師父有多少實力，萊恩哈特等人都十分清楚，甚至到了過度評價的地步。

「即使是愚蠢的惡徒，被燒成焦炭未免令人同情。」

由於萊恩哈特的這層顧慮，瑪莉艾拉等人所到的每個地方都有迷宮討伐軍的便衣士兵待命，防範危險於未然，所以今天瑪莉艾拉等人的外出可說是極為安全。

「瑪莉艾拉，瑪莉艾拉，是冰棒耶！」

師父跑到一家攤販前，看著店員把果汁倒進金屬薄板加工而成的模具，再用冰魔法製作冰棒的過程。模具做得相當精巧，只要從一個開口倒進果汁，果汁馬上就會平均流入多個容器中。容器上方有插入棍棒的洞，完成的冰棒就像是一根裝著流線型箭頭的箭矢。雖然冰棒的尺寸很小，但冰凍的果汁裡還加了切碎的果肉，卻只要一枚銅幣就能買到，親民的價格讓小孩子也能用零用錢買來邊走邊吃。

「這位美女姊姊，要不要買一支？」

師父看著冰棒結凍的過程時，叫賣的少年對她這麼說道。師父確實是個美女，但從少年大方讚美的樣子看來，他似乎很會作生意。

「那就給我三支吧。話說回來，這個模具做得真好呢。」

「這個模具其實是迷宮討伐軍淘汰掉的東西。我爸說他好不容易才買到。聽說這是打倒『咒蛇之王（巴西利斯克之王）』的時候，用來做聖水之箭的模具喔！我爸花大錢買來，還被我媽罵了一頓呢。我媽說不管這東西再怎麼厲害，我們家也沒有閒錢買沒用的東西。所以我才會拿它來作生意。因為我們家是經營水果攤的，這樣不是剛剛好嗎？」

聽著賣冰棒的少年得意地這麼說，師父輕輕觸碰模具。

「金屬的精鍊程度還不壞，應該也能用來烘烤糕餅類的點心。只要好好保養，這東西可以用很久喔。」

「糕餅嗎！不錯耶。」

少年很高興冬天也有東西可賣，師父於是告訴他一種簡單好吃的糕餅食譜。只要把迷宮採得到的栗子用糖煮過，切碎再加進麵糊裡，就可以節省其他材料的成本，同時增添口感與風味，大幅提昇高級感。既然是水果攤，應該也能便宜取得栗子。

「大姊姊告訴我這麼好的事，這些就免費送妳吃！」

看到師父單手拿著三支冰棒，對賣冰棒的少年揮著手走回來，瑪莉艾拉有點傻眼地碎碎唸道：「師父，妳又跟人家拿東西了嗎？」

「哦～滿好吃的耶。拿去，瑪莉艾拉和吉克也吃吧。」

瑪莉艾拉一行人在距離攤販稍遠的地方吃著冰棒。

今天從早上開始就一直是這個樣子。瑪莉艾拉有給師父一筆零用錢，她卻完全沒有打開錢包。師父每次告訴別人什麼情報，或是交換拿到的東西，吉克手上的行李就會愈來愈多。其中還有人親切地說：「哎呀，芙蕾小姐！」向她打招呼。她才剛來到迷宮都市，卻這麼快就交到朋友了。

今天明明是來替師父買東西的，卻老是拿到一些多餘的東西。

今天一大早，師父叫吉克打倒出現在外牆附近的巨大螳螂型魔物，使田地不受破壞，於是收到許多現採蔬菜作為謝禮；後來有農民表示想要巨大螳螂的鐮刀，所以又換到了大量的新鮮雞蛋與牛奶。

師父把雞蛋和牛奶分給想要替生病的孩子補充營養的冒險者，對方就連同籠子一起送了一隻自己抓來的漂亮鳥兒；接著又有一名貴族的隨從說要替主人找寵物，因為無法將兩者都帶回去，於是用一籃珍奇的水果交換這隻鳥兒。

中午到一家生意頗好的餐廳吃午餐時，老闆一見到師父就說：「多虧妳先前告訴我的香料，才能吸引這麼多客人。」然後免費招待了午餐。這樣實在有點不好意思，所以師父分享一些蔬菜和水果給老闆，就又拿到了更多的肉。

瑪莉艾拉不知道師父是什麼時候和居民成為朋友的，一連串的奇妙發展令她不禁瞠目結舌。

師父把剛才拿到的冰棒塞進瑪莉艾拉張開的嘴巴，說著：「有沒有人能給我酒呢～」瑪莉艾拉因此對吉克投射求助的視線，他卻似乎誤會了什麼，帶著謎樣的自信說道：「沒問題，我有經過修行，還能搬更多東西。」同時享用冰棒。瑪莉艾拉根本不期望他派上這種用場。

師父聲稱再努力一點就能把拿到的東西都換成酒了，但她對酒以外的事物卻沒有任何執著，幾乎是清心寡慾。硬要說的話頂多是對三餐的要求，連睡衣或替換的內衣都只想向瑪莉艾拉借用。

內褲就算了，襯衫之類的上衣因為胸圍不合，師父還想借用吉克的衣服，所以是安珀小姐緊急幫她買來的。

總之師父似乎是個沒什麼物欲的人，只有身上一套衣服就夠了。靠著安珀小姐臨時買來的一些日常用品，還有家裡現有的東西，師父就能過著舒適的生活。兩百年前與師父一起生活的時候，瑪莉艾拉什麼也沒有，所有的東西都是師父給的。所以瑪莉艾拉以為師父什麼都知道，什麼東西都有。可是自從獨立之後與她重逢，瑪莉艾拉發現師父除了酒以外，幾乎什麼都不想要。慾望之低，連瑪莉艾拉也沒想到師父還有這麼一面。

即使如此，師父也是女性，應該會想在兩百年後的世界買一套新的衣服，所以瑪莉艾拉今天才會帶她出門購物，她卻非常高興地參觀城市，老是拿一些不在購物清單裡的東西。

順帶一提，師父雖然跟瑪莉艾拉一樣經歷了兩百年的假死睡眠，衣服卻像剛做好似的，一點損傷也沒有。瑪莉艾拉的外套是用多吸思藤的纖維編織而成的特製品，能吸收空氣中的微弱魔力來自我修復，所以瑪莉艾拉現在也很珍惜地穿著；但當時穿在裡頭的服裝卻因為損傷嚴重，所以買了新衣服來替換。

要使用多吸思藤的纖維製作布料，就必須在滿月之夜採集春天發芽的鮮嫩藤蔓。據說因為滿月之夜是空氣中的魔力最多的時候，所以鮮嫩脆弱的藤蔓不容易枯萎。採集到的藤蔓要去除葉子，用好幾種藥水清洗，取出纖維。即使材料都是鮮嫩的藤蔓，取得的纖維也很粗，能紡製成線狀或繩狀，而不是絲狀。如果直接把它織成布，就沒辦法做出能搭配可愛服飾的外套，會變成適合搭配草裙的原始人造型。

就算瑪莉艾拉和師父是兩百年前的人，當時也已經有一般的布料了。她們並沒有過著穿草裙啃魔物肉的狂野生活。

不，雖然她們以前和現在都會啃魔物肉，但當時還是過著相對文明的生活。

所以，為了做出文明的好看外套，取出的纖維要用木槌敲細，攤成薄薄的片狀。瑪莉艾拉和師父一起灑上許多「生命甘露」，同時哼著某種神祕的歌，一直敲個不停，纖維與纖維就在不知不覺間互相交纏，變成一塊不可思議的布。

「跳過紡紗的步驟，直接變成布了！明明沒有編織！」

年幼的瑪莉艾拉嘖嘖稱奇。

「是『長』出來了啦。我們不是唱了歌嗎？這些纖維藉著妳的魔力成長了，所以和妳的魔力很契合。只要慢慢縫上魔法陣，就可以用一輩子了。」

師父曾經這麼說過。

（師父離開之後，我也曾試過再做一次這種布，但都沒有成功。重點是那首歌嗎？）

回想起這件事的瑪莉艾拉看著師父的衣服。順帶一提，瑪莉艾拉的外套雖然是用稀有的布料製成，但也不是買不到。瑪莉艾拉沒有聽說過唱歌的做法，但擁有高階紡織技能的工匠似乎就能製作。雖然需要高難度的加工技巧，除了自我修復功能之外的效果卻都差強人意。以其價格而言，它沒有什麼過人之處，所以完全不受歡迎。

師父的衣服不管怎麼看，布料都和瑪莉艾拉的外套不一樣，好像很高級。師父偏好火魔法，所以肯定是不會因為一點點火力就燃燒的神奇布料吧。就算她不需要其他的衣服，難道不會想要別的東西嗎？

不過，瑪莉艾拉正咬著冰棒的時候，先吃完的師父已經用吃完的冰棒和附近的草做了一支風車，讓恰巧經過的嬰兒停止大哭，從母親那裡拿到糖果作為謝禮，所以東西時時刻刻都在增加。

瑪莉艾拉對師父的價值觀感到有些不可思議，一吃完冰棒就說：「師父，我也想要風車。」並遞出吃完的冰棒，請她幫自己做一支風車。

話雖如此，師父對兩百年後的世界也不是完全沒有興趣。瑪莉艾拉忙著修行時，師父會抽空和「枝陽」的常客套交情，或是在迷宮都市閒晃，到處參觀。

瑪莉艾拉很慶幸師父過得如此愉快，卻又對她的適應力之高感到目瞪口呆。瑪莉艾拉甦醒時，安妲爾吉亞王國早已滅亡，而且過了兩百年，自己認識的所有人都已經不在的事實令她大受打擊，只能努力在迷宮都市創造新的容身之處。

「師父，安妲爾吉亞王國已經滅亡了，妳不覺得震驚嗎？」

瑪莉艾拉看著師父做的風車隨風轉動的模樣，若無其事地這麼問道。對於瑪莉艾拉的問題，師父發出「嗯～」的聲音，表現出稍微思考的舉動後這麼答道：

「國家的名稱很重要嗎？人類總有一天會死吧？不是老死，就是因為生病或受傷等原因而死。有時是被戰火波及，有時是被魔物追殺，不論是死在他人手中或魔物口中，不論男女老幼，任何人都難逃一死。從很久很久以前開始，就有千千萬萬的人類出生又死亡。兩百年前的魔森林氾濫（魔物暴動）確實是一場悲劇，但在過了兩百年後回頭一看就會發現，差別只在於少量地漸漸死亡還是一口氣大量死亡。比這更重要的是，即使有那麼多的人類和魔物在那一天喪命，這裡卻形成了這麼一座人類的城市。瑪莉艾拉，妳仔細看。大家穿的服裝所用的布料是用比當時還要細很多的線織成的。因為使用粗細一致的絲線，所以布料很輕薄卻又堅韌許多。不只是魔導具這種顯而易見的技術，就連玻璃的厚度、石磚的堆砌法、金屬的冶鍊，全都有確實的進步。每個人終究會死，但整體人類卻會在漫長的時間中一步一步向前邁進。即使發生過那麼重大的災難也一樣。」

瑪莉艾拉手上的風車隨風轉動，在原處轉個不停。

人類出生又死亡，死亡又出生。聽到這番話的時候，瑪莉艾拉覺得人的生死就好像這支風車，但似乎不是這麼一回事。師父說這兩百年來的人類看似原地踏步，但其實進步不少。

「不論多麼悲慘，任何事物都有某些意義或正向的一面。差別只在於看得見或看不見。有時候靠得太近確實會看不見，不過我好不容易來到這麼遠的地方，那麼只要多發掘一些美好的事物，享受當下就行了。」

瑪莉艾拉對兩百年前的世界也一知半解，所以來到迷宮都市時，所見所聞幾乎都很新奇。這就代表自己的見識還不足以分辨這兩百年來的進步，所以瑪莉艾拉不禁對師父看待這個世界的方式感到好奇。

（對了，師父剛才注意到的是模具的構造和金屬的純度呢……）

師父的價值觀、師父的目光——瑪莉艾拉突然覺得自己似乎總是只看到眼前的東西，錯過了重要的事物，於是希望自己也能和師父一起展望同樣的未來。

「妳說得對，師父。我也要多多增廣見聞才行。」

「嗯，很好的志氣，瑪莉艾拉。那麼，我們去看群眾搶購睽違兩百年的魔藥吧！」

「咦咦！」

師父咧嘴一笑。去看群眾搶購簡直是湊熱鬧的行為。剛才的感性臺詞全都泡湯了。

「不要去給人家添麻煩啦～」瑪莉艾拉這麼嘮叨，可是師父卻說：「這麼盛大的活動怎麼可以錯過！」半強迫地拉著瑪莉艾拉前往迷宮都市現在最熱鬧的地方——商人公會。

02

商人公會位於迷宮都市東北大道，距離迷宮稍遠的位置。若要簡單形容，冒險者承接委託或變賣素材的活動據點是冒險者公會，而商人和市民的據點就是商人公會了。

商人公會受休森華德邊境伯爵家委任，負責迷宮都市的住宅管理，以及外銷商品的稅金預繳等公共事務。雖然公會販售的品項比較偏向業務用，但販賣處也會開放給一般民眾，所以不只是商人，這裡也是許多市民很熟悉的地方。

話雖如此，平常造訪的居民也不多，職員都在忙著處理自己的業務；但瑪莉艾拉一行人來拜訪的這一天，商人公會從裡到外都被居民擠得水洩不通。

蜂擁而至的人們要前往的地方是住宅管理部。原因當然不是有許多人想要尋找新房子。這條長長人龍的目標是幾天前開始發放的魔藥兌換券。因為迷宮都市是由住宅管理部來管理居民的戶籍，所以如果要公平發放給每個人，就只能比對這個部門的名冊。光靠住宅管理部的人手當然不夠，所以商人公會出動了所有員工來支援，但現場似乎是一片混亂。

「每一戶都可以領到兌換券，請不要推擠！那邊的！要吵架請到外面去吵！」

「請注意！下一批的三十位來賓，請到第四會議室！」

雖然這場說明會是針對一般居民，這裡卻是有許多冒險者的迷宮都市。不論男女，大家的脾氣都很火爆，一下子抱怨有人插隊，一下子抱怨有誰推擠、踩到別人的腳等等，排隊期間的零星衝突不斷。如果是習慣用肢體語言「商量」的冒險者公會，居民或許會比較守規矩；但商人公會的職員卻會耐著性子用口頭說明，所以到處都有人大呼小叫，場面完全不受控制。

「哇，好像某種慶典喔。」

跟著師父來到商人公會的瑪莉艾拉對鼎沸的人聲目瞪口呆。拿著大量物品的吉克雖然很擋路，但從他睥睨他人的銳利眼光和身手，以及上等的鎧甲來看，居民很容易就能察覺他是高階的冒險者，所以沒有人會找他麻煩。如此現實的態度實在很有迷宮都市的風格。

「到底要讓我等到什麼時候！我一大早就開始排隊了耶。快點讓我進去！」

「而且，真的能拿到魔藥嗎！既然這樣就不要發什麼兌換券，直接給我們真貨啦！」

「就是啊就是啊！」

時間早就已經過了中午，一大早就開始排隊的民眾想必已經飢腸轆轆了吧。也難怪他們會如此不耐煩。特別是血氣方剛的人，忍不住大聲嚷嚷也沒辦法。只不過，這裡還有一名女性已經突破忍耐極限，暴跳如雷了。

「我已經！好幾天！都沒有回家了啊——！」

滋滋滋滋滋滋！

「唔啊啊啊啊！」

電光一閃，粗獷的慘叫響起。

「還有誰不想乖乖排隊！」

進入「雷帝」模式的愛爾梅拉渾身帶著電流，強制讓吵鬧的居民閉上嘴巴。

「喔喔～我等好久了！」

「幹得好，再來再來～」

「呀～『雷帝』好帥喔！」

剛才的謾罵已經徹底消失，取而代之的是熱烈的掌聲與歡呼。因為很少有機會近距離觀賞A級冒險者「雷帝愛爾席」發威，所以大家都很高興。有個男人想趁亂跟她握手，卻因為強烈的靜電而哀號，疼痛減輕後又跟被電的男人一起開心地竊笑。

順帶一提，最後的尖叫是師父發出的。因為她曾和愛爾梅拉打過一次招呼，所以知道「雷帝」的真面目，也本來就很喜歡這種氣氛。

愛爾席一發現師父和瑪莉艾拉的存在，就拋了一個閃電媚眼，然後回到深處的辦公室——藥草部。

（這些人是怎麼回事……）

師父興致高昂，愛爾梅拉小姐也興致高昂。師父就算了，連愛爾梅拉小姐也莫名興奮。

愛爾梅拉．席爾以藥草部長的身分奉命來支援，協助疏通人潮。她一開始是像平常一樣盤起頭髮、穿著深藍色連身裙的打扮，卻從早到晚都忙著帶領參加說明會的人群，晚上還得整理文件並製作兌換券，工作怎麼做都做不完。即使動員了整個商人公會的人手也一樣。

畢竟偽造文書和口角糾紛比想像中還要多。再怎麼勸告或安撫，還是有人繼續大聲爭吵，所以愛爾梅拉不只要加班，連家都回不了，於是便在第二天發動「雷帝」模式，果斷使用武力讓不守規矩的居民閉上嘴巴。也就是向冒險者公會看齊，用肢體語言來「商量」。

每天，老公沃伊德都會和孩子們一起來送替換衣物和慰勞品給愛爾梅拉，所以她的火氣還控制在能手下留情的程度，但卻有冒險者為了被鮮少出現在人前的「雷帝」電擊而故意引發糾紛，使得同樣的戲碼每隔一段時間就會上演。

多虧「雷帝」的「商量時間」，糾紛平息的時間大幅縮短了，糾紛本身卻不知道究竟是增加還是減少。不論如何，「雷帝愛爾席」的懲罰都成了排隊排到膩的居民唯一的餘興節目。對愛爾梅拉來說很不幸的是，從這個人潮看來，商人公會的說明會恐怕還會持續超過一個星期。

畢竟說明會的內容是「開始販售魔藥與兌換券發放的注意事項」。想要藉著抱怨、鬧事、偽造文書等方法拿得比別人更多的居民肯定暫時不會少。

「既然都來了，把師父拿到的食物送給愛爾梅拉小姐再回去吧……」

瑪莉艾拉有點擔心愛爾梅拉小姐的情緒，就像是去見回到休息室的演員似的，和師父與吉克一起來到藥草部。

「……瑪莉艾拉小姐，讓妳見笑了……」
「哎呀～愛爾梅拉小姐，妳演得很好啊～特別是最後的媚眼，超棒的～啊，下一次登臺是一個小時之後喔～」
在演員休息室……應該說藥草部，愛爾梅拉小姐對自己剛才的激動情緒感到羞愧，里安卓先生則負責管理她的公演時程表。
「愛爾梅拉小姐，辛苦妳了。這些東西送給大家，請儘管拿去吃。」
「愛爾席，辛苦啦～妳真的很帥耶～我都要變成妳的粉絲了！」
「師父請安靜！」
「嗚嗚……等這份工作結束，我一定要請特休！」
瑪莉艾拉叫興高采烈的師父閉嘴，安慰愛爾梅拉小姐的時候，吉克把師父從早到現在拿到的大量食材交給里安卓。
「哎呀～真是幫了大忙～因為大家都回不了家嘛～啊，你問怎麼煮？我們會請餐廳幫忙料理啦～咦，你要幫我搬？哎呀～真不好意思～請走這邊～」
吉克明明沒說要搬到餐廳，里安卓卻擅自往餐廳走去。他真的很會使喚人。只不過，他似乎是個不會疏於客套的男人，拿了很多東西給吉克，當作食材的回禮。
「這些是我們從排隊的人那裡沒收來的～要是他們喝了酒，事情真的會一發不可收拾～我們也不能喝，所以就給你們嘍，這樣剛剛好～」

沒想到師父真的拿到酒了，真是可怕。遠遠看著樂不可支的師父快步走在回家的路上，以及扛著酒瓶跟在她後面的吉克，瑪莉艾拉回想起師父來到迷宮都市的這一週所發生的事。

03

師父——「炎災賢者」芙蕾琪嘉造訪迷宮都市的隔天，休森華德邊境伯爵家馬上就送來了一封邀請函。

原本就很引人注目的她一抵達便公開宣稱自己是迷宮都市唯一一名鍊金術師——瑪莉艾拉的師父。覺得她不可能不被邀請的瑪莉艾拉樂得省掉準備晚餐的工夫，和師父與吉克一起經由地下大水道前往邊境伯爵的宅邸。

或許是因為一如往常在早晨來到「枝陽」的尼倫堡目擊到大量的空酒瓶，然後向維斯哈特報告的關係，餐會上出現了比以前還要豪華的餐點與大量的高級酒，由萊恩哈特、維斯哈特這兩位迷宮都市的最高指揮官親自款待。

兩人和師父聊著迷宮都市的建立和討伐迷宮的見聞，藉此與來自遠方的貴客拉近距離。即使是第二次參加，瑪莉艾拉還是很拘束，特別是對價格不菲的酒類感到緊張；但身為師父的芙蕾琪嘉反而一點都不客氣，盡情大啖佳餚，暢飲昂貴的美酒。

「芙蕾琪嘉閣下的大名，我早有耳聞。從妳現身的方位，以及收瑪莉艾拉小姐為徒的事來看，請問妳就是兩百年前發生魔森林氾濫（魔物暴動）時消滅來自魔森林的高階魔物，使那一帶化為焦土的『炎災賢者』芙蕾琪嘉閣下嗎？」

看準了酒酣耳熱之際，維斯哈特對師父這麼問道。

「哦，原來我的名字流傳下來了啊。」

芙蕾琪嘉坦然承認自己就是兩百年前號稱「炎災賢者」的人物。

「果然如此！這或許是上天的引導。芙蕾琪嘉閣下，為了消滅迷宮，懇請妳務必協助我們迷宮討伐軍！」

萊恩哈特與維斯哈特互望一眼，然後這麼請求芙蕾琪嘉的協助。

可是——

「沒辦法，我不能提供你們想要的幫助。」

芙蕾琪嘉彷彿已經看穿了萊恩哈特與維斯哈特的請求，這麼答道。

「妳說不能提供我們想要的幫助，究竟是什麼意思呢？」

聽到芙蕾琪嘉那番也能解讀為無禮的發言，維斯哈特沒有表現出不悅的神情，這麼反問。

「我的意思是，我無法成為戰力。你叫作維斯大人吧？你不是有聽到我找人的咒語嗎？沒有發現嗎？」

聽到師父這麼說，維斯哈特的眼神稍微游移。這個舉動並不是因為對無禮的語氣感到不愉快，而是因為他確實有透過技能與魔法竊聽凱特隊長和芙蕾琪嘉的對話，卻沒有想到會被她發現。

偷聽對話在貴族的社交場合是很常用的手段，所以人人都會防範竊聽，試圖竊聽的人也會小心翼翼地避免被對方發現。昨天使用的技能和魔法也一樣，並不是會被輕易看穿的手法。既然她有注意到，還在凱特隊長的面前使用魔法，就表示她是故意讓維斯哈特聽見的。芙蕾琪嘉詠唱的咒語確實傳進了維斯哈特的耳裡。

「……我為當時的無禮道歉。那些咒語，我是第一次聽到。」

維斯哈特注視著芙蕾琪嘉的金瞳向她道歉。面對這個人，說謊或找藉口都是不智之舉。

「我不是在怪你偷聽。你那麼應對也是理所當然的。我唸的那些咒語，其實是精靈魔法。」

師父若無其事地這麼回答。可是一聽到這番話，維斯哈特露出十分震驚的表情。

「精靈魔法？竟然……我以為已經失傳了……不過，原來如此。所以才能同時引發那麼多的火柱……」

第一次看到維斯哈特露出驚訝的表情，芙蕾琪嘉愉快地笑了。維斯哈特不只是個擅長勾心鬥角的貴族，也具有魔法造詣深厚的學者特質。看到他瞬間推知自己使用的魔法原理，芙蕾琪嘉很是中意。

「會用精靈魔法的人本來就少嘛。不過問題不在這裡。精靈魔法是借助精靈的力量，所以在精靈的力量很弱的迷宮中無法發揮多少威力。跟我比起來，維斯大人的戰力強多了。」

瑪莉艾拉不時瞄著師父，小聲重複說了一次「精靈魔法……」。

精靈魔法——好陌生的詞彙。瑪莉艾拉根本不知道師父會使用這種魔法。現場突然形成一個嚴肅的空間，瑪莉艾拉與吉克就像是被護盾技能阻擋，無法加入他們。不過瑪莉艾拉也不想加入就是了。

在這場晚宴的餐桌上，師父與瑪莉艾拉坐在萊恩哈特與維斯哈特的對面。料理和上次相同，是能輕鬆取用的自助餐形式，而且也準備了吉克的座位，但他表示自己是護衛，婉拒了這次的招待。休森華德邊境伯爵家是尊重瑪莉艾拉的意思，才會替他準備座位，也坦然接受了吉克的婉拒，因此他現在站在瑪莉艾拉的後方待命。

也就是說，跟不上話題的瑪莉艾拉無法用眼神跟吉克交流，只能埋頭猛吃甜點。

相對於明顯不打算參與對話的瑪莉艾拉，萊恩哈特看著事情的發展，同時思考自己應該得出什麼樣的答案。

從平常不會顯露感情的維斯哈特那麼驚訝的樣子看來，能夠使用精靈魔法恐怕不是一件可以輕易忽略的事。可是芙蕾琪嘉坦白了這個事實，說自己無法成為戰力。萊恩哈特於是猜想，她或許是在暗示自己「沒有意願幫忙」。

（既然如此，她為何要展示精靈魔法這張王牌？不，她可是號稱「炎災賢者」的人物，猜測其心思或許才是最失禮的事。）

如果坐在萊恩哈特與維斯哈特面前的這位名叫芙蕾琪嘉的女性擁有相當於S級的能力，就不可能只因為一次款待就答應協助。擁有S級頭銜的萊恩哈特本身就曾應付過許多試圖成為他的知己，主動前來攀關係的烏合之眾。

S級是一個人就足以與大隊或師團抗衡的戰力。戰力的估計之所以有很大的落差，是因為S級冒險者大多選擇離群遁世，使得他們的實力眾說紛紜。這樣的人物以鍊金術師（瑪莉艾拉）的師父之姿出現在此地。這個事實讓萊恩哈特不禁感受到類似機緣的命運。

（現在光是能透過某種形式與她建立交情，就已經是十足的成果了。）

這麼想的萊恩哈特看了一眼默默吃著甜點的瑪莉艾拉，然後向芙蕾琪嘉問道：

「雖然妳說自己無法成為戰力，但我聽說妳是她（瑪莉艾拉）的師父。既然如此，能否請妳與徒弟一起以鍊金術師的身分協助我們呢？」

迷宮討伐軍已經爭取到瑪莉艾拉的協助。即使沒有S級的戰力，只要她能以鍊金術之師的身分盡量幫忙，那就足夠了。

被這麼想的萊恩哈特看了一眼的瑪莉艾拉正擔心自己吃了太多甜點，為了吞下滿嘴的香甜奶油，含了一口紅茶到嘴裡。

「啊～我要先聲明，我最多只能做出中階魔藥。」

「噗哈！師父？」

「什麼！」

一聽到師父乾脆地說出如此衝擊性的事實，瑪莉艾拉一口氣把紅茶噴了出來。

萊恩哈特、維斯哈特都像是中了石化詛咒，愣得一動也不動。傭人趕緊拿出餐巾給吉克擦拭瑪莉艾拉的嘴巴，再幫忙擦拭桌子。

瑪莉艾拉顧不得這個狀況，繼續質問。師父的驚人告白似乎輕易瓦解了嚴肅的氣氛。破壞力之強，甚至讓瑪莉艾拉認為不能在達官貴人對話時插嘴的常識都崩潰了。

「咦！真的嗎？師父只能做中階？為什麼？妳不是師父嗎！」

會驚訝也是理所當然的。師父從以前到現在，不論是重要的事情還是無關緊要的事情都會教，卻從來沒說過自己只能做出中階魔藥。

她確實只會透過口頭說明，並沒有親自示範過，可是瑪莉艾拉壓根沒有想過身為師父的她竟然做不出來。

「奇怪～？我沒說過嗎？反正就算不會做，會教就沒問題了吧？」

「問……問題不在那裡吧？啊，難不成是因為我跟地脈締結契約的時候？」

瑪莉艾拉想起自己與地脈締結契約的時候讓師父消耗了許多鍊金術的經驗值，於是一時擔心是不是自己的錯。

「沒有啊～我本來就這樣。因為用鍊金術做魔藥的過程太瑣碎了嘛。這麼麻煩的事情不適合我的個性，所以我沒怎麼昇級。」

「啥——————！」

真不敢相信。竟然是這種理由。

不，沒有什麼理由比這還要像師父了。

瑪莉艾拉依舊瞠目結舌，休森華德兄弟的石化也沒有解除。兩人的嘴巴都稍微張開，可惜了端正的長相。特別是維斯哈特，平時的撲克臉已經徹底消失，露出了沒有人見過的傻愣表情。真是慘不忍睹。

「我也有話想跟邊境伯爵說。」

師父愉快地用三人的痴呆表情當下酒菜，津津有味地喝乾杯裡的酒後揚起嘴角，笑著這麼說道。

04

瑪莉艾拉的師父對萊恩哈特與維斯哈特坦言，瑪莉艾拉能夠做出的魔藥是現在的四到五倍。

迷宮都市現有的多數問題其實都很單純。

——消滅迷宮。即使在樓層上沒有突破，派人進去打倒魔物也能抑制成長。

本來只有這一個目的。

只不過，這裡的迷宮是超越五十層樓的魔窟，因此人手嚴重不足。就算迷宮討伐軍用盡全力不斷消滅魔物，也不能保證它停止成長。迷宮都市本身就一直有人手不足的問題。就算想送人進迷宮，人數也很有限。

而迷宮都市的人口不足，且特別缺乏冒險者的原因在於進入迷宮的冒險者有很高的死亡率和重傷率，再加上連接迷宮都市和帝都的幹道過於不便的關係。

這兩個問題都可以藉由魔藥大幅緩和。

只要用相當於帝都的價格公開販售魔藥，冒險者的死亡率就會明顯降低；只要有除魔魔藥，經由魔森林來往帝都的路途也會更容易。用過瑪莉艾拉的魔藥的迷宮討伐軍和黑鐵運輸隊都可以證明這些事實。

過去瑪莉艾拉交貨給迷宮討伐軍的魔藥以高階來換算是一天一百瓶。即使迷宮討伐軍在抑制迷宮成長的狩獵過程中使用魔藥，瓶數還有剩。雖然也是因為軍方盡量壓低貴重物資的消耗，但瑪莉艾拉的魔藥製作能力其實已經超越迷宮討伐軍的使用量。而師父表示，瑪莉艾拉還有好幾倍的餘力。

「手上有這張牌，你們會怎麼用？」

把瑪莉艾拉比喻為一張牌並笑著發問的師父與休森華德兄弟的視線互相交會。萊恩哈特與維斯哈特的表情已經不是剛才的友善模樣，而是管轄迷宮都市的掌權者面容。

若是讓瑪莉艾拉盡全力製作魔藥，不只是迷宮討伐軍，也能供應魔藥給民間。冒險者的受傷率會因此下降，迷宮探索也會更為活絡。這麼做可以進一步削減迷宮的力量。

而且若是能公開販售除魔魔藥，就可以經由魔森林的幹道與帝都進行交易。因為不必擔心森狼這種弱小但纏人的魔物大量襲擊，所以只要帶著幾名護衛以防萬一遇見強大魔物的情形，就連普通的商隊也能穿越魔森林。既然能便宜運送迷宮的素材到帝都，迷宮都市的經濟狀況就能獲得改善，最重要的是能將懷抱野心的中低階冒險者吸引到迷宮都市。

身為治理迷宮都市的休森華德邊境伯爵家，聽說這個情報，絕對不可能選擇不公開販售魔藥。一般人聽到「要怎麼用這張牌」，通常都會回答「大量製造魔藥並供應給民間」。這張牌肯定是他們求之不得的。

然而，萊恩哈特經過一番深思熟慮，這麼答道：

「這張牌確實能大幅改變狀況，但並不屬於我們。」

聽到萊恩哈特的回答，師父一臉滿足地揚起嘴角。

「你合格了。嗯，還不賴。我可以特別借給你。」

（果然如此啊……）

萊恩哈特很慶幸自己得出了正確答案。

坐在眼前的這名女性號稱「炎災賢者」，一下子說自己會使用精靈魔法，在迷宮內無法成為戰力；一下子又說自己雖是鍊金術師（瑪莉艾拉）的師父，卻頂多只能做出中階魔藥，所言盡是些極為輕率的內容。這樣的舉止很符合乍看之下花俏又膚淺的年輕外表，容易使對方掉以輕心，若說得難聽一點就是藐視。

（她恐怕是在測試我們吧。）

對芙蕾琪嘉來說，瑪莉艾拉是隸屬於自己的徒弟，但休森華德邊境伯爵家根本不是她的君主。別說是邊境伯爵的權威了，就連皇帝的權威也不是值得S級冒險者服從的對象。除了萊恩哈特以外的S級冒險者都選擇隱姓埋名、離群索居就是最好的證據。

我不允許掌權者把鍊金術師（瑪莉艾拉）當作道具看待——萊恩哈特知道她是在暗示這一點。

如果萊恩哈特把瑪莉艾拉視為邊境伯爵家或迷宮討伐軍的一張牌，「炎災賢者」或許會把瑪莉艾拉帶到萊恩哈特等人無法觸及的地方。

萊恩哈特覺得眼前的人物彷彿是一團人形的火焰。伸手去觸碰就會燒傷自己，而且無法掌握。熊熊燃燒的烈火吞噬炭薪後，就會在轉眼間消失無蹤。除非付出炭薪（代價），否則無法將這團火焰留在此地。

「代價為何？」

芙蕾琪嘉所說的「借」，指的應該是「透過瑪莉艾拉將力量借給迷宮討伐軍」的意思。如此令人感激的提議實在出乎意料。萊恩哈特想在捉摸不定的火焰延燒到別處之前提出她所期望的回報，於是這麼一問。

「剛才說過的，瑪莉艾拉的祕密。」

「我明白了。我將賭上我的名號，發誓保密。」

契約成立。雖然沒有使用任何契約術式，但絕對不允許違約。萊恩哈特感覺得到，這就是那樣的契約。

「原來如此……這麼一來，經濟反而有望活化……」

在哥哥萊恩哈特與芙蕾琪嘉的契約成立之前都一直保持沉默的維斯哈特對師父提出的「代價」表達深深的認同。

身為不隸屬於休森華德邊境伯爵家的鍊金術師，瑪莉艾拉若是大量製作魔藥，當然會得到報酬。現在「枝陽」的地下室就沉睡著過去用來支付魔藥費用的大量金幣。所謂的金錢，就是要有人使用才能滋潤整體社會，埋藏不用只會造成經濟停滯。芙蕾琪嘉以往後要鍊成的大量魔藥為代價，不要求錢財，而是要求迷宮討伐軍保守瑪莉艾拉擁有遠超過普通鍊金術師的魔力與魔藥生產能力的祕密，持續確保她的安全。她之所以一開始就坦白瑪莉艾拉的祕密，也是因為她只要能看穿萊恩哈特與維斯哈特的人品，就打算提供協助。

（不愧是冠名「賢者」的人物……不過，這不會對我們太過有利嗎？）

維斯哈特在心中表示敬佩，卻又抱著一點疑心。當然了，他對哥哥萊恩哈特的決定沒有異議。維斯哈特也會得出相同的答案，而且根本沒有其他選擇。

（「炎災賢者」的目的是什麼？）

從眼前暢飲美酒的女子身上，維斯哈特無法解讀出言詞之外的意圖。

（現在也只能借助她的力量了……既然如此，就找出最佳解答吧。）

維斯哈特開始思索如何將鍊金術師（瑪莉艾拉）的負擔減到最小，並且能製造最多魔藥的方法。他並不打算讓鍊金術師（瑪莉艾拉）做白工，但如果不需要付出一瓶魔藥多少錢的代價，那就盡量請迷宮都市的居民分擔工作，也支付酬勞給居民吧。讓魔藥在民間流通，透過負責準備材料和中間處理的眾多居民，將獲得的收益回饋給迷宮都市。金幣在城市中循環，經濟也會更加活絡。

「不愧是『炎災賢者』閣下。我們簡直有眼無珠。」

休森華德兄弟對師父讚譽有加，而心情十分愉快的師父又添了一杯昂貴的酒。

三人之間似乎漸漸形成某種共識，卻只有瑪莉艾拉完全聽不懂他們究竟在說什麼，完全就是個局外人。

（可是我知道他們是在說我的事，而且絕對不是什麼好事！）

對瑪莉艾拉來說，光是能聽懂這一點就沒問題了。反正平常就是這個樣子。只有表情好像已經聽懂的瑪莉艾拉點了點頭，彷彿在說「好的我懂了」。

於是，身為核心人物的瑪莉艾拉還沒搞清楚狀況，魔藥大量生產計畫就拍板定案了。

05

維斯哈特將公開販售魔藥的障礙一一剷除。

即使瑪莉艾拉能鍊成超乎想像的大量魔藥，目標卻是供應魔藥給整座迷宮都市。除非將其他人能代勞的工作分配出去，否則根本不可能公開販售魔藥。

要確保藥草與魔藥瓶、材料搬運與製造過程的分工、產品的流通與販售方法，而且最重要的是保障鍊金術師（瑪莉艾拉）的人身安全。文件真的堆積如山，卻在轉眼之間被維斯哈特的俐落手腕迅速消化。

「我要在迷宮討伐軍基地的地下室設立製造魔藥的工房。那裡可以抵禦外界的威脅，也能讓鍊金術師透過地下大水道安全移動。完成的魔藥會透過商人公會確保銷售通路。關於最重要的鍊金術師身分，我會放出亞格維納斯家已確立製造方法的謠言。既然羅伯特已從當家之位引退，正好可以利用他的消失。聽聞謠言的人應該都會得出對我們有利的解釋吧。」

維斯哈特遞交請求裁示的文件，向萊恩哈特說明。「枝陽」的警備工作早已增派人員。迷宮都市的危險分子已經在這半年內大致掃蕩完畢，卻因為芙蕾琪嘉這名極度高調的冒險者來訪，有時候會出現一些不自量力的鼠輩。不過芙蕾琪嘉和瑪莉艾拉不同，對他人的氣息很敏感，又是個強大的魔法師，所以這個措施與其說是要保護芙蕾琪嘉和「枝陽」的人們，不如說是為了防止發飆的芙蕾琪嘉在城市裡亂放火柱。

不知道是怎麼辦到的，她總是能搶在迷宮討伐軍的諜報部隊之前找到危險分子，一點一點地燒掉他們的外套下襬或頭髮，所以混入市民或裝成患者前往「枝陽」的衛兵們都無法掉以輕心。一聞到燒焦的臭味就要趕緊壓制嫌疑犯並滅火，否則要是城市中出現焦屍，那可不是開玩笑的。

「師父大人真的是不得了！一點都鬆懈不得呢。因為她的關係，我緊張得都瘦成這麼漂亮的樣子了。萬一變成引人注目的美女，那可會妨礙到諜報工作呢。」

主婦諜報人員——梅露露姊這麼說道。順帶一提，不只是萊恩哈特，就連維斯哈特都看不出她究竟哪裡瘦了。不引人注目的程度和以前完全相同，諜報工作應該能正常進行。身為明理上司的休森華德兄弟當然不形於色，對她說：「辛苦了，我們會派人送特製的點心過去。」用獎品慰勞梅露露的辛勞。

這幾天忙得不可開交，但維斯哈特解決了文件之山，總算讓魔藥的製造化為可能。

「如果『步行火山』也能這麼容易打倒就好了……」

維斯哈特說它們雖然同樣是山卻截然不同，而萊恩哈特接過他手上的待批文件，又停下正要簽名的手問道：

「你跟亞格維納斯家的千金談過了嗎？」

「我……我還沒有對凱兒小姐……」

萊恩哈特定睛注視著弟弟。維斯哈特避開了他的眼神。

「這可不像你。執行這個計畫時，最危險的人是凱羅琳閣下。還是由我來跟她談吧。」

「請等等，哥哥。我不希望她認為這是只基於政策上的決定，誤解我們的用意。待緊急案件告一段落，我一定會和她談談，請您稍等。」

冷靜且理性，為了達成目的，甚至能完美掌控自身感情的弟弟露出人性化的一面，讓萊恩哈特不禁微笑。

「加快腳步吧。」

在維斯哈特心中萌芽的感情成長茁壯之前，萊恩哈特雖然想慢慢等待，卻沒有時間了。萊恩哈特叮嚀弟弟「加快腳步」。趁未知的惡意悄悄接近，摘下花苞之前。因為春日盛開的花朵容易被驟雨沖刷，隨之凋零。

不知是否能理解兄長的苦心，維斯哈特靜靜點頭，回答「是」。

06

一開始安排好的東西是藥草。既然要販售過去有錢也買不到的魔藥，情況想必會相當混亂，而且有必要平均分配給迷宮都市的所有居民。因此最初販售的魔藥便限定在可以使用少量魔力大量製作，材料也容易取得的除魔魔藥與低階魔藥這兩種了。

低階的除魔魔藥在行經魔森林幹道的時候有效，卻對史萊姆無效，所以不能用在瑪莉艾拉等人會通行的地下大水道。要通過地下大水道就需要使用中階。以這一點而言，低階的這兩種魔藥可說是很保險的選項。

需要的藥草有庫利克草、布魔敏特草、多吸思藤。

迷宮都市隨處都能找到這些藥草，也很易於栽培。它們繁殖力旺盛，只要留下零星幾株，過個兩三天就會長回原本的樣子，所以只要將收購價格提高到兩倍，貧民窟的居民和想賺零用錢的小孩就會不斷蒐集。雖然沒有人像先前的騷動一樣連根拔除藥草，卻有人趁亂混進一些無關的雜草，可見藥草的收購狀況相當熱烈，蒐集到的分量也很充足。

問題反而在於取得藥草後的處理與品質管理。雖然這些藥草都是特徵明顯的植物，但若是混入雜草，外行人就難以判別。至於後續處理，布魔敏特草要去除根部與花朵，庫利克草則要去除莖部，否則效果會打折。多吸思藤的葉片和藤蔓都能使用，但纖維較長的藤蔓最好能做成繩子，用在其他地方。

只要是鍊金術技能持有者，就能使用「乾燥」與「粉碎」的技能；但這座城市的藥師完全無法培養鍊金術技能，他們能根據藥草來改變處理方式，並去除雜草和異物嗎？

況且，魔藥一旦開始在市面上流通，一般的藥可能就會滯銷。維斯哈特所提出的藥草處理價格和分量是平時的兩倍左右，足以因應藥品銷售量降低的衝擊，但他也有考慮到辛辛苦苦做出的藥賣不出去而引起藥師反彈的情形。

維斯哈特抱持這樣的擔憂，找來藥草部長愛爾梅拉商量，得到的卻是她保證「交給各位藥師就沒有問題了」的回應。

事實上，藥師們的反應大致上都和愛爾梅拉的預料相同。

在例行的研討會聽說了詳細情形的藥師們讀過官方提供的藥草處理法後，便開始交頭接耳。

「藥草的處理方法跟以前做傷藥和香的方法完全一樣嘛。」

「我以前聽外地的鍊金術師說過，別的地方根本不會為了除魔魔藥這種便宜貨特地去除布魔敏特草的花。一般的藥是因為效果很弱才要分的。我還以為只有講師小姐會做這種瑣碎的步驟呢。」

「喂，是不是有人說過你是個不細心的男人？所以才不受歡迎啦。」

「啊？說我不細心是什麼意思啊。」

「我是說講師小姐的事啦。」

察覺了什麼的藥師們互相使眼色。

「我要幫忙。」

「我也是。」

藥師們彼此點頭，紛紛接下處理藥草的工作。

自從林克斯死後，瑪莉艾拉就沒有出席商人公會的講習，凱羅琳開始製造害蟲驅除團子後也很忙碌，今天一樣沒有來參加。

藥師們都知道瑪莉艾拉在迷宮失去了名叫林克斯的朋友，情緒非常低落，所以大家都想替她加油打氣。

聚集在現場的藥師似乎全都願意接下處理藥草的工作。

「有人有意見嗎？有的話我就請朋友去那個人的店裡『聊聊』喔。」

「塗巨人蝸牛的汁液嗎？真是學不乖耶。」

「呃，那件事是你幹的喔？」

「是啊，我很慚愧啦。」

「哦，原來你就是花式茶會背後的靈魂人物啊！」

「哈哈哈，那也算是我的功勞。盡量誇我吧。」

「誰要誇你啊，呆子。」

眾人互相揶揄。藥師們似乎已經團結一心了。

「話說回來，講師小姐啊……」

「就跟你說了少講一句啦。都被花店小姐甩掉了，你還不懂嗎？我們什麼都不知道。」

「咦？可是我們知……」

「我～就～說～了，閉嘴。你要是多嘴，我就把超大的蟲子塞進你家的藥瓶！」

「就是啊。誰敢多嘴，我就把他家的標籤貼在裝著泥巴的軟膏罐上！」

「小心我派塗了巨人蝸牛泡泡的流氓去他的店裡！」

研討會成了過去惡行的揭發大會，而讓他們安靜下來的人是愛爾梅拉。

「我不知道各位到底在說什麼，但如果有人想散播無憑無據的謠言，我會跟對方『聊聊』，敬請見諒。」

「是，不好意思。」

愛爾梅拉藥草部長微微一笑。她的指尖彷彿瞬間閃過電光，讓所有藥師都不約而同地挺直背脊。

不論如何，藥師們都沒有探究原因，決定接下委託。從城市各處蒐集而來的三種藥草會以行情的兩倍價格進行收購，經過正確的處理後交貨給商人公會藥草部。集中起來的粉狀乾燥藥草會由藥草部負責檢驗，然後運送到迷宮討伐軍基地的新建倉庫。

藥師們的鍊金術技能等級依然很低，無法藉著技能來分辨藥草，或是進行適當的處理。可是，他們一直都用自己的眼睛觀察，用鼻子分辨氣味，用雙手正確處理藥草。技能的不足之處，會製作專用的魔導具來輔助。他們都具備了關於藥草的正確知識。

這種程度的初級藥草混入其他東西也能一眼看穿，所有的藥師也都很清楚藥草的什麼部分有效果，什麼部分必須去除。

迷宮都市的藥師累積了不少知識與技術，讓維斯哈特的擔憂以徒勞告終。這些全都是在這半年內習得的學問，是「來自帝都」的鍊金術師少女教會他們的。

「大家做藥時可以一邊想著：『痛痛消失吧～』一邊灌注魔力進去喔。」

名叫瑪莉艾拉的女孩曾經這麼說著，同時不斷攪拌碗裡的藥。明明只是在攪拌材料，她卻一副非常開心的樣子，就連在一旁看著的人都會感染到她的快樂。用了她的藥，患者肯定也會感到快樂。她就是這樣的人。

明明受到同業的嚴重騷擾，她卻大方提供藥的做法，加入藥師的行列。之所以提供藥的做法，除了幫助其他藥師，也是因為她無法一個人供應整座迷宮都市需要的藥。

不論如何，她都幫助迷宮都市的冒險者與市民遠離了傷痛與疾病。

而且，這次一定也是。

沒有證據能證明，或許只是誤會。可是，藥師們都不禁心想「或許真是那麼一回事」。曾和瑪莉艾拉一起在研討會互相學習的藥師都想幫助她，盡量減輕她的負擔。

藥師之中或許也有人另有盤算，認為如果正如自己的猜想，現在幫忙就能在迷宮被消滅後請她讓自己成為鍊金術師。

不論是利他還是利己，都一樣是遵照迷宮都市的方針，提供協助。

由於藥師們的利害一致，所以很可惜地「雷帝」還沒有機會出場，藥草的供應體制就漸漸完備了。

07

在魔藥瓶方面，新瓶的製造是不可或缺的。問題在於材料的取得地點，而瑪莉艾拉在瀑布那裡找到的祕密採砂場沒有足夠的砂。

採砂場的確保與玻璃工廠的建造成了必須解決的課題。

「萊恩哈特將軍閣下大方賜予了貴重的除魔魔藥！這是極為重要的任務！各位，此刻就是展現我們都市防衛隊真正價值的時候！我們要開拓魔森林，搶回被魔森林氾濫（魔物暴動）奪走的採砂場！」

泰魯托興奮得不得了。然而他的職位是顧問，並沒有資格發表演說。

若是把泰魯托的發言當作必須服從的命令就會衍生許多問題，但當作閒聊聽聽倒也挺溫馨的，所以除非有實際危害，否則大家都選擇放任。

過去瑪莉艾拉與吉克替「枝陽」的天窗製作板狀玻璃的玻璃工房遺址附近是河川流進地下水脈的地方，現在仍然是累積了大量砂子的優良採砂場。雖然已經被魔森林吞沒，靠躍谷羊的腳程卻只要幾刻鐘就能抵達，距離迷宮都市很近。因為魔森林的開拓是以糧食生產為中心，採砂場的情報早已被人們遺忘，但維斯哈特從瑪莉艾拉與吉克口中聽說後認為有望實現，於是擬定了計畫。

開拓採砂場的命令是由萊恩哈特親自向都市防衛隊下達。

「這是很重要的任務。即使說這個計畫能左右迷宮都市的未來也不為過。盡可能以最快的速度開墾至玻璃工房遺址吧，交給各位了。」

泰魯托緊跟著現任上校與凱特隊長去接受命令，一如既往地被萊恩哈特所說的話深深感動。

「將軍閣下竟然大方提供貴重的除魔魔藥，而且還是好幾桶！給了我們如此貴重的物資！肩負這麼重要的任務，我們一定要回應他的期待！」

泰魯托無論如何都想回應萊恩哈特的信賴，完全洩露了自己的心聲。雖然這次的案件確實是重要的任務，但這些除魔魔藥只是瑪莉艾拉趁著早餐前的空檔順手鍊成的東西。

「早晨採收的第一道現榨～新鮮多汁，嗚～！」

師徒還一邊合唱這種奇怪的歌。

知道事實的萊恩哈特對泰魯托的感動之情有點過意不去，說著「我很期待」並拍拍泰魯托的肩膀，把任務交給了他。

他所崇拜的萊恩哈特直接對他說話，而且還拍了他的肩膀。這對泰魯托來說簡直是難以承受的喜悅。泰魯托的臉就像第一次獲得劍的少年般紅潤。

不只如此，這次的開墾任務會有一名冒險者以護衛的身分隨行。

他就是過去幫助泰魯托躲避巨大史萊姆的獨眼青年。

「唔喔喔喔喔喔喔喔！你是！那個時候的！謝謝你！謝謝你！你又來幫助我了！」

泰魯托喜出望外。他的人生終於有春天了。泰魯托握著吉克的手，用力揮舞。因為緊張和興奮，他的手汗很嚴重。吉克的手被弄得濕答答的，現在仍無法運用自如的弓箭恐怕會滑落，用得更糟糕吧。

即使是這種狀況，吉克仍然擺出客套的笑容。不愧是被師父評為「超黑」的男人。這可以說是成熟大人的應對方式。所謂的人脈，對冒險者這種只能依靠自身武力的人來說特別有益。況且吉克現在仍然身為奴隸。深知這個道理，帶著笑容握緊泰魯托那雙沾滿手汗的手的吉克蒙德或許比瑪莉艾拉所想的還要有一點心機。

順帶一提，派遣吉克前往是芙蕾琪嘉的決定。看到在後院練習弓箭的吉克，芙蕾琪嘉用一句話就敲定了這件事。

「啊？你射那些不會動的標靶有什麼用？這樣正好。既然你有時間玩，那就去當開墾任務的護衛吧。三餐就地取材。開墾結束之前都別給我回來。」

師父這麼說，把吉克踢出了家門。而且，瑪莉艾拉給的祕銀之劍也被她沒收，武器只有迷宮討伐軍配給的弓與大量的箭，以及林克斯的短劍。

「可是瑪莉艾拉的護衛……」

「有我陪著她，沒問題啦。喂～瑪莉艾拉～吉克說他要去獵半獸人王的肉耶～」

在汪洋中尋找浮木的吉克被芙蕾琪嘉推入深淵。聽到師父呼喚，最後一道防線——瑪莉艾拉從屋裡快步走來。她的眼神有點閃閃發光。

「哇～吉克，你願意去獵半獸人王嗎？我好高興！家裡的肉剛好吃完了！好期待～！」

瑪莉艾拉笑容滿面。最後一道防線早已被攻破。因為瑪莉艾拉珍藏起來的最後一份半獸人王肉已經被師父吃掉，所以就更不用說了。

「聽說他還要順便去當都市防衛隊的護衛，會暫時離開一陣子。沒關係吧，瑪莉艾拉？反正地點在魔森林的淺層，都市防衛隊也會一起行動，不會有什麼特別危險的事。」

「嗯！吉克，路上小心！啊，多帶一點魔藥過去吧！」

不愧是師父，非常了解瑪莉艾拉的心思，似乎也對吉克的弱點一清二楚。好久沒有看到瑪莉艾拉露出這麼燦爛的笑容，吉克根本不忍心拒絕。

「沒問題，瑪莉艾拉。我一定會帶半獸人王肉回來的！」

於是，吉克帶著還無法運用自如的弓與短劍前往魔森林，一邊護衛進行開墾作業的一行人，一邊為自己、都市防衛隊、參加開墾作業的農奴供應肉品的艱難任務開始了。參與開墾任務的人當然有伙食可吃，但農奴的餐點特別粗糙，嚴重缺乏營養。要盡量提昇他們的工作效率，就有必要給他們吃肉。

雖然在出發前對瑪莉艾拉展露笑容，吉克蒙德的心情卻很沉重。

亞利曼溫泉的惡夢再臨。沒有瑪莉艾拉的修練日子突然開始了。

可是這次不能花費長達一個月的時間。即使有芙蕾琪嘉在，考慮到她的性格，別說是照顧瑪莉艾拉了，甚至還會給她添麻煩。在瑪莉艾拉再次變成瑪**肉**艾拉之前，必須及早回到「枝陽」。

吉克蒙德正在苦惱中拖拖拉拉的時候，名為零食的魔手肯定會悄悄逼近瑪莉艾拉，「枝陽」也有可能會塞滿酒瓶。這對鍊金術師徒而言或許是天堂，但在外人眼裡看來根本是地獄。在「枝陽」淪為那種狀態之前，無論如何都要回去。

前往亞利曼溫泉時，身旁有林克斯和愛德坎作伴。與志同道合的夥伴同甘共苦的日子，對吉克來說是令人懷念的美好回憶。然而，林克斯已經亡故，愛德坎也還沒有從帝都回來。現在，吉克的身邊只有頻頻找機會靠過來攀談的泰魯托。

泰魯托讓人無法討厭，並不是一個壞人，但以朋友而言年齡差距有點大，沒什麼談得來的話題。每次看到林克斯託付給自己的短劍，吉克就不禁想念和故友一起度過的時光。

（一週！不論如何，我都要在一週內回去！）

吉克蒙德終於覺醒。

過去思考的那些複雜心事到底算什麼呢？

他在專心進行開墾作業的工人附近站崗，同時大肆狩獵以可食肉類為主的魔物。弓箭無法順利射中目標。即使躲在樹叢中瞄準，也時常射偏或是掠過。因此被激怒的魔物會撲過來，但就算射偏，再接再厲就行了。距離太近還有短劍可用，就算是用手直接把箭插進魔物身體裡，能打倒即可。幸好身上帶著大量的魔藥，還穿著巴西利斯克的皮甲。這附近的魔物沒有什麼威脅，多少受點傷也不必擔心。

弓箭無法命中、技術好不好都不是問題。因為除魔魔藥的關係，魔物不太會主動靠近，所以就算弓箭沒有射中，光是魔物自己撲過來就算賺到了。量是最重要的。一定要讓吃不到什麼肉的農奴填飽肚子，這樣才有力氣工作。

吉克蒙德拋開多餘的思緒，化身為專心追逐獵物的獵人。開墾部隊的人們開始以「請客哥」來稱呼吉克的時候，吉克的弓箭已經能打倒一定數量的獵物了。割捨多餘思緒的身體終於想起自幼習得的獵人技巧，以及刻劃在體內的用弓方式。

另一方面，從自己仰慕的萊恩哈特將軍手中接下魔藥與重大任務，又與身為恩人的高階冒險者吉克重逢，泰魯托非常高興能與他一起參與這項偉大的工程，心中有熱血的意念熊熊燃燒。

在迷宮都市，除魔魔藥已經不是稀有物品，蒐集藥草比鍊成魔藥更辛苦，但他卻對此渾然不知。不，就算知道，泰魯托肯定也會懷抱熱切的使命感吧。

熱血的意念和強烈的志氣支配了泰魯托。

現在，他朝著對社會非常有益的方向綻放光芒。

不知為何，是在物理方面。

並不是頭部發亮。他的背後發出一道光，使周圍的人產生強烈的「共鳴」。

「唔喔喔喔喔喔！」

由於泰魯托的技能恰巧在適當的時機進化，都市防衛隊的士兵都燃起了一股使命感。都市防衛隊的士兵和參與開墾任務的農奴、受僱的貧民窟居民陷入異常高昂的情緒，一路開拓魔森林直到瑪莉艾拉與吉克以前做過板狀玻璃的工房遺址。

「我們有除魔魔藥！魔森林的魔物根本不足為懼！」

「只要潑灑除魔魔藥就不會有魔物出現。我們眼前的魔森林就跟普通森林沒有兩樣！」

都市防衛隊的士兵紛紛喊著強勢的口號。魔森林非常廣闊，前往深層就會遇到一大堆不怕除魔魔藥的強大魔物，但這就是所謂的傻人有傻福吧。

泰魯托過於誇大吉克的實力也是助長他們氣勢的原因。眾人抱著所向無敵的心情，把樹木砍倒，當場去除樹枝並加工成粗糙的木樁，然後插在開拓好的道路兩側。另一群人把多吸思藤製成的繩子綁到木樁上，並在周圍種植多吸思藤和布魔敏特草等除魔藥草。會使用土魔法的人將地面翻鬆，由農奴和躍谷羊合力挖起樹樁和大型岩石。

泥土的顆粒很細，所以再怎麼壓平路面，被車輪輾過還是會變形留下痕跡。因此，必須把大石頭打碎成大大小小的砂礫，混入泥土中壓平。如此一來，雖然不如鋪設完整的道路，還是能打造一條足以供馬車行駛的臨時通道。

即使能使用魔法，都市防衛隊依然是不如二軍的部隊。就算只是騎躍谷羊幾小時的路程，開拓道路也不是一件輕鬆的差事。他們打倒偶爾出現的魔物，魔力耗盡就換班，所有人都工作到汗流浹背。

疲勞明明已經超越極限，所有人卻都莫名帶著燦爛的笑容，這就是泰魯托的「共鳴」的可怕之處。

每天都有好吃的肉可以填飽肚子。因為身體渴求著營養，所以更覺美味。

奮力工作，盡情吃喝——一行人順從泰魯托的熱血使命感和人類對食慾的本能與勞動的喜悅，竟然在短短的一週內就開墾至玻璃工房遺址的採砂場，並成功將砂子運送到迷宮都市。

順帶一提，雖然泰魯托的技能在很巧的時機進化，但仍然無法按照他自己的意志發動，包含本人在內，大家甚至沒有發現進化的事。因為泰魯托的技能不會影響到他人的能力，「共鳴」實際上的效果頂多是讓大家工作時的心情非常愉快而已。不過，靠自己的力量完成一大工程的成就感為都市防衛隊與參加開墾的農奴帶來了強烈的自信。

除此之外，迷宮都市的民眾看到都市防衛隊一行人氣宇軒昂地前往魔森林，全都十分讚賞他們的勇猛，使得都市防衛隊的人氣愈來愈高了。

雖然實際效益很少，日後都市防衛隊卻得到萊恩哈特將軍閣下的肯定，所以這項技能的開花結果或許很有泰魯托的風格。

08

「天啊，這些全都是藥草？哇，而且都已經粉碎過了！太好了，真完美！」

「哦，我的份也都準備好啦。不錯不錯。」

吉克等人在魔森林開始奮鬥的時候，瑪莉艾拉與師父在迷宮討伐軍基地的地下鍊金術工房，分別發出驚嘆的聲音。

迷宮討伐軍的基地也連接著地下大水道，基地的地下與迷宮的第二層之間鋪設了多吸思藤纖維的祕密通道，史萊姆無法靠近。此處當然也能通往地下大水道的所有地方，只是沒有經過鋪設，所以瑪莉艾拉坦白自己的身分之前，黑鐵運輸隊就是經由這裡運送魔藥的。

迷宮討伐軍將地下大水道出入口附近最大的一間地下室整理成瑪莉艾拉的臨時工房。這裡原本是用來保管緊急糧食等物資的倉庫，以前擺滿糧食的架子現在都改為堆放處理過的大量藥草，房間的角落還疊著好幾個暫時保管用的已刻印木桶。

房間中央的地毯上擺著不華麗卻堅固的長椅和桌子，旁邊則放著木箱與木桶。

雖然工房看起來有點單調，每個角落卻都打掃得很乾淨，重點是藥草的分量多得不像是只有幾天份。從餐會到現在只過了幾天，能準備這麼多已經很了不起了。

「搬運藥草和木桶的工作就交給我們吧，兩位鍊金術師。為了嚴防有人探究或洩露關於兩位的情報，所有人都已經立下誓約。上頭吩咐我們要完全遵照兩位的指示。」

在房間裡待命的三名迷宮討伐軍的年輕人很有禮貌地打招呼。

因為他們被派來負責雜務，所以在戰力方面是二軍以下的士兵，但獲選的人都品行優良。或許是體貼瑪莉艾拉和師父，三人之中有一名是女性。

「那麼～瑪莉艾拉，魔藥就交給妳了。我看看喔，那邊那個頭髮很短的年輕人，你來陪我吧。」

一確認對方有滿足自己的要求，師父就一屁股坐到長椅上，把一名長相可愛的栗色捲髮青年叫到身邊，從放在桌子旁邊的木箱和木桶中拿出酒瓶，馬上倒了一杯酒來喝。

這就是師父說的「我的份」。

被叫到的青年雖然表情有點尷尬，還是很勤快地幫她斟酒。

「哎呀～你這麼不熟練的感覺好青澀，不錯呢～幫人家斟酒的時候要把標籤朝向對方喔。啊，不可以讓瓶口碰到酒杯。停，這種酒只倒這些就好。呵呵，大姊姊來教你吧。」

師父的心情非常好。外表明明是個妙齡女性，言行卻完全是個大叔。

吉克的擔憂沒有成真，瑪莉艾拉沒有吃太多零食，也有好好管理師父的酒量，一天只給她喝一瓶酒。可是師父卻利用瑪莉艾拉不懂酒的弱點，專挑威士忌或白蘭地等酒精濃度高的種類，即使只有一瓶也絕對不算少。

就像平常根本沒酒喝似的，師父在迷宮討伐軍的基地找年輕士兵作陪，一杯接著一杯地喝，讓瑪莉艾拉對她的醜態感到十分不悅。自己的師父竟然是這麼糜爛的大人，實在是太沒有面子了。

「師父真差勁。我要快點做完魔藥，帶師父回家。不好意思，請把這邊到那邊的庫利克草全部搬過來。啊，請後退一點，打開袋口。」

既然如此，那就使出全力製作魔藥，沒收師父的酒吧。瑪莉艾拉拜託剩下的兩名士兵把裝著藥草的大袋子一一排開。

「『鍊成空間』。」

瑪莉艾拉建構一個容量比浴桶更大的直立圓筒狀「鍊成空間」。

這間地下室很寬敞，架子和木桶與師父卻很礙事，所以無法建構更大的空間。雖然這樣的尺寸就已經很超乎常理了，不知道「普通尺寸」有多大的瑪莉艾拉仍然用「生命甘露」填滿內部。看到什麼都沒有的空間中有散發淡淡光芒的水如噴泉般湧出，士兵們目瞪口呆。即使與水混合，「生命甘露」仍然沒有失去淡淡的光輝，散發柔和的光芒。

「請把藥草倒進裡面。啊，那邊有『鍊成空間』，請從更上面的地方開始倒。對，一口氣全部倒進去。倒完之後請把木桶排在那裡。」

兩名士兵遵照瑪莉艾拉的指示，把藥草加進「鍊成空間」。

「『藥效萃取』。」

如果只有少量，低階魔藥通常是使用搖振萃取。也就是在密閉的「鍊成空間」中像調雞尾酒一樣用力搖勻。因為混合的力道比用湯匙把飲料裡的砂糖攪拌至融化更強，所以能在短時間內讓成分溶出。

可是要搖晃浴桶尺寸的「鍊成空間」，不管在空間還是魔力上都很勉強，所以在量多的情況下要攪動溶劑，也就是含有「生命甘露」的水。鍊金術技能「藥效萃取」的效果是讓成分從藥草中溶出，如何運用「鍊成空間」則大多是根據技能使用者的想像。

這次瑪莉艾拉想像的做法是在容器正中央放進裝著多片攪拌槳的棒子，用旋轉的方式混合內部的液體。這是模仿藥師製作的其中一種攪拌容器。

攪拌槳的形狀是重點，可以讓內部的液體形成上下迴轉的漩渦。藥師與魔工技師當時很激昂地談論他們經歷了好幾次試做才做出這種攪拌槳的事。瑪莉艾拉不記得攪拌槳的形狀，但還記得被攪動的液體是怎麼流動的。她用這個印象攪拌含有「生命甘露」的水和藥草。

她所意識的不是攪拌槳，而是水。水在「鍊成空間」中心捲起漩渦，把藥草從上方捲到下方，到達底部後緩緩繞著容器的外圍，漸漸浮起。就像是均勻沖散藥草，使之薄薄擴散開來。

要混合大量的液體，作為容器的「鍊成空間」也需要相當的強度，但圓筒或球型擅於承受來自內側的壓力，相較於製作板狀玻璃時的高溫，這根本簡單得無法比擬。

快點，快點。用更強的水流。

漸漸抓到訣竅的瑪莉艾拉不斷加強水流，出氣似的使勁猛攪含有「生命甘露」的水。

瑪莉艾拉趁著空檔偷瞄師父，聽到她說：「哦！這是十年的豪達嗎！總之先來一杯加冰塊的吧。」所以也難怪瑪莉艾拉的鍊成手法會愈來愈激烈。

「藥效萃取」結束後是分離藥草殘渣的「殘渣分離」。既然是低階魔藥，過濾即可。方法是在漏斗中鋪濾紙，從上面倒進混著殘渣的液體。雖然很簡單，鍊金術技能可以輕易辦到，但殘渣累積到一定程度就會讓分離速度立刻下降。方法跟平常一樣，可是如果分量這麼多，即使用技能分離也會讓藥草累積成厚厚的一層，堵塞洞口。

（只要加壓就行了。）

瑪莉艾拉將「鍊成空間」密封，就像是從容器底部撈起藥草殘渣一樣，使濾網的薄膜從下往上移動。這層膜也跟「鍊成空間」一樣是以魔力形成的，所以能配合容器的尺寸調整大小。透明的濾網從透明容器的底部往上移動，同時過濾殘渣。協助瑪莉艾拉的兩名士兵是第一次見到這種神祕的景象。

「嘿呀啊啊啊啊啊！」

瑪莉艾拉彷彿用盡吃奶的力氣，濾網隨著她舉起手的動作不斷往上方擠壓。從瑪莉艾拉平常總是在小小的空間裡慢慢攪拌的模樣，實在很難想像她能做出這種充滿動感的動作。如此強而有力的動作壓縮了藥草殘渣，使體積變得愈來愈小。

「哦，原來用力也能增強鍊金術的效果啊。」

兩名士兵很佩服地小聲說道。

「嗯～其實姿勢沒有意義啦，只是做好玩的。」

瑪莉艾拉傻笑一聲，這麼回應。兩名士兵微微張開嘴巴看著瑪莉艾拉，然後瞄了師父一眼。

（有其師必有其徒嗎……）

兩人恐怕是這麼想的，但瑪莉艾拉完全沒有發現。

（活動身體之後感覺心情也好一點了。偶爾浪費一點魔力爽快地鍊成，搞不好還滿好玩的。）

瑪莉艾拉的情緒變得有點興奮。

接下來是「濃縮」、「藥效固定」。

瑪莉艾拉在不破壞藥效的情況下提高「鍊成空間」內的溫度，同時減輕壓力。雖然溫度遠比水的沸點還要低，裡頭卻像沸水般湧出氣泡，總量也逐漸減少。蒸發的水要還原成魔力，否則地下室的其他藥草會受潮。這也是大量製作才需要的步驟。

最後再固定藥效就完成了。

量雖然多，終究也只是低階魔藥。大量製作需要耗費相當的魔力，但過程本身沒什麼大不了的。瑪莉艾拉在轉眼間結束鍊成，把魔藥倒進木桶裡。

瑪莉艾拉瞄了師父一眼，發現她已經喝光一瓶酒了。

（可惡，師父速度好快！）

喝醉的師父試圖灌酒給留著平頭的士兵。人家明明還在工作。

「下一批！請把剩下的布魔敏特草和多吸思藤搬到那裡，把庫利克草搬到這裡！」

瑪莉艾拉已經抓到訣竅，大量處理也沒有問題。既然如此，那就同時進行吧。絕對不能再讓師父喝更多酒了。

瑪莉艾拉幹勁十足，兩名士兵則抱著藥草袋和木桶來回奔走。平頭的士兵頻頻瞄過來，可能是想幫忙或是逃離師父的魔掌，卻被師父纏住，無處可逃。

（你等一下喔，平頭先生。我馬上就帶師父回家！）

完全搞錯目的的瑪莉艾拉以驚人的速度完成低階除魔魔藥和低階魔藥，終於用差點耗盡魔力的不穩腳步逮住師父。

「瑪莉艾拉，妳真厲害～沒想到這麼快就結束了！進步了嘛！」

「嗚嗚，師父……」

瑪莉艾拉撥開師父蠢蠢欲動地伸向頭部的手，和師父保持一段距離。這是為了防止「轉寫」。瑪莉艾拉很高興師父這麼誇獎自己，但不想被「轉寫」。而且，明明鍊成得那麼勤快，師父卻也喝光了三瓶酒。她已經徹底喝醉，心情大好。

「那麼～明天見啦～你是叫米歇爾吧？明天也要來喔！」

師父趁著瑪莉艾拉保持距離的時候，從木箱裡拿出了兩瓶酒，帶著瑪莉艾拉返回「枝陽」。

（可惡……我明天一定要讓師父少喝一點！）

慘敗，今天瑪莉艾拉輸得一塌糊塗。師父的飲酒速度實在太快，絕對不能再繼續輸下去。回家之後要一個人舉辦檢討會。可惜參謀（吉克）不在。

瑪莉艾拉牽著師父的手，免得心情太好的她不小心跌進地下大水道的水溝裡。

妳乾脆被沖到地下水脈去吧！雖然瑪莉艾拉忍不住這麼想，但這個師父肯定會平安回來，後果只是讓自己必須多洗一套濕透的衣服。

喝過頭的師父常常不洗臉就隨地亂躺，或是把左右腳的襪子扔在屋裡的這一頭和另一頭，把衣服丟得亂七八糟，邋遢程度可說是雪上加霜。吉克不在時瑪莉艾拉要照顧師父，家事的負擔變得更沉重，要是才剛收拾好又被她弄亂就太累人了。

而且，師父喝了酒就會去騷擾別人。

這一天雖然順利回到了「枝陽」，但大白天就喝醉的師父竟然偏偏去騷擾尼倫堡。

「醫生真是的，眉頭好皺喔～都變成一條縫了，一條縫。屁股額頭？」

師父大笑著往尼倫堡的眉心伸出手。

看到她如此不要命的行為，假借看診之名在「枝陽」負責警備工作的迷宮討伐軍士兵都害怕得瑟瑟發抖。或許是維斯哈特嚴格交代尼倫堡不能對師父無禮，雖然眉頭皺得更深，他仍然只是很沉穩地提醒她『白天喝得這麼醉不太好吧』。

尼倫堡忍耐也是白費力氣，師父不知道從哪裡拿出一根牙籤，然後發出「喝！」的一聲呼喊。

「瑪莉艾拉妳看～！醫生的眉頭夾住牙籤了～！好厲害，放開手也不會掉下來耶～！」

師父捧腹大笑，興奮得不得了。太惡劣了。

「師父，我應該說過不可以給別人添麻煩吧？我說過吧？」

「嗚嗚～瑪莉艾拉好凶喔～」

「好凶喔～個頭啦！妳不馬上去洗個臉清醒一下就不准吃飯！」

師父被生氣的瑪莉艾拉帶到浴室，丟進裝了冷水的浴缸才終於酒醒。因為發飆的瑪莉艾拉把穿著衣服的師父丟進浴缸，所以要洗的衣服還是增加了。

（喝醉的師父超麻煩！）

兩百年前，師父也常常不回家，真不知道她究竟跑去哪裡添了多少麻煩。

「明天請多派一些阿兵哥來支援！」

瑪莉艾拉透過知道內情的尼倫堡，要求增派人手。有更多人幫忙把架子上的藥草倒進「鍊成空間」，再把成品裝到木桶裡的話，就能在更短的時間內完成魔藥。

（我明天絕對不讓師父喝醉！）

瑪莉艾拉心意已決。

按照瑪莉艾拉的要求，隔天除了留平頭的米歇爾之外，總共有五名士兵到場支援。至於藥草，低階的三種減少了，相對之下則多了高階魔藥的材料與道具。
「瑪莉艾拉～高階要一瓶一瓶做喔。」
「那師父就用這種小小的杯子吧。」
「妳不要以為容器變小，速度就會變慢喔。」
「那是我要說的話。」
師徒互不相讓地笑了。宿命的師徒對決揭開序幕。
「好了～米歐爾，來喝吧。啊，那邊那個人也很可愛呢。過來這裡陪陪大姊姊吧。」
師父等人立刻進入花天酒地模式。到了第二天，米歐爾露出彷彿開悟的表情。而且，好不容易增派了兩個人，卻有一個人被師父搶走了。
瑪莉艾拉不甘心地瞪著師父，然後用盡全力鍊成魔藥，直到魔力幾乎耗盡為止。

09

無視於瑪莉艾拉與士兵們的努力，師父過著大口暢飲免錢酒的日子。
吉克在一週內打倒了半獸人王並平安歸來，卻只有短暫的時間能和瑪莉艾拉單獨在有暖爐的客廳稍事休息。

吉克為了滿足師父對晚餐的要求，昨天待在魔森林，今天待在迷宮，每天都得出門狩獵。師父提出的晚餐任務似乎相當困難，就算沒有受重傷，吉克還是每天都傷痕累累，能在當天來回就已經很幸運了。

瑪莉艾拉也忙著滅師父的火，沒有餘力幫吉克。

今天也一如往常，吉先生到森林裡狩獵魔物，瑪小姐則經由地下大水道去製造魔藥了。

「酗酒的師父最好掉進大水道，被水沖走算了！」

高高噘起的嘴巴徹底洩露了瑪莉艾拉的心聲。

要是師父被沖走，搞不好會碰巧漂流到迷宮最深處，成功消滅迷宮。可是師父老是抱著酒瓶，應該沒有人願意當她的同伴，或許沒辦法吧。

姑且不論這種妄想，為了讓休森華德兄弟準備免費酒，師父肯定跟他們做了某種交易。

（他們說的話都好難，我根本聽不懂！我徹底中了師父的圈套！）

今天也帶著喝醉的師父回到「枝陽」，瑪莉艾拉露出非常不甘心的表情。

「怎麼了嗎，瑪莉艾拉姊姊？是不是吃到什麼酸酸的東西了呢？」

尼倫堡的女兒——雪莉這麼說著，遞出甜甜的茶。

瑪莉艾拉感到不甘心的臉在她的眼裡看來，似乎就像是嚐到酸味的表情。雪莉的評價才是最令人不甘心的，但瑪莉艾拉還是忍不住被她泡的甜茶徹底擄獲。

「明天！明天！我一定要讓師父說她還喝不夠！」

瑪莉艾拉緊握著雪莉給的糖果棒當作茶點，重新下定搞錯重點的決心。

幸運在日落前回到家的吉克看著瑪莉艾拉的百百種表情以消除狩獵的疲勞，同時向握著酒瓶模仿瑪莉艾拉取樂的師父小聲問道：

「芙蕾大人，請問您為什麼不指導瑪莉艾拉呢？」

師父瞄了吉克一眼，低聲說他「過度保護」，接著這麼說：

「我有指導她吧？呵呵，你好像不太服氣呢。過度保護對她沒好處，吉克。我告訴你一件好事吧。你知道人的極限是怎麼決定的嗎？天賦當然有影響，但也有所謂的潛力吧？也就是自己的極限。」

師父不改戲謔的態度，用只有吉克聽得見的音量訴說。她那單純像是玩笑的言詞中，有時候也包含了真理。

「所謂的極限，是由自己決定的。如果你覺得自己只有這點程度，那你的成長就到此為止。就算是同樣的工作，認為簡單還是困難，都會讓實際感覺到的難度有所不同。所以我不會告訴瑪莉艾拉她究竟辦到了多難的事。她雖然具備豐富的鍊金術知識，卻不知道這是多麼高深的境界。你看看，她雖然一臉不服氣，看起來卻很快樂吧？她現在很熱衷於跟我玩遊戲。這就是瑪莉艾拉最能進步的狀態。」

嚴以律己，精益求精——這是非常困難的事。師父說，那是因為人會對通往高處的險峻路途感到害怕。

吉克終於明白，瑪莉艾拉是在享受追逐師父的樂趣，所以才能在渾然不覺的情況下輕快地登上陡峭的山路。

「吉克，你要靠自己的力量前往遠方。這就是你能和瑪莉艾拉一起前進的唯一道路。」留下這番話，師父說著：「你們寫完功課了嗎？」走向孩子們。

聽到師父的聲音，從雪莉那裡拿到糖果棒的艾蜜莉與艾里歐，以及幫忙泡茶的帕洛華回過頭來。「枝陽」今天也聚集了一群孩子。愛爾梅拉的兩個兒子都來參加了，廣受好評的安親班今天也正在營業中。

整座迷宮都市都熱烈討論魔藥販售的話題，所以很少有人提及這件事——迷宮都市在宣布販售魔藥的差不多同一時期開辦了學校。迷宮都市的學校雖然是以帝都的教育機構為藍本，卻不像帝都的學園是以貴族或富人等上流階級為對象，而是招收中產階級以下的學子。辦學的目的是教育將來可能成為冒險者或士兵的年輕人，降低他們在迷宮裡的死亡率，所以教學的內容除了基本的語文和算數之外，還包括認識魔物的特徵與弱點、以藥草為首的各種素材的採集方法及處理方法等等，課程的安排是以實用為取向。其中也有武器用法與護身技巧等實務訓練。

開辦的學校有三所——戰士科學校招收有戰鬥潛力的兒童，由冒險者公會管轄；工商科學校招收有生產或商業潛力的兒童，由商人公會管轄；另外還有聘用在富裕階級有家庭教師經驗的人投入教學，由休森華德邊境伯爵家管轄的均衡型中等學校。不同學校在理論與實務的內容和比例上有所不同，但就連工商科學校也有戰鬥訓練，很有迷宮都市的風格。目標是讓迷宮都市的所有人都能在持有武器的狀態下打倒哥布林這種程度的魔物——完全是基於武鬥派思想的教育方針。

均衡型的中等學校雖然給人一種不上不下的印象，但其實是針對中產階級的學校，目的是讓沒有家庭教師但有學過語文與算數的孩子接受更高等的教育。即使是其他兩校的學生，具備才能者也能轉入這所學校。有些孩子只能靠自己的才能從零開始建立所有的生活所需，有些孩子會繼續發展繼承自父母的一切，兩者需要學習的技術不盡相同，而提拔才華洋溢的孩子、給予充足的教育資源就是迷宮都市解決人才不足的問題最好的方法。

每所學校都只有上午授課，時間很短。這是因為迷宮都市有許多孩子從小就要工作，所以需要在短時間內實施必要的教育。考慮到這些情形，學校的編制可說是相當注重專業性。

雪莉等四個孩子就讀的都是中等學校。尼倫堡的女兒雪莉有家庭教師，愛爾梅拉的兩個兒子也都有接受愛爾梅拉和沃伊德的充分教育，所以連中等學校也沒有必要就讀，但還是基於能與同年的孩子交流切磋的理由而入學了。

艾蜜莉的父親以前是冒險者，但比較像母親的艾蜜莉沒有戰鬥方面的才華，在能力上只是個平凡女孩。不過，本人認為自己將來一定會繼承「躍谷羊釣橋亭」，從小就向安珀與其他熟客學習認字和算數，所以具備足以入學的程度。除了會把「玉蜀黍」說成「玉叔叔」之外，她算是一個前途無量的十歲兒童。

四個孩子融洽地一起寫功課，帶著酒臭味的賢者則夾雜著需要的情報、不需要的情報和高深的情報，幫他們解說不懂的地方。不知道是喜歡小孩還是單純因為精神年齡很接近小孩，師父教得相當愉快。

（謝謝你們幫我照顧師父！）

瑪莉艾拉打從心底感謝雪莉等四個孩子。雖然瑪莉艾拉對孩子們的成長是擔憂稍微勝過期待，但還得補充「枝陽」的藥品，需要一點自己的時間。

「枝陽」要是不賣藥，就要變成自助式咖啡廳兼尼倫堡的診所兼安親班了。瑪莉艾拉豈不是沒有必要待在這裡嗎？雖然當房東也不錯，但瑪莉艾拉已經很有錢了，根本不需要不勞所得。

「傷藥、止痛藥、退燒藥、胃藥。接下來是煙霧彈和三種肥皂！」

瑪莉艾拉在無人的二樓工房，用鍊金術同時製造多種商品。

這樣的製造速度是以前無法比擬的，但忙著照顧師父的瑪莉艾拉卻連這點都沒有發現。

「終於，終於可以回家了——！」

愛爾梅拉在商人公會高聲歡呼。

開始舉辦魔藥販售的說明會後，今天大約是第十天。

為了應付想盡量多買些魔藥而不惜偽造文書的人，公會為沒有住家的冒險者安排了一種販售方法，輕易解決了這個問題。

那就是「在迷宮入口領取號碼牌，前往迷宮二十樓就可以購買魔藥」。

因為魔藥瓶的製造已經有了底，才能公開這項情報。

目前雖然限購低階魔藥與低階除魔魔藥各一瓶，但跟涉及犯罪的風險相比，這樣划算多了。迷宮二十樓能透過消耗魔石的傳送陣來移動，並不是徒步無法來回的距離。就連某個吃太多的鍊金術師都能為了減肥而跑上這段距離，所以迷宮都市的大多數人都能順利往返。

由於文書的偽造或搶劫而被捕的期間就可以買好幾瓶魔藥了，所以去迷宮買還比較划算。問題在於要走樓梯往返還是藉由傳送陣來增加次數。既然都要去二十樓了，順便採集藥草也是一個方法。能在這層樓採到的月光魔草正好漲價了，考慮到無法高額轉賣魔藥的情況，或許也該採集藥草以分散風險。

為了解決高階魔藥的原料——月光魔草不足的問題，維斯哈特想出的這個方法比想像中還要有效。

迷宮的階梯附近是安全地帶，魔物不會靠近。有許多人雖然無法在二十樓戰鬥，但還是可以反覆爬樓梯。跑到二十樓買兩瓶魔藥有點划不來，但只要承接搬運藥草或素材的工作，剛好可以賺取零用錢。

採集月光魔草的冒險者和藥師可以省去搬運的力氣，而且現在的收購價格高，是一份好賺的差事，於是吸引許多人到二十樓附近勤奮地採集月光魔草。

順帶一提，迷宮都市的西南門與魔森林的出口也會單賣除魔魔藥。但這裡所賣的魔藥是裝在用完即丟的普通瓶子裡，不利於保存，所以專門賣給經由魔森林往返帝都與迷宮都市的商隊。

靠近帝都的魔森林出口建造了販售除魔魔藥的店，迷宮討伐軍的二軍士兵會常駐在這裡賣魔藥。將除魔魔藥運送到這家店的工作是由黑鐵運輸隊承接。

「嗨～辛苦啦。我們送追加的除魔魔藥來了～」

「愛德坎先生，你來得正好。邦達爾商會想要委託你們護衛他們到迷宮都市。他們在梵托亞村等待，你們可以接下這份工作嗎？他們說跟客人一起也沒關係。」

「好喔～不過，還有客人在啊？」

「是的，聽說是邦達爾商會介紹過來的。」

「是喔，邦達爾先生真勤快～」

愛德坎正在跟士兵們交換情報的時候，努伊和尼可這兩個奴隸正在做著卸貨的工作。堆滿三輛馬車的桶裝除魔魔藥由兩個人來卸下，分量有點多。再加上初夏的悶熱天氣，兩個奴隸搬得汗流浹背。看不下去的士兵們也主動幫忙卸貨。

自從失去林克斯，黑鐵運輸隊也產生了重大的變化。過去擔任黑鐵運輸隊的隊長與副隊長的迪克與馬洛都已經回歸迷宮討伐軍，由愛德坎繼承黑鐵運輸隊。

迪克已經還清安珀的債務，所以本來就沒有理由繼續待在黑鐵運輸隊；而且這半年來，瑪莉艾拉的護衛體制經過強化，已經可以安全地製造並販售魔藥，所以黑鐵運輸隊或許遲早都會進入現在的狀態。

現在隊裡的成員有馴獸師尤利凱、治癒魔法師法蘭茲、裝甲馬車維修員多尼諾、瘦得不像盾牌戰士的格蘭道爾，以及身為奴隸的努伊和尼可，總共七人。

法蘭茲的外表有濃濃的亞人血統，所以平常會用面具遮掩容貌，而尤利凱的口音與髮色在帝都和迷宮都市都很罕見。比起定居，兩人都比較想繼續過著運輸隊的旅行生活。

多尼諾和格蘭道爾原本隸屬於迷宮討伐軍，但能力不適合在迷宮中作戰，因此才會加入黑鐵運輸隊。幫林克斯報仇的方法並不僅限於和迷宮作戰。他們選擇了以黑鐵運輸隊的身分為迷宮都市帶來利益的道路。努伊和尼可雖然沒有權力決定自己的去留，但似乎很高興能繼續跟著願意栽培自己的多尼諾和格蘭道爾。

而愛德坎——

「要是我不在，戰力會不夠吧。」

他看似無奈地這麼說，繼承了隊長的職位。

「格蘭道爾，愛德坎當初為啥會退出迷宮討伐軍咧？」

「尤利凱，問得好。愛德坎會退出是因為在迷宮討伐軍待不下去的關係。他把所有女兵都追求了一輪呢。哎呀，當時的情況可真混亂。」

不論是以士兵而言過於美麗的女性，或是有人謠傳是女半獸人或山怪的健壯女性，身為愛之旅人的愛德坎全都平等地同時對她們訴說愛意，於是在困難的旅途最後失去了容身之處。

溫文儒雅的格蘭道爾對尤利凱形容得頗有詩意，但據說他同時腳踏多條船，最後還在露宿野外時演變成遭人持刀攻擊的感情糾紛。

「只不過是因為我的真命天女不在迷宮討伐軍罷了。我命中注定的甜心或許會在帝都，所以我才會加入黑鐵運輸隊。」

「我看你的命運齒輪根本壞掉了吧？要是修得好，我還真想幫幫你。」

與愛德坎相識已久的多尼諾把愛德坎的命運形容為空轉的齒輪，嘆了一口氣。

「我的命運齒輪就像馬車的車輪一樣，正在轉個不停呢！」

「那不叫齒輪，叫作軸承。沒有齒是要怎麼牽動其他零件啊……」

名為愛德坎的車輪似乎正在低摩擦的狀態下轉個不停。雖然黑鐵運輸隊的同伴化為車輪

與他共同前進，但可惜車輪與齒輪是不同的零件。

「帝都也沒有愛德坎的真命天女唄。他到現在還是到處漂泊咧。」

愛德坎以演員般的誇張手勢加入尤利凱與格蘭道爾的對話，就得到尤利凱這麼冷淡的回應了。

「漂泊……聽起來真適合我。沒錯！我就是愛的漂泊者！」

「在我看來倒像是迷路的孩子呢。大家似乎都準備好了。我們可不能迷路，趕緊在日落之前抵達梵托亞村吧。」

「當然了，格蘭道爾先生。我雖然是愛的迷途羔羊，但可不會迷路喔！」

「你是中暑了嗎？愛德坎就永遠迷路下去唄。反正奔龍會好好帶我們前往目的地咧。」

「尤利凱，放過他吧。」

對於尤利凱的毒舌，看不下去的法蘭茲出言安撫，於是尤利凱吐了個舌頭，然後與法蘭茲一起搭上馬車。

經由魔森林將除魔魔藥送達之後，要在梵托亞村過一晚再折返。回程的貨物是想前往迷宮都市的人們……以及休森華德邊境伯爵家訂購的大量酒類。至於這是給誰的酒，當然不必多說。

現在迷宮都市別說是中階以下的冒險者了，就連毫無戰鬥能力的人也有工作可做。而且市面上開始販售除魔魔藥，所以路途比以前還要安全許多。這個消息不只傳到帝都，也擴散到鄰近的各個村莊了。

不只如此，黑鐵運輸隊已經展開共乘馬車的業務。聽說這個傳聞的貧困者都會漸漸聚集到馬車即將出發的梵托亞村。

以邦達爾商為首，原本以躍谷羊商隊翻越山脈進行交易的商會經由魔森林來到帝都的事也提高了傳聞的可信度。

話雖如此，除魔魔藥的販售才剛起步。最早開始經由魔森林通商的邦達爾商會結束了第一筆交易，正打算回到迷宮都市。雖然他們知道除魔魔藥的效果，但還是很害怕魔森林，所以才想跟黑鐵運輸隊一起穿越魔森林。

黑鐵運輸隊今天依然在魔森林中往返。他們運送除魔魔藥，回程時則運送新的居民。與過去不同，並不是奴隸，而是帝都的居民。迷宮都市因為開始販售魔藥而改變，又增加了更多新的居民。

穿越魔森林枝葉的初夏日光灼燒著漆黑的鐵製馬車，對其中的乘客來說，只有小小透氣孔的車廂實在算不上舒適。雖然途中有用魔法降溫幾次，但如果往後也要載送乘客，或許會需要空調的魔導具。

為了配合運送的東西與時代的變遷，即使是裝甲馬車也必須改變，更何況是迷宮都市。來到迷宮都市的人與流通至市面上的魔藥帶來的變化或許不會只有好處。

騎著奔龍引領裝甲馬車的愛德坎想起某個待在迷宮都市的人物。這個人不是凡麗莎，不是喬安娜，也不是名叫娜塔莎的針猿，而是吉克。

自從林克斯過世以來，愛德坎都沒有和吉克見面。

那並不是吉克的錯。愛德坎雖然很清楚，但一想到要見面，還是感到有些尷尬。

（不知道吉克振作起來了沒。下次去看看他好了。）

黑鐵馬車在魔森林中行駛。

車上載著要前往迷宮都市的新居民，以及開拓了新通路的商隊。

炎炎夏日被茂密的樹林遮蔽，烙下深深的影子。

第二章

精靈神殿

Chapter 2

01

「老爹！我們來幫忙了！」

在迷宮都市西邊，也就是兩百年前俗稱防衛都市的地方，以高登為首的建築工正在進行緊急工程。

地點位在迷宮都市的外牆之外，也很靠近魔森林。過去根本不會有人要求工人在這麼危險的地方工作，也沒有人願意承接。正因為有配給除魔魔藥，這項工程才能實現。

他們正在建造一座特殊的神殿。

姑且不論神殿是否能緊急建造，工人使用開墾至採砂場所得的木材，以極快的速度建造起一座足以容納十多輛馬車的巨大神殿。

負責指揮現場的是矮人高登，他的兒子約翰和玻璃工匠魯坦則從旁協助。現場當然找來了整座迷宮都市的建築工，但因為修繕堅固的石造房屋並長期居住才是迷宮都市的住宅文化，所以建築工的人數並不多。休森華德邊境伯爵家不吝於出資，但必須在一週內大致完成，而現場的人手完全不足以回應這個無理的要求。

聽說高登有難，過去曾受他幫助的冒險者們特地趕來幫忙。就算同樣是冒險者，也不是所有人都有好收入。有許多人因為意外受傷，連糊口都有困難。
年輕時曾當過冒險者的高登因為受傷，不得不退休。窮得沒飯吃的高登是因為有個工頭教他建築工的技術，才能以建築工的工作自食其力。
將無法回報給恩人的情義留給後進——就是基於這樣的理念，高登會主動介紹建築工的工作給受傷的冒險者，或是贈送購自「枝陽」的傷藥，對他們照顧有加。
高登早就不記得自己對多少冒險者伸出援手了。可是現在，有好幾十名冒險者互相召集，趕到了高登的身邊。
所有趕來的人都是冒險者。高登很感激能湊齊足以在一週內完工的人員，但他更高興的是有這麼多人的傷勢都已經痊癒，四肢健全地重拾危險的冒險者工作。
大家都和當時一樣稱呼高登為「老爹」，令他眼眶發熱。
「哦！老爹，你在哭嗎？老人家就是容易掉眼淚嘛！」
「俺才沒有哭！只是流汗。有閒工夫說廢話，還不如快點幹活！」
高登吼了開他玩笑的冒險者一聲，然後抽出塞在屁股口袋的手帕，用力搓揉眼睛周圍。
「唔哇，這條手帕是怎樣？眼睛好痛！好嗆！」
「嗯？老爸，那是『枝陽』的抹布耶。你拿錯了啦。」
「什麼！」
因為用沾著洋蔥味的抹布擦眼睛，高登真的開始落淚，於是冒險者們指著他放聲大笑。

工地附近的安全有迷宮討伐軍派遣過來的士兵負責戒備，軍方也提供了除魔魔藥，所以就算是在魔森林旁邊，眾人還是能大聲笑著工作。或許是因為大家平時都待在高高的圍牆中，開闊的氛圍使工程進行得十分順利。

運送到現場的樹木經過建築工技能的乾燥處理，被工人加工成柱子或木板。地面仍然是泥土地，只除去樹根和大型石塊，壓平表面。因為設計上是要讓馬車出入，所以沒必要鋪設地板。

「我說老爹，這棟房子是用來做什麼的？」

看過設計圖的一名冒險者這麼詢問終於停止流淚的高登。

光是建在外牆之外且面向魔森林的這種地方就很奇怪了，這棟建築物還只有兩個出入口和天花板的一扇窗戶。而且靠近迷宮都市的門大得足以供馬車出入，另一扇面向魔森林的門卻遠比普通房屋的門還要小。

女人或小孩或許彎下腰就能進出，但如果是體格壯碩的冒險者，就算趴下來前進可能也會卡住。

天窗的設計也很奇特，是三個成年男性張開雙手才能圍起的巨大圓窗，而且是雙層構造。為了防止會飛的魔物入侵，窗框採用的是鑲嵌玻璃的鐵格，但鐵格是由魔法陣的造型所構成。而且上層與下層不同，下層的窗框裝著可以安置某種東西的臺座。雙層窗戶之間似乎可以裝上某種物品。

「聽說這是一座精靈神殿。」

「精靈神殿？」

似乎喜歡聊八卦的冒險者對高登的話題很感興趣。

「俺也不清楚詳細情形，但你們也聽說賣魔藥的事了吧？」

「嗯，聽說是亞格維納斯家想出了製造方法吧？」

「是啊，就是那件事。魔藥這種東西啊，聽說連容器也是特製的。除非砂子裡含有『生命甘露』這種用來做魔藥的地脈之力，否則就做不成瓶子。」

魔藥的販售是冒險者現在最關心的事。因為在場的人都趕來幫助高登了，所以沒有去參加商人公會主辦的說明會，但也在酒吧聽其他同伴說過大致的情形。只不過，他們聽說的都是經過加油添醋，甚至再加上香料大火快炒的誇張謠言。

冒險者都聚集過來聆聽了，於是玻璃工匠魯坦開始說起後續情形。

「帝都有很多收購魔藥瓶的地方，所以算是常識啦。迷宮都市只有你們這種傢伙喝完亂丟的酒瓶。這樣就算辛苦做出魔藥，也沒有瓶子可裝。」

「不能裝在普通瓶子裡嗎？」

「裝在普通瓶子裡，很快就會變成普通藥水了。」

「什麼嘛，原來魔藥也會壞掉啊。麻煩死了。」

「聽說跟食物壞掉不太一樣。名劍也需要適合的劍鞘吧？就像那樣啦。」

魯坦用劍來比喻的說法似乎很貼切，雖然冒險者完全聽不懂，但他們這樣的人本來就對詳細原理沒有興趣。魔藥不裝在專用容器裡就會壞掉——只要大致理解這一點就夠了。

「所以呢？那種容器和這座神殿有什麼關係？」

面對急於知道答案的冒險者，這次換約翰繼續說下去了。

「哎呀，別急嘛。魔藥瓶的玻璃要用含有『生命甘露』的原料來做才行。也就是說，本來連玻璃也是由鍊金術師來做。」

「這麼說來，亞格維納斯家也想出了玻璃的做法嗎？」

「不是的。」

「什麼嘛，真沒用。」

冒險者非常沒有耐性，吵吵鬧鬧地對約翰的一番話發出噓聲。

「所～以～說！這座神殿就是要請精靈來製作那種砂子啦！」

為了性急的冒險者，約翰一口氣說出結論。

「你說什麼！」

「怎麼做？」

「精靈會做嗎？語言明明就不通啊？」

冒險者們吵個不停。聽到這麼沒頭沒尾的話，也難怪他們會有這種反應。

「聽說休森華德邊境伯爵大人從宅子裡找到兩百年以前的老書和寶物。這座神殿就是根據那本書蓋出來的啦！」

「你說什麼！」

「寶物嗎？啊！我知道了，是那扇天窗吧？對吧？是不是要裝在那個臺座上！」

不愧是冒險者，一聽到「寶物」這個詞就變得非常積極。

「雖然說是寶物，但也不是好東西。那是一種帶有特殊詛咒的法器。」

「啥？詛咒？」

「沒錯。聽說那種法器的詛咒會在晚上活化，裝在那裡的話，精靈就會在半夜聚集起來，使用『生命甘露』解咒。聽說只要把製作魔藥瓶的砂子放在窗戶下方，精靈汲取來解咒的『生命甘露』就會灑落在上面，變成能拿來做魔藥瓶的砂子。」

約翰擺出嚴肅的表情，解說「詛咒寶物」的作用。冒險者全都一臉認真，專心地聽著。

「所以呢？那是什麼詛咒？」

「這……我說不出口。那實在太可怕了……」

約翰忌諱似的別開目光。

「太讓人好奇了吧，魯坦爺爺，不然你告訴我們吧！」

「俺才不要咧。光是說出口，好像就會被詛咒。」

魯坦的頭也往旁邊一撇。

「老爹！告訴我們吧！不然我今天會睡不著啦！」

「算了吧，小夥子。小心聽了尿床。」
「畢竟連老爸都嚇到漏尿了嘛。」
「誰……誰誰誰誰漏尿啦！俺才沒有！」
「就是啊～高登只是尿失禁而已唄～」
「才不是！俺是老了，但還不到尿失禁的年紀啦！」
看到高登氣得臉紅脖子粗，冒險者們都紛紛回到工作崗位上。
那究竟是什麼樣的詛咒呢？而高登真的漏尿了嗎？還是尿失禁呢？
不論如何，一想到自己明天的安危，在場的冒險者都感覺到一股微微的可怕寒意。

02

多虧冒險者的協助，只有牆壁與天花板的「精靈神殿」在短短的一週內完工了。接下來只要在周圍種植零星的多吸思藤與布魔敏特草，它們就會自行繁殖，防止魔物靠近。
建造神殿的最後一天，在眾人的注目之下，迷宮討伐軍嚴謹地戒備著「詛咒寶物」，將它搬進神殿。
好幾名士兵在周圍看守，一名穿著長袍的男人走入神殿，跟在他身後的兩名士兵手上拿著必須雙手環抱才能搬起的箱子。箱子上有好幾道看似封印的紙張和繩子，嚴密的防護說明了裡頭的東西有多麼嚇人。

長袍男子用兜帽遮住了臉部，從他的裝扮看來，恐怕是熟知咒術的專家。

神殿只裝上了外側的一層天窗，內側裝有臺座的內窗現在擺放在神殿中央的地面上。內窗的四個角落繫著繩子，繩子前端繞過裝在天花板上的四個滑輪，連接著捲繩機。只要冒險者們轉動捲繩機，繩子就會將窗框往上拉。

咒術師與士兵們走向臺座。

咒術師迅速舉起手，兩名士兵便把裝著「詛咒寶物」的箱子放到地上，接著退後數步。窗框的臺座周圍設置著篝火，排列成一圈圓形，柴火中添加了乾燥的聖樹葉。兩名士兵沿著篝火潑灑散發淡淡光芒的水，將臺座包圍，然後點燃篝火。

發光的水應該是聖水，搭配加了聖樹葉的篝火就能設下簡易的結界吧。咒術師詠唱某種咒語，一一解開封印。

咕嚕。

在一旁觀看的冒險者都嚥下口水。封印終於解除，咒術師打開了蓋子。

嘶嘶嘶嘶……黑色的東西從箱子邊緣溢出。這些詭異的物體既像鐵鏽，又像黑色小蟲的集合體，使人本能地感到恐懼。

幾名冒險者曾經在危險的人生中見過這東西。

「是詛咒……那真的是詛咒寶物……」

某個人脫口低語，神殿因此鴉雀無聲。

咒術師毫不畏懼地把手伸進裝滿詭異黑色物體的箱子裡，從中拿出必須用雙手捧起的大玻璃杯。

雖說是玻璃，卻不是清透漂亮的物品。玻璃似乎混合了綠色和褐色等陰暗的色調，是接近黑色的綠色杯子。因為從中湧出的黑色詛咒，看起來更加混濁了。

造型非常不整，就像小孩子捏出的陶器。或許是因為詛咒的力量才會扭曲的吧。不，製作這個容器的小孩子可能才是詛咒的元凶。

在歪斜的容器裡不斷扭曲的詛咒讓眾人懷抱各式各樣的想像，激起不安的情緒。

「好可怕……那到底是什麼樣的詛咒啊……」

冒險者與迷宮討伐軍的士兵遠觀咒術師把受詛咒的杯子放到臺座上，用金屬零件固定以免傾倒。金屬零件的中央裝著刻有某種徽章的咒術道具。或許是避免詛咒過度溢出的封印具吧。

裝好杯子的咒術師轉身面向站在一旁待命的高登。

高登一臉嚴肅地點頭。

被兩名士兵從頭潑灑聖水的高登穿越結界，站到裝在窗框上的「詛咒寶物」旁邊。在杯中不斷翻騰的詛咒彷彿就要對高登伸出魔爪。

「把俺拉上去吧。」

冒險者按照高登的指示，轉動捲繩機，把載著高登與「詛咒寶物」的窗框拉上天花板。即使裝了「詛咒寶物」，固定窗框仍然是建築工的工作。這是負責這項工程的高登的職責。

「老爹……」

「老爹，加油！」

冒險者都不禁出聲打氣。

抵達天花板附近後，高登踏上事先裝好的鷹架，迅速固定窗框。固定後要再貼上看似封印的紙張。這樣就完成了。

陽光穿透魔法陣造型的雙層窗，形成複雜的魔法陣陰影，投射在神殿內部。

這種窗框是為了封印「詛咒寶物」的措施，兩者重疊的影子肯定有什麼特別的效果。高登解開繫在窗框上的一條繩子，綁在腰上，然後緩緩垂降到地上。

「完成了。」

高登嚴肅地如此宣言。咒術師點頭，與護衛一起靜靜離開神殿。

冒險者們的歡呼響徹了整座神殿。

「老爹，你真是太厲害了！」

「就是啊，不愧是我們的老爹！」

「竟然能裝好那麼恐怖的詛咒寶物！」

興奮的冒險者們紛紛表示贊同。

雖然他們說「那麼恐怖的」，但其實沒有人知道究竟有多恐怖。不過有些事還是不要知道得好。萬一知道了，肯定會遭遇比尿失禁還要可怕的災難。他們的本能都很清楚，好奇心會招致毀滅。

據說寶物的詛咒會在夜晚活化。

晚上千萬不可以靠近這個地方。沒錯，絕對不行。

參與精靈神殿工程的冒險者聊著這些話題，結伴前往迷宮都市的酒吧通宵暢飲，慶祝神殿的完工。

神殿完工的幾天後，從採砂場載來砂子的好幾輛貨車被送進神殿。採砂場的砂子品質雖然好，但純度還不足以用來製造魔藥瓶。因此，砂子會先由魯坦等迷宮都市的玻璃工匠和魔工技師做出的篩選機來處理，然後再運送到神殿。

把載著砂子的馬車駛進神殿後，駕駛會留下貨車，帶著騎獸離開。為了防止有人誤入而受到詛咒，面向迷宮都市的大門會確實上鎖。但面向魔森林的小門並不會上鎖，因為這是供精靈出入的門。

經過一晚再前往神殿，就會發現貨車上的砂子都帶著「生命甘露」的淡淡光芒。

正如休森華德邊境伯爵家的古老書籍所傳，肯定有精靈來到這裡解除詛咒。偶爾也會有砂子毫無變化的日子，使負責運送的人相信這真的是難以捉摸的精靈所做的事。

精靈一定是少女的模樣。

有些人這麼說。他們跑去神殿試膽，聽見少女唸著什麼的聲音從裡面傳出。但是他們沒有見到精靈的長相，因為被突然出現的火球襲擊，好不容易才逃回來。

「那一定是精靈正在和詛咒戰鬥。」

謠言愈滾愈大，甚至有人開始獻上供品給精靈神殿。「詛咒寶物」的恐怖故事因為有參與工程的冒險者描述目擊經驗，所以迷宮都市的所有人都信了，再加上迷宮討伐軍加強巡邏的關係，漸漸不再有人在晚上接近精靈神殿。

從神殿帶回的砂子含有「生命甘露」，會交由魯坦等玻璃工匠加工成魔藥瓶。突然增加的需求讓玻璃工匠的工作一口氣變多，再加上藥草的特殊需求，帶來了許多工作機會。

「俺忙得不得了，超辛苦的啦。」

魯坦抱怨自己太忙，高登與約翰一邊幫他一邊竊笑。

「話說回來，一切都按照維斯哈特大人的計畫進行呢。」

「俺的演技超棒的吧？」

「這個嘛，畢竟道具也做得很用心吶～」

「老爸被詛咒得很值得呢。」

「俺才沒有被詛咒！……沒有吧？」

其實「精靈神殿」是個天大的謊言。

「詛咒寶物」只是某個爛醉賢者懶得丟酒瓶，隨便融化玻璃做成的玩具。這種東西當然像小孩捏的陶器一樣，歪七扭八又粗糙。

從「精靈神殿」稍微往魔森林前進的地方，有地下大水道的出口。

高登等矮人三人組除了建造「精靈神殿」的事以外，並沒有獲知詳細情形。魔法陣的窗框雖然是模仿除魔魔法陣而成，但金工容易產生扭曲，根本不可能有效果。探究細節就會發現「精靈神殿」本身就是個騙人的東西，所以高登等人在動工前就已經獲知「精靈的真面目」以外的真相，接受了支援的請求。

「不過啊～既然會請咱們工作……」

「是啊，非常明顯呢。」

「真是個需要人照顧的小姐呢。」

啊，口好渴。真想去「枝陽」喝杯花式發光茶，消除製作魔藥瓶的疲勞。今天要說什麼笑話呢？就算不怎麼好笑，那女孩還是會露出陽光般的笑容吧。光是沐浴那裡的陽光，就能讓人湧現無盡的活力。

三人的想法大概都是一樣的。

「俺要去休息一下。」

「過於投入會降低工作效率。」

「俺要給俺的座位抹上自己的味道，免得被維斯哈特大人搶走了。」

三名矮人暫停製作魔藥瓶，興高采烈地前往「枝陽」。

＊ 03

瑪莉艾拉、吉克與師父一起經由夜晚的地下大水道前往魔森林。終於要連夜潛逃了，都是因為師父欠了太多酒錢。

兩百年前或許真的會發生這種狀況，但現在的迷宮都市不論做多少魔藥都賣得出去，所以師父想喝多少都不成問題。黑鐵運輸隊會不斷從帝都運送美酒過來，即使瑪莉艾拉想逃，師父也不會放過她。

一行人走出地下大水道，穿越魔森林，抵達了「精靈神殿」的後門。

「嗯，今天也沒有人呢。我去看看正面的大門以防萬一，吉克在這裡守著。瑪莉艾拉，快點去把事情辦完吧。」

吉克與瑪莉艾拉回應「是」，開始分頭行動。

瑪莉艾拉今天依然從早上就開始製作魔藥、補充店裡的商品、照顧師父，晚上則要在

「精靈神殿」處理魔藥瓶用的砂子。話雖如此，雪莉等四個孩子有幫忙陪伴最累人的師父，「枝陽」也有安珀小姐負責顧店。

因此，熱衷於打倒師父的瑪莉艾拉每天都用盡全力鍊成，以凱羅琳所說的「體弱多病型女主角」也自嘆不如的頻率，因耗盡魔力而不斷昏倒。

從師父那裡學到「巧妙的倒地方法」的瑪莉艾拉會一頭栽向其他人準備的枕頭，就這麼睡上一刻鐘，所以被派來的士兵都把這個舉動視為午睡時間。要把瑪莉艾拉想像成體弱多病的薄命女子似乎有點太為難他們了。

「鍊金術師（瑪莉艾拉）大人今天也很有精神。」

接到這份報告的維斯哈特要是知道她正在進行如此嚴酷的特訓，恐怕會嚇得大聲制止，可是他卻忙著把師父說得簡單到近乎荒唐的「精靈神殿」等案件，重新擬定成可能實現的計畫。

瑪莉艾拉通過「精靈神殿」的小小後門，進入內部。這扇門主要是供瑪莉艾拉通行，對吉克來說有些狹窄。一穿過後門，馬上就能看到供給魔力給照明魔導具的裝置。在這裡灌注魔力，魔力就會點亮「精靈神殿」內部的所有燈光，

「精靈神殿」剛完工不久時，高登等三人聽說「精靈」因為裡頭太暗而跌倒，於是緊急加裝了這個「精靈用」的裝置，可以說是充滿關愛的禮物。順帶一提，寶物的「詛咒」只不過是特效，實際上沒有任何危害。

燈光亮起的「神殿」中停滿了裝著大量白砂的十幾輛馬車。瑪莉艾拉對每一輛馬車執行固定「生命甘露」的步驟。

（要在貨車之間穿梭，感覺好麻煩。要是能全部一起完成就好了。）

用巨大的「鍊成空間」包裹這座神殿的內部，不就能夠一口氣掌握所有砂子了嗎？就像是自己長出許多手腳，背後也長出眼睛似的。就算不直接用手碰，應該也能掌握素材。只要能掌握，接下來就用平常的技巧，一次對全部的砂子灌注『生命甘露』就行了。瑪莉艾拉無意間這麼想。

「『鍊成空間，生命甘露，固定──』」

彷彿脫口而出，瑪莉艾拉把隨意產生的想像添加至技能中。

瑪莉艾拉的鍊金術技能實現了她的想像，認知到「神殿」中所有馬車的砂子，一口氣灌注了「生命甘露」。

「成功了……」

一瞬間就處理完這麼大量的砂子了。如果是過去，絕對辦不到。

（我進步了嗎……？）

這就是為了對抗師父，每天拚命製作魔藥所得到的成果嗎？

（師父不是為了飲酒作樂，而是為了讓我用盡全力做魔藥，才會那樣……？）

瑪莉艾拉隱約對師父萌生感激之情。今後要更加敬重師父、善待師父才行。

今天她三不五時出現在瑪莉艾拉打掃的地方，還在剛好很擋路的位置停下腳步，於是被瑪莉艾拉直接掃地出門。

「師父，別擋路，別擋路，別擋路！」

瑪莉艾拉這麼說著，用掃把打師父，她卻好像笑得很開心。瑪莉艾拉根本搞不懂喝醉的人在想什麼。

瑪莉艾拉走出「精靈神殿」的時候，只有吉克在外面等待。

「這次真快。」

「嗯，我好像進步了，所以才能一口氣完成。好了，我們去找師父吧。」

瑪莉艾拉和吉克繞著神殿外圍，走向正門。

而他們看到的是——

「嗯~供奉的酒還不錯嘛。幸好我有放出流言，叫那些被火球追趕的傢伙供奉好酒來消災！啊，還有下酒菜呢！真貼心~！」

看來瑪莉艾拉的感激之情只是錯覺。

「師父，妳在做什麼啊！就算是騙人的神殿，妳竟敢偷拿供品，真是不敢相信！」

「瑪……瑪莉艾拉！妳怎麼這麼快？」

「都是多虧師父啦~吉克，我們回去吧。而且還要把門鎖好，免得會遭天譴的人跑進來！」

「瑪莉艾拉，等一下啦～」

供奉在「精靈神殿」的酒變少的事暫時在冒險者之間引發了話題，但只有一開始的酒有變少，很快就不再變少了。

「一定是精靈的怒氣平息了。」

供奉酒的冒險者安心地這麼說，而在「精靈神殿」潑灑生命甘露的「代理精靈」今天應該也會用掃把追趕火球發射器吧。

The
Survived
Alchemist
with a dream
of quiet town life.

04
book four

第三章

變遷的人們與城市

Chapter 3

01

迷宮第五十三樓——這裡是迷宮討伐軍一軍的修練場，也是取得素材的重要狩獵場。

迷宮的魔物被打倒後，只會留下一部分的屍骸。人們普遍認為這是因為牠們藉著魔力凝聚而誕生，尚未受肉的關係。隨著誕生後的時間流逝，會從最能顯現種族特性的部位開始依序受肉。舉例來說，善於攻擊的魔物會留下牙齒或爪子，善於防禦的魔物則會留下外皮。

有學說指出，迷宮的魔物之所以不會離開迷宮，就是因為身體沒有完全受肉。主張這種說法的學者發現「活捉哥布林或半獸人等弱小的魔物並帶出迷宮，牠們就像在迷宮中被打倒時發生的現象一樣，在活著的狀態下消失，只留下已受肉的部分」。

不過，也有人發現「將無法在樓層間移動的魔物強制帶往別的樓層就會發生同樣的現象」，與主張「包含樓層移動在內的魔物移動會受到迷宮的意志支配」的學派互相對立。

然而，對在迷宮第五十三樓應付巴西利斯克的迪克來說，迷宮魔物的受肉和移動的法則根本一點也不重要。最重要的是什麼時候狩獵才能取得巴西利斯克的珍貴皮革。

巴西利斯克的皮革在迷宮討伐軍現在能取得的皮革素材中具有超群的性能。對斬擊與衝擊的抗性雖然比不上矮人工匠用魔法金屬打造的鎧甲，卻輕盈又具有很高的魔法抗性。為了取得資金，一部分的素材已經流通到市面上，吉克因為是鍊金術師（瑪莉艾拉）的護衛才得以優先購入，但連迷宮討伐軍自己的士兵也還沒有全部取得，因此身穿輕量鎧甲的遠距離攻擊型或重視速度與技能的斥候等職業都還在苦苦等待自己的那一份裝備。

「就快解決了！到最後一刻都不能大意！『槍龍擊』！」

「是！」

與巴西利斯克戰鬥數小時之後，迪克準備給予最後一擊。

跟隨在後的十二個人隸屬於迪克手下的迷宮討伐軍第三部隊。迷宮討伐軍除了負責萊恩哈特與維斯哈特的貼身護衛或情報蒐集等任務的特殊部隊，總共是由第一到第八的八個部隊組成。各部隊都按照強度分為一軍與二軍，其下還有訓練兵部隊，但訓練兵不會被配屬到部隊中，待遇類似見習生。

對付強大魔物的時候，數量並不完全等於力量。個人之間的戰力差距太大，人數與戰力不成比例當然也是原因之一，但想要打倒遠比人類還要巨大，在能力方面也更強的魔物，就有必要理解魔物的弱點，並活用各自的技能來互相配合。

即使隸屬於同一個部隊，戰力有別的二軍士兵也不會與一軍士兵共同在最前線戰鬥。一軍和二軍平時都會待在適合各自等級的狩獵場進行戰鬥。不過死傷所造成的遞補速度很快，所以為了順利配合，組織體制是以強弱的順序直線排列，只要晉昇為一軍，就能與二軍時代的前輩並肩作戰。

迪克在復職的同時就任為第三部隊的隊長。他接替了因年齡而辭去前線工作的前輩，同一個部隊裡還有仰慕迪克的年輕槍兵擔任副隊長，使他出乎意料地馬上融入了這個部隊。部隊成員或許是對迪克看穿人魚假奶的慧眼感到佩服吧。自從迪克就任以來，第三部隊舉辦宴會的頻率便大幅提高的現象應該也奏效了。他們是迷宮討伐軍之中最無腦的部隊，以酒會友似乎相當有效。

安珀小姐今天也很有朝氣地在「枝陽」看店。店裡明明多了麻煩的師父，瑪莉艾拉不在的時間也變多了，她卻工作得更有活力。不管老公（迪克）是否回家，似乎只要沒事，她就無所謂。老公不在家，老婆反而樂得輕鬆嗎？但願不是因為安珀小姐不理老公，迪克的應酬率才會這麼高。畢竟他們是共同克服苦難才終於結為連理的新婚夫妻。

背負著這種無聊苦衷的第三部隊順利擊斃巴西利斯克，迪克等人於是連同勝利的餘韻一起取得巴西利斯克的皮革、魔石與「地脈碎片」。這個樓層的巴西利斯克大多都是掉落這些素材。比較長命的個體除了皮革之外，還會掉落牙齒或爪子，魔石的尺寸也更大，卻不會掉落「地脈碎片」。

迷宮討伐軍花了許多時間才擊敗五十三樓的「咒蛇之王（巴西利斯克之王）」，但也多虧如此，只要調整巴西利斯克誕生到討伐的期間，就能相當準確地控制掉落的素材。

「接下來就選那隻好了。」

休息一陣子以後，迪克盯上了士兵找來的另一隻巴西利斯克。只要暫時回到樓層階梯，斥候部隊就會告知適切的個體，但既然附近有獵物，迪克也懶得多跑一趟了。

「『飛龍昇……』」

（那隻個體才剛誕生喔。）

迪克正要用遠距離攻擊開打的時候，熟悉的聲音在腦中響起。

「是馬洛啊……」

「我想你大概是因為懶得回階梯之類的理由才這麼選的，但請你想想上頭配屬雜務奴隸兵給你是為了什麼吧。」

馬洛帶著勤務兵與奴隸兵來到停止攻擊的迪克身邊。

與迪克一起復職的馬洛現在是諜報部隊的副隊長。諜報部隊和斥候部隊是直屬於維斯哈特的部隊，由於其特殊性而不公開人員與組織體制，所以長相已經曝光的馬洛在諜報部隊中應該是從事偏向檯面上的工作。迷宮的討伐樓層有所進展的同時，諜報部隊也漸漸需要在迷宮內活動，所以過去和迪克同樣是二軍隊長，而且兼具B級偏高戰鬥能力和念語技能的馬洛也每天都忙於奔波在迷宮與城市之間。

「好久不見了。你今天來偵察赤龍嗎？那傢伙的狀況如何？」

「你還好意思說好久不見？也不想想昨天把醉倒在家門前的你扛進家裡的人是誰。要是躍谷羊不小心踢到你，會害躍谷羊受傷的。那可是毀損公物。赤龍還是老樣子。跟你一樣，不好也不壞，沒有變化。」

迪克就像是見到懷念的對象，馬洛卻用冷淡的語氣回應他的招呼。

「唔……我記得我今天早上是睡在玄關啊……」

迪克用完全沒有記憶的表情答道。為了讓安珀一個人在迪克離家的期間也有其他太太可以互相照應，迪克把新家安排在馬洛的家附近，受到幫助的人卻好像都是迪克。

昨天也一樣，馬洛發現迪克睡在家門前的巷子，把他扛進了家裡。雖然安珀在半夜出來開了門，放迪克進到家裡，卻好像就那樣把他丟在玄關不管。

「按照你的個性，應該是勤務兵把你送到大街上，你又因為不想讓別人見到安珀小姐之類的理由，所以在岔路附近說『送到這裡就好』，然後自己回家了吧。真是敗給你了。安珀小姐昨晚非常生氣喔。」

聽到馬洛彷彿目擊了全程的發言，迪克的勤務兵點頭肯定他的猜測。迪克似乎也有點心虛，苦惱地沉思了一下子，說道：「沒問題，她今天也有幫我準備便當。」回答得好像是在安慰自己。

「便當裡是什麼菜色？」

「……麵包。」

「只有麵包？」

「沒錯。」

「……她很生氣呢。」

「……她很生氣嗎……？」

馬洛帶迪克回家的時候明明是深夜，安珀卻馬上就來應門了，所以她恐怕是一直醒著等待迪克的歸來。但她並不知道醉得不省人事的迪克本人就躺在家門前。發生這種事，她會生氣也是理所當然的。現在安珀應該在「枝陽」對芙蕾琪嘉或梅露露大肆抱怨吧。

在這段閒聊的背後，兩人的念語仍然持續著。

（迪克，以你的個性，恐怕是因為聯想到林克斯和那個叫作小賈的奴隸，所以不知道要怎麼對待雜務奴隸兵吧？）

一軍的隊長與副隊長身邊會跟著勤務兵和雜務奴隸兵各一名。勤務兵是從二軍之中挑選出來的助手，戰力頂多是C級，但聰明伶俐；另外還有專屬的奴隸兵，負責搬運行李或打雜等工作。雖說是雜務奴隸兵，但也會一起站上前線，所以大多數人的戰力都有C級以上，而且品行端正。有些人是被迫替別人扛下鉅額債務，有些人是忤逆貴族而被羅織罪名，背後苦衷各不相同，但其中不少人的本性都很善良。

雜務奴隸是與高階主管隨行的少數職務，所以在迷宮都市的犯罪奴隸與終身奴隸之中是品質最好的，待遇也不錯。他們要進入充滿魔物的迷宮，就像吉克一樣，除了滿足食衣住之外甚至能裝備武器與防具，還有個人房間與零用錢程度的薪水。不過，其身分是犯罪奴隸，與小賈相同。

（……要是讓他一個人去，遇到巴西利斯克可能就沒救了。）

聽到迪克的答案，馬洛苦笑著心想「果然是迪克」。

「根本不該同情犯罪奴隸，而是把他們當作罪人看待」——

馬洛終於發現，被囚禁在這種思想中的人只有自己。

迪克的勤務兵說：「下次我會送您到家門前，並在遠處確保您有進到家裡。我不會跟您的夫人見面的，請放心！」奴隸兵也說：「我馬上去問巴西利斯克的位置！」並準備起跑，卻被其他士兵的一句「等一下」阻止了。

這名奴隸兵還很年輕，是個臉上有雀斑的青年。雖然純樸的五官一點也不像，他急著想表現給迪克看的模樣卻讓迪克不禁想起剛加入黑鐵運輸隊的林克斯。

其他的士兵愉快地聽著迪克醉倒路邊的故事，勤務兵、奴隸兵與其他士兵都露出充滿朝氣的表情。魔法師和劍士雖然會一起戰鬥，職責卻不同。同樣地，迪克認為每個人只是各司其職，大家互助合作才是最重要的，所以即使是奴隸兵，他也會一視同仁地當作自己的部下。

（都發生了那種事，你還能視奴隸為部下啊。）

（這個嘛，畢竟每個人都不一樣啊。）

馬洛回頭看著自己的奴隸。他在危急時刻可以替馬洛擋下攻擊，是個B級的壯碩男子。馬洛的奴隸兵有一副正如罪犯的醜惡長相，面對馬洛的冷淡態度，他總是一語不發，默默地聽從命令。

「迪克，要找巴西利斯克的話，沿著那邊的右側牆壁前進就有一隻受肉狀態好的個體了。雷多、塔羅斯，我們走吧。」

馬洛這麼說完便離去。馬洛的勤務兵雷多回應「是」，第一次被呼喚名字的奴隸兵塔羅斯則露出有點驚訝的表情，然後默默點頭，跟在馬洛身後。

（赤龍沒有什麼變化，城市倒是有點異狀。迪克，飲酒還是適量比較好。）

（我知道了，你也要小心。）

這就是他們最後交談的念語。或許就是為了轉達這件事，馬洛才會來見迪克吧。迪克在心中對一如既往的好友道謝。

「往右走吧。再解決一隻！」

「我來負責偵察！」

「小心別太靠近，免得被發現。」

「是！請交給我吧！」

看著奴隸兵快步跑在第三部隊前方，迪克等人在迷宮中繼續前進。

02

「是奴隸就別給我走在路中央！」

聽到突然響起的怒吼，瑪莉艾拉的身體瞬間緊繃。把看店的工作交給安珀，把師父交給雪莉等孩子照顧的瑪莉艾拉跟梅露露姊一起出來買晚餐的材料，正要回去。雖然乍看之下是大嬸與小姑娘的柔弱二人組，周圍卻有便衣士兵負責戒備，所以就算有流氓冒險者大吵大鬧，瑪莉艾拉也沒有危險。

「受不了，最近那種人愈來愈多了，真討厭。」

梅露露姊剛才還在瑪莉艾拉身邊滔滔不絕地大聊批發市場的划算商品，卻在不知不覺間站到瑪莉艾拉的前面了。梅露露姊的高度和寬度都很長，瑪莉艾拉完全被她擋住，根本看不到發生了什麼事。

「看戲也不會有好事。來，我們快回去準備晚餐吧！」

梅露露姊抓住瑪莉艾拉的肩膀，往右一轉。動作好快。她輕輕一推，瑪莉艾拉就轉了半圈。要不是聽到暴躁的怒吼，瑪莉艾拉應該會樂得大喊：「再來一次！我還要！再一次！」給她安可吧。

雖然除魔魔藥從帝都帶來新居民是一件好事，治安卻好像稍微變差了。自從師父來了以後，凱兒小姐好像很忙，一直沒有來「枝陽」露臉。凱兒小姐是亞格維納斯家的千金，從小就有護衛隨行，應該不會有什麼危險，但每次有這種騷動，瑪莉艾拉總是不禁有些擔心。

從不由分說地竄進耳裡的大吼可以知道，有某個奴隸被他人騷擾，甚至施加暴行。理由就只是走在路中央。

「梅露露姊，我們去聯絡衛兵……」

瑪莉艾拉知道自己很弱小，多管閒事就會給周遭的人添麻煩。經歷了林克斯的事，她痛切體會到這一點。可是見到無辜的人受苦，瑪莉艾拉也不願意袖手旁觀。

梅露露姊對這樣的瑪莉艾拉微微一笑，說道：「別擔心，已經有人聯絡了。馬上就會有人趕來嘍。」然後輕輕推著瑪莉艾拉的背。

瑪莉艾拉對梅露露姊說的話感到安心，正要離開現場的時候——

「道路總是為任何人開啟。」

一句帶著哲學氣息的話傳了過來。

「你是怎樣？長得這麼瘦巴巴的，還想跟我打嗎？拿什麼傘啊，你是小孩子在假裝武士喔？」

「哎呀，事情愈來愈有趣了呢。瑪莉艾拉，我們躲在那邊看一下吧。」

剛才還想逃走的梅露露姊突然改變主意，把瑪莉艾拉推進露天攤販後面，開始從縫隙觀望騷動的發展。

「那不是格蘭道爾先生嗎？」

瑪莉艾拉和梅露露姊一起從露天攤販的縫隙看見的人，是黑鐵運輸隊的盾牌戰士格蘭道爾，以及緊緊跟在他身後的奴隸努伊。他們應該是結束配送，回到了迷宮都市吧。有幾根長長的棍子麵包從努伊手上的包裹突出，所以他們或許也是剛買完東西。努伊躲在格蘭道爾後面不知所措地觀察狀況，格蘭道爾那副細木般的苗條身材卻完全擋不住他。

（要是格蘭道爾先生的身體寬度跟梅露露姊差不多，就躲得起來了！）

瑪莉艾拉在心中默默說了很失禮的話。自己以前明明也擁有瑪肉艾拉的大名，這就是事情一過就忘了教訓的典型例子。

身穿燕尾服般的俐落西裝，頭戴禮帽，手拿捲緊的細長雨傘，留著八字鬍的苗條紳士——格蘭道爾一邊用右手觸碰鬍子，一邊對流氓冒險者說道：「看來你似乎迷路了。」

躲在後面坐立難安的努伊或許是已經準備好在發生什麼事時扛著格蘭道爾逃走，顫抖著擺出「我做好覺悟了」的表情。他發抖的原因應該是振奮吧。他也是不折不扣的小混混，應該不會害怕流氓冒險者。大概吧。

把這對看似可笑的二人組視為好應付的對手，流氓冒險者對身邊的四個人使了眼色，離開他原本正在踢的某個商店的奴隸，包圍了格蘭道爾。

「沒錯，我們迷路了，沒錢可用。虧我們還特地從帝都跑來。所以啦，大叔，把你身上的錢全部留下來！」

「嗯，我還以為你只是在騷擾沒有武器的無辜奴隸，原來是想引起騷動，向主人討零錢啊。竟然以為那種手段在這座城市也行得通，你的腦袋實在令人遺憾。」

唉，真是敗給你了──格蘭道爾擺出彷彿這麼說的表情，把雙手舉至肩膀的高度，呈現W字形。稍微彎起纖長的單腳並與另一隻腳交叉的動作強烈地表現了瞧不起人的態度。

他的姿勢就是如此淺顯易懂。

就算是笨蛋也知道他正在把自己「當作笨蛋看待」。

「你……你……你……你者傢伙──！」

「逆著假貨？」

格蘭道爾進一步挑釁氣得發音失誤的流氓冒險者。

他的表情總是一本正經，不過流氓冒險者的口誤還不至於整句話都說錯。這是在玩繞口令嗎？沒想到他如此紳士的外表之下，竟然藏著壞心的個性和靈活的舌頭。

「我才沒有錯成那樣──！」

流氓冒險者果然就跟流氓一樣，在極短的時間內發飆，撲向格蘭道爾。不過──

「喏。」

格蘭道爾就像是要借傘給對方，伸出拿傘的左手，流氓冒險者就像被衝撞似的飛往反方向。

「你……你做了什麼！」

流氓冒險者的同伴果然也是流氓冒險者，說出老套的臺詞後，又說「一起幹掉他」並同時拔出武器砍向格蘭道爾。

「危險！格蘭道爾先生！」

瑪莉艾拉差點大叫，卻被拋了個媚眼的梅露露姊輕輕按住嘴巴。

「沒有危險的，瑪莉艾拉。話說回來，這還真是老套的情節呢～難道流氓的世界有所謂的教戰手冊嗎？」

那到底是什麼教戰手冊？解說簡單易懂的騷擾方式、正確的流氓語、如何在不顯眼的情況下退場的指南書嗎？但他們實在不像是會買商管書來讀的類型。

梅露露姊說完之前，格蘭道爾解開了束帶，把傘打開。

「『盾牌強擊』。」

竟然有這種事。瑪莉艾拉睜大眼睛。

格蘭道爾把打開的傘輕輕往前推，冒險者就像被傘的風壓推開似的，全都同時被震飛。

「唔哇！」

冒險者發出這種老套的慘叫，然後倒在路上一動也不動。看來他們似乎昏了過去。未免太剛好了。

「難道是……『傘之盾牌強擊』……」

「傘之盾牌強擊」不就是孩子們最嚮往的傳說必殺技嗎？既然如此，一開始打倒流氓冒險者的招式肯定是只有「傳說中的勇者」才能使用的傘之劍。不，搞不好是「流浪劍客」所持有的妖刀——傘欺。

「好哩害，好哩害喔格蘭道爾先生！」

瑪莉艾拉興奮得連話都說不好了。她從露天攤販和梅露露姊的後面衝出來，奔向格蘭道爾，不過危機已經解除，所以梅露露姊用溫暖的眼神望著她。

「格蘭道爾先生！好哩害！」

瑪莉艾拉跟同樣興奮的孩子們一起衝上去包圍格蘭道爾，對「勇者格蘭道爾」投射熱情的視線。

「呵呵，這不是瑪莉艾拉小姐嗎？妳說我很哩害？」

格蘭道爾微微一笑，對瑪莉艾拉打招呼。

即使擁有護盾技能，強度也很依賴盾牌的防禦力。盾牌戰士的技能也會影響到身上的裝備，所以站在前線承受猛烈攻擊的盾牌戰士都會穿著金屬的厚重鎧甲，並裝備防禦力高的盾牌。

即使是用魔物的絲線編織而成的布，終究還是布。和金屬等堅硬材質不同，基於能自由變形的特性，布的物理防禦力很低。就算是特殊的傘也只是傘，因為是撐開的布，再堅固也頂多是擋住小石塊。用傘來當盾牌，把好歹算是冒險者的男人們發動的物理攻擊彈開，可不是普通的盾牌戰士辦得到的事。

所以，瑪莉艾拉和附近的孩子會用尊敬的眼神注視格蘭道爾也很正常，不過——

「我說你，一下子是『傘之盾牌強擊』，一下子說繞口令，一下子學小孩子說話，花樣會不會太多了？」

聽到唯一冷靜的梅露露姊這麼吐嘈，終於回神的格蘭道爾有些害臊地拉著鬍子，呵呵笑著拋了一個媚眼。

盾牌**紳士**格蘭道爾——雖然擁有相當高階的護盾技能，卻天生有副虛弱的腸胃，不適合吃肉和油脂，所以肌力薄弱。別說是厚重的鎧甲了，就連盾牌戰士會拿的巨大盾牌也重得無法裝備。一旦裝備，他就無法活動。所以他的「盾牌和鎧甲」裝著車輪，由奔龍來拉動。

被格蘭道爾施加護盾技能的裝甲馬車從以前開始就一直阻擋著緊追在後的魔物，保護著黑鐵運輸隊。雖然無法用馬車衝撞魔物，但格蘭道爾的招式可不只有「盾牌強擊」。光是有他在車上施放技能，最容易被魔物攻擊的最後一輛馬車就能發揮厚重鐵器般的防禦力。

靠著裝甲馬車在魔森林裡移動的黑鐵運輸隊可說是最適合格蘭道爾的天職。

這就是所謂的人盡其才。

為城市守住和平的「傳說中的勇者」一行人在迷宮都市中遊行，光榮返回「枝陽」。成員有手持聖劍兼聖盾之傘的「傳說中的勇者」格蘭道爾、前盜賊努伊、香料店商人梅露露，以及藥師瑪莉艾拉。

這可是「傳說中的勇者」的隊伍，即使有鍊金術師也不奇怪，但瑪莉艾拉還是刻意自稱藥師，可以說是變得相當謹慎。

（這個隊伍有點缺乏火力呢。）

說到火力就想到師父。不論什麼時間或場合，她總是只用大火。瑪莉艾拉很想告訴她，料理的火力是不能大兼小用的。有劍士或戰士在就更好了。吉克出去打獵還沒有回來，「枝陽」還有哪些很強的人呢……

（尼倫堡醫生能不能加入呢……）

師父肯定會加入，但尼倫堡恐怕不會吧。光是想像他那低於冰點的眼神就讓瑪莉艾拉忍不住退縮。

（其他地方有沒有多的劍士呢～）

仍然沉浸在勇者情境中的瑪莉艾拉往「枝陽」前進。

「傳說中的勇者」隊伍中的成員不夠，去酒吧尋找是最常見的手段。「枝陽」雖然不是酒吧，師父還是每天都喝到爛醉，根本沒什麼兩樣，而且還有茶可以喝。兩者都差不多吧。

於是，格蘭道爾答應了瑪莉艾拉請他去「枝陽」喝茶的邀約，促成了勇者的凱旋之旅。

「這裡就是『枝陽』。」

瑪莉艾拉帶頭打開的門裡頭——

「我終於找到真愛了！讓我傳達這份熊熊燃燒的心意吧！美人啊，請務必告訴我妳的芳名！」

「啊哈哈，火焰？」

「火焰！這就是妳的芳名嗎！」

「才不是咧～火焰～！」

「火焰～！」

「火焰～！」

愛的漂泊者——愛德坎對喝醉的師父墮入愛河。

如此瘋狂，豈止是墜入愛河的小小落差，簡直有如墮入無底深淵。他完全迷失了人生的方向，幾乎一去不回。

師父雖然嘴巴上喊著「火焰！火焰！」卻沒有真的放火，似乎還保留著一點理智。可是她的心情極好，給人一種非常危險的感覺。

尼倫堡醫生在店內深處用冰冷到超越冬天的亞利曼溫泉或冰雪樓層的眼神看著愛德坎，但克服過這兩者的愛德坎似乎一點也不怕。吉克或許該調整一下擇友標準。只不過，吉克除了林克斯與愛德坎以外就沒有類似朋友的人了，所以林克斯過世後，每天都被迫獨自去魔森林或迷宮打獵的吉克也沒有其他選擇或結交新朋友的時間。

（把魔法師收為同伴之後，劍士好像也會一起加入……不過還是算了。）

突然恢復理智的瑪莉艾拉無視師父與愛德坎，倒茶給格蘭道爾等人，然後開始準備晚餐。

＊03

「這次只是單純的笨蛋，不過真的進來不少呢。」

香料店的梅露露假裝推銷黑鐵運輸隊送來的帝都茶葉與茶具，前來拜訪維斯哈特。她經手的商品不只有茶葉等有形的東西。

她是諜報員，真正的商品是情報。

「這樣啊。和外頭的貴族有關嗎？」

「算是吧。另外還有一些對利益很敏感的商人。大概都跟預料的差不多。不過那些貴族會不會太配合了？他們的資產價值明明就因為公開販售魔藥而暴跌不少。」

「亞格維納斯的事件發生時就已經把城市**清掃**過了。對於剩下的人，我們也已經保證給予足夠的**報酬**。」

「這樣好嗎？我有聽說一點風聲，那種約定……賢者大人應該不會允許吧？」

「提議者正是賢者大人。」

維斯哈特回答梅露露的疑問。她是個優秀的諜報員，雖然深諳迷宮都市的黑暗面與光明面，卻也兼具情深義重的性格，似乎特別把瑪莉艾拉放在心上。或許正是因為這份工作讓她熟知人類的骯髒本性，她才會如此中意純樸的瑪莉艾拉吧。

「……那就好。一聽說是那位賢者大人的提議，就讓人有點不安呢。暫時不管這個了，目前的問題在於外頭的人吧。」

迷宮都市是屬於休森華德邊境伯爵家的領地，但居住在此的貴族並不只有邊境伯爵家。在迷宮都市任官的大多數貴族世世代代都生活在這裡。

休森華德邊境伯爵家和住在迷宮都市的其他貴族都同樣是帝國的臣子。不過，帝國本身有一部分是為了對抗魔森林、亞人與好戰的異族、戰事不斷的小型諸國、宗教國家等無法相容的鄰近國家，才會維持帝國的體制；所以在帝國與這些紛亂地帶的交界處負責守衛的邊境伯爵等貴族只要是在職責的範圍內，就能享有很大的裁決權與自治權。

實質上，住在迷宮都市的貴族比較接近休森華德邊境伯爵家的臣子。

他們之中有許多家族曾是侍奉安妲爾吉亞王國的貴族，魔森林氾濫（魔物暴動）發生以後，他們也沒有捨棄故鄉，為復興盡了一份力；迷宮都市成為帝國領土之後，其貢獻也受到肯定，於是獲封爵位與魔森林外圍的中小型領地。

他們過去擁有迷宮都市周圍的領地，卻被魔物奪走、被森林吞沒，因此無法取回。所以他們才得到新的領地，位置卻在魔森林周圍。這等於是要他們擔起戒備魔森林的工作，而如此小規模的領地卻連應付採收期的哥布林或半獸人的襲擊都有困難。

為了生存而互相合作，或者尋求強者的庇護是理所當然的選擇。不過即使合作，從領地獲得的稅金減去守護領地的費用後，手邊就幾乎不剩多少利益。就算加上帝國支付的少量年俸，依然無法過上正常的生活。所以經過兩百年後，從地方官員的派遣到生產等各類技術的提供，甚至是納稅等土地管理，大部分的貴族都會委託給休森華德邊境伯爵家，自己則在休森華德邊境伯爵家的領都或迷宮都市任官，靠著年金或官職的俸祿、委託的領地運用收益來過活。

休森華德邊境伯爵家也一樣需要人手，所以面對想求得官職且願意配合的貴族，休森華德邊境伯爵家會考量實力與家世的平衡，分別利用迷宮討伐軍和都市防衛隊這兩個組織，給他們適切的待遇。

即使如此，還是有幾個眼高手低、懷抱魯莽野心的人存在；這些無可救藥的貴族已經在亞格維納斯家的騷動前後完成肅清，目前正在放「療養假」。

就連剩下的正經貴族，除非是在迷宮討伐軍擔任高階職務的合作家族，否則都對公開販售魔藥造成的資產貶值、迅速變遷的狀況感到不安，會因此對休森華德邊境伯爵家產生接近憤怒的感受也是情有可原。然而，由於休森華德邊境伯爵家事前提出的「某個約定」，才得以在消滅迷宮為止的期間建立互助合作的體制。

所以問題恐怕不是居住於迷宮都市的勢力，而是在魔森林外圍擁有領地的貴族。他們大多擁有中等規模以上的領地，或是領地中具備資源或躍谷羊商隊的中繼站，光靠自身領地就能滿足包括防衛在內的需求，是生活富裕的貴族。

他們主張「我們同為皇帝的臣子，並非邊境伯爵的臣子」，雖然在防衛方面會採取一定的合作體制，卻沒有擔任休森華德邊境伯爵家的官職。

他們這麼做並不是自尊心使然，更不是出於他們口中對皇帝的忠心，只不過是把損益放在天秤上衡量後得出的結果。他們的領地全都採用高於休森華德邊境伯爵家的稅率就是最好的證明。

與休森華德邊境伯爵家一起降低稅率以提昇人民的生活品質，以士兵的身分討伐迷宮，並努力看守魔森林與帝都，才是身為貴族也身為皇帝之臣的正確態度。

他們是以自身利益為優先的貴族。迷宮都市開始公開販售魔藥，他們不可能沒有動作。迷宮這種東西，只要能確保通路，就能帶來龐大的財富。

誰會有什麼企圖，又將如何行動？

在劇烈變動的迷宮都市，維斯哈特被迫面臨艱難的局面。

「一想到你的安危，我便徹夜難眠。」

看著住在帝都的元配寄來的這封信，馬洛心想「簡直口是心非」，並將它撕破並丟棄。

不自稱姓氏，單以「馬洛」之名過活的他是在帝都與魔森林的邊界擁有領地的低階貴族，以三男的身分出生。由於領地狹小，身為三男的馬洛根本沒有財產能夠繼承。馬洛靠著天生的「念語」技能，志願加入迷宮討伐軍，年紀輕輕便晉昇為隊長。

就在這個時候，貝拉特伯爵家向他的老家提起一樁婚事。

考量到老家的爵位與源自於安妲爾吉亞王國的家世，在帝國是古老家族又貴為伯爵的貝拉特家根本不可能收馬洛為女婿。這門婚事之所以能成立，似乎是由於他年紀輕輕便當上迷宮討伐軍隊長的功績。他要入贅的家族擁有躍谷羊商隊往返迷宮都市與帝都時途經的中繼站，馬洛的領地會透過這座城鎮取得帝都和迷宮都市的糧食與鐵等各種物資，所以無法拒絕這門婚事。

即使馬洛已經有了互許終身的對象。

有意招贅的貝拉特伯爵家似乎是調查過馬洛才提起婚事的。對方甚至同意他擁有情婦與孩子，條件是不讓他們離開迷宮都市。

「我們倆一起逃到異國吧。」

馬洛牽起戀人的手這麼說，但提議分手，且建議他入贅貝拉特家的人正是馬洛的戀人。

馬洛是在許久之後才得知，當時她的肚子裡已有了新生命，早就已經無法逃往任何地方。

馬洛的戀人沒有地位，沒有名聲，甚至也沒有財產，她深信入贅擁有這一切的貝拉特伯爵家才是真正能讓馬洛幸福的方法。

女爵希望與靠著自身實力成為軍隊隊長，但身分較低的男人結為夫妻。

戀人雖然對「同意丈夫擁有情婦」的對象抱有疑問，但打從心底希望馬洛獲得幸福的她或許也只能相信對方與自己抱著同樣的心意。

辭去迷宮討伐軍的工作，入贅貝拉特伯爵家的馬洛見到了成為自己妻子的女性當家，以及親暱地站在她身旁的男性管家。馬洛立刻就發現管家的黑髮是染成的。管家真正的髮色與瞳色雖然比馬洛稍微鮮艷一點，卻同樣是金髮碧眼。見到與自己色調相同的管家，馬洛便完全理解了這樁婚姻的緣由。

管家是平民出身，不論拿出多少功績，不論兩人有多麼相愛，他都無法成為女爵的丈夫。

（這下可搞不懂誰才是情夫了。）

事情正如馬洛的猜想，空有形式的妻子生下的孩子除了頭髮與眼睛的顏色之外，其他地方都跟自己長得完全不像；管家與妻子的感情更加深厚，身為入贅女婿的馬洛本來就弱勢，此後更是無處容身。

即使馬洛懷念起過去的戀人，又有誰能責怪他呢？

他們並非不歡而散，而且自從分手以來，馬洛沒有一天不想她。

馬洛僱用A級冒險者抵達迷宮都市，見到了辛苦養育馬洛之女的昔日戀人。

年幼的女兒是與他完全相同的金髮碧眼。和貝拉特伯爵家的兒子那頭閃亮的金髮不同，這孩子和馬洛一樣有著略為黯淡的金色微捲髮。

「她睡覺的時候會緊緊縮起腳趾呢，就跟你的怪癖一樣。」

對於這麼說的昔日戀人，馬洛表示：「讓我照顧妳們母女倆的生活吧。」但她卻說道：「我很感激你的心意，但我不想收女爵（那個人）的錢。」拒絕了這個提議。

既然如此——

馬洛召集剛好需要為安珀籌到一筆鉅款的迪克、不適合迷宮討伐軍而正在找工作的愛德坎、多尼諾、格蘭道爾，成立了黑鐵運輸隊。

雖然是馬洛成立的運輸隊，隊長卻由迪克擔任，其中一個目的是為了不讓黑鐵運輸隊承受來自貝拉特伯爵家的多餘壓力。

貝拉特伯爵家雖然對馬洛的決定面有難色，卻也因為地位遠高於自己的休森華德邊境伯爵家居中談判，最後以每月到帝都的別墅露臉一次為條件，允許馬洛加入黑鐵運輸隊。

這個時候的妻子說「貝拉特伯爵家的丈夫不能每月連一天都不在帝都」，還說「至少要露個臉才不會讓我擔心」等口是心非的漂亮話；但馬洛認為她只是為了與管家生下第二個孩子時能夠圓謊，甚至覺得丈夫如果能在頻繁來往魔森林的過程中死去，反而稱心如意。

不論身為妻子的貝拉特伯爵有什麼企圖，馬洛等黑鐵運輸隊成員都成功穿越了魔森林，而且雖然有更多的困難，他還是向昔日戀人與女兒坦白了自己的父親身分，得以在回到迷宮都市的短暫期間跟她們一起生活。

馬洛認為這次自己能回歸迷宮討伐軍，都是因為休森華德邊境伯爵家支付一大筆金額的「謝禮」作為強力的後盾。

馬洛成立黑鐵運輸隊而離開宅邸的期間，聽說了貝拉特伯爵家因為管家經營的事業失敗，資金周轉不靈的消息。

從馬洛待在黑鐵運輸隊的時候開始，他們就曾多次前來要錢，而馬洛也以重新審視事業為條件付了錢，負債卻還是愈來愈多，事業也完全沒有改善。黑鐵運輸隊當時已經順利上軌道，如果沒有讓迪克擔任隊長，整個運輸隊肯定早就已經被他們沒收了。

這次的「謝禮」是熟知內情的維斯哈特與馬洛一起擬定的計畫，條件是馬洛回歸迷宮討伐軍之後，由於會執行包含機密的職務，所以要締結直到解任為止都不得回到貝拉特家的「魔法契約」。他待在迷宮都市的期間都與貝拉特伯爵家的事業完全無關，也透過帝都的司法機構立下「誓約」，拋棄包含債務在內的一切權益。因為這項契約幾乎等於實質上的離婚，馬洛也順勢提出離婚的要求，但對方並沒有接受。

「即使分隔兩地，我仍然愛著你。」

聽聞她笑著說出這種令人毛骨悚然的臺詞時，馬洛不知道她究竟到了這個地步還有什麼企圖，感到背脊發冷。

在這種時候，帝都的貝拉特伯爵寄了那封信來。

（她大概是知道會經過檢閱才會寄這種文章過來，但目的究竟是……？）

有許多人從帝都聚集到迷宮都市，已經到處都有一些零星的糾紛。就連馬洛等檯面上的諜報部隊都必須進行情報蒐集的工作。

夏季的天空遍布厚厚的雲層，潮濕的悶熱空氣使馬洛更加焦躁。

（如果是清澈的藍天，至少還比較好。）

望著看不穿的天色，馬洛嘆了深深的一口氣。

05

「『鍊成空間，迴轉』。」

在設置於迷宮討伐軍基地地下的臨時工房，瑪莉艾拉以超高速轉動圓盤狀的「鍊成空間」。

而師父則是坐在軟綿綿的長椅上，找了可愛型到眼鏡知性型等四名士兵作陪，今天依然在舉辦宴會。原本單調的地下室有了每天搬進來的家具和毛皮等地毯，已經化為一個舒適的空間——當然僅限於宴會區。

瑪莉艾拉周圍仍然是一片單調。有時候搬藥草袋，有時候把魔藥裝到桶子裡搬出去的士兵就像是被罰服勞役似的。

明明是同一個房間，待遇卻差這麼多。是天堂與地獄嗎？

不管怎麼勤奮工作都無法阻止師父喝酒的瑪莉艾拉或許是終於誤入歧途了。不知道基於什麼目的，她一個人低聲抱怨，同時讓「鍊成空間」迴轉。

「『溫度控制』，然後從上方『注水』。」

瑪莉艾拉在圓盤的中心注水。落下的水在圓盤上滑動，隨著離心力分散成小滴並往外圍飛濺。因為周圍的溫度已經降低，所以濺出的水滴被凍結成細小的冰粒。

「嗯～控制起來很輕鬆，能做出很多，可是水滴有點太大了……」

要單靠鍊金術技能製作高階魔藥，月光魔草的萃取是最難克服的瓶頸。使用冰塊萃取的固溶速度非常緩慢，所以重點在於如何製造細小的水滴。

瑪莉艾拉從格蘭道爾轉動雨傘來甩掉水滴的模樣想到了這個方法，於是馬上試試看，不過——

「雖然這樣也是做得出來，但總覺得不太對。」

用這種方法應該也能做出高階魔藥。成品會變得稍微稀一點，但還是能達成「單靠技能製作高階魔藥」的條件。

可是，自己似乎沒搞懂某件重要的事——瑪莉艾拉隱約有這種感覺。

「嗯～還是朝使用噴嘴的方向多思考一下吧。」

這麼改變主意的瑪莉艾拉取出慣用的噴嘴，今天依然一瓶一瓶地鍊成高階魔藥直到魔力用盡，然後進入午睡時間。

「今天到此為止～」

耗盡魔力的瑪莉艾拉搖搖晃晃地倒下，被不知何時來到身邊的師父抱住。

「辛苦了，瑪莉艾拉。注意到那一點就快了。」

因為耗盡魔力而昏過去的瑪莉艾拉沒有聽到師父的慰勞。師父把瑪莉艾拉輕鬆抱起，放到軟綿綿的長椅上。

在宴會區作陪的士兵全都站了起來，在門邊整隊，長椅附近則有協助瑪莉艾拉的人之中身手較好的兩名士兵正在待命。

師父把瑪莉艾拉的手挪到腹部上，右手疊在上方，然後輕觸著瑪莉艾拉右手中指的彩虹色戒指並低聲唸了些什麼。

彷彿來自於戒指，一團手掌尺寸的火焰浮現出來。

是送戒指給瑪莉艾拉的火蠑螈。

火焰馬上化為小小的蜥蜴形狀，交互注視著召喚自己的師父和師父所指的瑪莉艾拉。

師父把手伸向火蠑螈的鼻尖。她的指尖浮現一團藍白色的火焰，火蠑螈將火柴般小小的火焰一口吞下。祂的全身一瞬間顫抖，迸發藍白色的火焰，然後消除所有火焰的火蠑螈變成小小的紅色蜥蜴，蜷曲身體躺在瑪莉艾拉的手上。

「暫時當她的保鑣吧。」

「是！」

師父理所當然似的帶著四名男公關……不，帶著士兵走出房間，守著椅子的兩名士兵回應了她的指示。

瑪莉艾拉昏倒後，師父總是會叫出這隻小小的精靈，然後離開工房，所以士兵們都習慣了這隻火蠑螈。第一次看到時，每個人都非常驚訝，習慣之後卻也覺得祂就像一隻可愛的紅色蜥蜴。

火精靈的身體就是由火焰組成，士兵以為祂們無法像這樣躺在人的手上；這隻火色的蜥蜴雖然有些透明，但不仔細看就跟普通的蜥蜴沒兩樣。

（其他的士兵都忙著把完成的魔藥裝到箱子裡運送，或是處理藥草的殘渣。「炎災賢者」大人回來之前，我們兩個人要跟這隻小蜥蜴一起保護鍊金術師（瑪莉艾拉）。）

兩名士兵挺直腰桿，集中精神面對這份重責大任。

他們並不知道即使只是暫時，火蠑螈獲得足以受肉的魔力之後，究竟具有多少實力。這隻小小的火蠑螈等於是能把瑪莉艾拉以外的整座基地都炸毀的點火裝置。

看到火蠑螈打呵欠似的張開嘴巴，喜歡動物的士兵不禁微笑。我們要專心看守，讓這個小傢伙能好好睡一覺——士兵這麼想。

真正被委託擔任「保鑣」的火蠑螈在瑪莉艾拉的手背上找了個穩定的位置，把下巴靠在上面，舒服地閉上眼睛。

留下相當危險的「保鑣」後，師父帶著四名士兵前往下一攤的地點，也就是準備續攤。看來似乎不是大白天就帶回家享樂的行程。

師父就像個心情大好的醉漢，哼著歌在迷宮討伐軍基地內前進，卻沒有人把她攔下來盤問。維斯哈特當然有發布關於「炎災賢者」的命令，所以師父在基地內自由走動也沒問題。可是沒有人轉頭去看陌生的外人，這是因為他們頂多只能模糊地意識到師父的存在。

四名士兵一開始對此感到驚訝，現在卻都已經完全習慣了。追根究柢，能從派遣給鍊金術師（瑪莉艾拉）的士兵之中挑出維斯哈特的親信和諜報員作為自己的跟班，就讓他們對「炎災賢者」的能耐深感佩服。他們隱瞞身分，融入其他士兵，在「炎災賢者」面前卻沒有任何意義。

而一行人抵達的續攤地點是——

繳納食材與物資給迷宮討伐軍時，穿越通用門後馬上就會抵達的一棟倉庫。排列在倉庫外的馬車上堆放著大量的小玻璃瓶。倉庫入口有數名士兵常駐，他們會從馬車上抽出幾個瓶子來測量尺寸與重量，然後用某種魔導具檢驗，再把文件交給馬車主人，指示對方把東西搬進倉庫。

是魔藥瓶。

從復興後的採砂場採到的砂子被運送到「精靈神殿」放置約一晚，就會含有「生命甘露」。到目前為止的事業會區分為採砂、搬運、砂子的揀選、販售砂子給玻璃工房等多項業務，由邊境伯爵家發包；承包的貴族或商人會獲得一定的利益，但砂子的品質與價格必須維持在發包時訂定的水準。

含有「生命甘露」的魔藥瓶專用砂會由迷宮都市的多家玻璃工房收購，塑形為魔藥瓶後繳納到這棟倉庫。

魔藥瓶專用砂是費工費時的珍貴原料。在需要魔藥瓶的這段時期，砂子若是被拿去加工成普通玻璃窗或酒瓶等雜物就糟糕了，而且為了讓這項業務即使民營化也能成立，所以收購價格會比普通砂子更高。為了避免魔藥瓶遭到偷工減料，容量與重量、其他品質當然有一定的規格，價格也是加上原料費與工錢、利潤之後仍有經濟效益的數字。

倉庫入口的士兵就是在抽檢魔藥瓶是否有符合規格。他們所使用的魔導具是帝都的商人收購二手魔藥瓶時使用的工具，可以測量玻璃的「生命甘露」與魔石的含量。

畢竟魔藥瓶會用到高價的砂子和魔石等昂貴的原料，所以收購價格較高，自然就會出現一些想要賺更多的投機者。

「米歇爾～」

師父像個醉漢，突然摟住米歇爾的肩膀。臉非常靠近。

米歇爾一開始感到不知所措，最近卻已經習慣了，以紳士的態度告誡道「這樣很危險喔」。師父似乎覺得沒什麼意思，稍微噘起嘴巴，然後把嘴巴湊到米歇爾耳邊，小聲說了些什麼。

由於不可思議的法術，周圍的人沒有強烈意識到師父的存在，但並非看不見她。師父與米歇爾卿卿我我的樣子當然有被看見，卻沒有人對男女在大白天的迷宮討伐軍基地勾肩搭背的事感到奇怪。而人們移開視線的下一個瞬間，這件事馬上就像忘記蔬果店老闆的長相一樣，被當作無意義的情報，推到記憶的角落。

師父用她那對金色的眼瞳望著等待檢查的馬車後，前往下一個續攤地點。跟隨師父的士兵有三個人。只有米歇爾要在這一攤解散。他被師父甩了嗎？

米歇爾俐落地撫了一下自己的平頭，表情嚴肅得跟待在師父身邊時判若兩人，走向正在檢查的士兵。

「下一輛馬車和它的下下一輛馬車要全數檢查。先把入口關起來，免得對方逃走。後面的馬車需要特別注意。記得去搜查工房。幾天前不是有砂子遭竊嗎？兩者可能有關。」

「是！」

士兵們立刻聽從米歇爾的指示。師父偏好的可愛型三軍士兵只是他的假面具，其實他是維斯哈特的其中一名親信。

魔藥瓶的材料和收購價格都很高。如果用抽檢的方式驗收，就會有人把普通的玻璃瓶藏到貨車中央來魚目混珠，更惡質者還會竊取原料。他們會趁著「精靈神殿」的砂子還沒有被運走的清晨連同馬車一起偷走，藏在魔森林裡，以後再用農作物或採集品為掩護，送進迷宮都市。只灌注「生命甘露」而沒有做成玻璃的砂子只要過了幾天，「生命甘露」就會徹底流失，變成普通的砂子。一旦檢查就會曝光，可是迷宮都市的居民已經長年沒有接觸魔藥，所以連這種常識都不懂。

（真虧他們能想出這麼多無聊的點子。）

一聽說要全數檢查，後頭的馬車就突然想離開，於是士兵們上前阻擋。事情正如「炎災賢者」所言。

（這下子可能無法在今天內弄完了。）

看到米歐爾一臉不滿的表情，士兵驚覺大事不妙，於是工作得更加勤快。

他的不滿究竟是因為沒能再一次續攤，還是討厭工作增加，或是在公開販售魔藥的緊要關頭耍些無聊手段的人讓他感到憤怒呢？

軍方馬上加派人員，在幾小時內完成了所有的調查，但米歐爾直到師父把瑪莉艾拉帶回「枝陽」之後才得以從工作中解脫。

06

「凱兒小姐，今天也過得好嗎？妳一定累了，喝杯茶吧。」

在迷宮討伐軍基地的藥草倉庫，維斯哈特慰勞勤於管理藥草的凱羅琳。確定要公開販售魔藥以後，凱羅琳每天都會在上午離開宅邸去視察害蟲驅除團子的工廠，然後在迷宮討伐軍進行藥草的品質管理。

這是凱羅琳主動接下的工作。她已經許久都沒有到「枝陽」露面。她的職責是在魔藥的相關事務上吸引迷宮都市內外的注意，當然不能去見瑪莉艾拉。

凱羅琳會從維斯哈特口中聽說瑪莉艾拉的近況。雖然維斯哈特沒有說瑪莉艾拉就是鍊金術師，凱羅琳卻可以確定。開始和協助羅伯特製作新藥的帝都鍊金術師交談後，她才終於明白。

帝都的鍊金術師會使用許多魔導具來製作魔藥。迷宮都市的製藥魔導具雖然不同於鍊金術師使用的魔導具，但這個時代的鍊金術師不可能完全不知道凱羅琳持有的魔導具。而且如果瑪莉艾拉就是「甦醒的鍊金術師」，她解救凱羅琳的父親羅伊斯脫離路易斯的奇蹟就說得通了。

凱羅琳認為瑪莉艾拉為了迷宮都市，現在依然用盡全力，獨自製作魔藥。既然如此，凱羅琳也想盡量幫助她。就像過去她們一起攪拌藥品一樣。

出於這份意念，凱羅琳才會主動接下管理藥草品質的工作。迷宮討伐軍的基地具備儲存魔藥與材料的空間，而且最安全，所以被選為製造與儲存魔藥的設施。迷宮都市的藥師收購並進行乾燥等加工後，藥草會交給商人公會，然後再運送到迷宮討伐軍。在這個階段，藥草就已經具備一定的品質，但迷宮討伐軍並沒有懂得管理藥草品質的人才。好不容易取得的藥草若是受到日光照射，或是存放在溫濕度不適當的地方，很快就會失去作用。

從品質上的特性到庫存量和儲存期間的管理都有凱羅琳把關，對迷宮討伐軍來說再理想也不過了，然而——

「今天的茶也非常美味呢。哎呀，這塊蛋糕加了好多新鮮水果。」

凱羅琳微笑著品茶，而維斯哈特帶著複雜的心情注視著她。

維斯哈特從來沒有想過，自己竟必須以超出招呼的含意對她說出「今天也過得好嗎？」、「祝妳有個美好的一天」等常用句。

很高興今天也能見到心愛的人——他已經不能保持如此純粹的心情。為了親眼確認凱羅琳平安，維斯哈特每天都會來到這個房間。

利用亞格維納斯家來誤導城市內外對鍊金術師（瑪莉艾拉）的注意，原本就是沒有商量餘地的既定事項。根本沒有必要操作情報，迷宮都市的居民和城外的貴族與商人一直都把焦點放在長年管理與研究魔藥的亞格維納斯家。

不過，維斯哈特從來不打算把凱羅琳當作誘餌使用。羅伯特正好以「療養」的名目接受隔離。所以軍方原本是打算操作情報，使人們誤以為他是鍊金術師。

出乎意料的是，凱羅琳竟主動承擔起這項職責。

「如果沒有亞格維納斯家的人出入迷宮討伐軍，恐怕會招人懷疑吧。」

凱羅琳說得沒錯。除非她在城市裡自由行動、出入迷宮討伐軍，否則可能有人會認為迷宮討伐軍監禁了鍊金術師，並強迫鍊金術師製作魔藥。此刻需要從外界招呼人馬來到迷宮都市，不宜引發多餘的紛爭。

凱羅琳的選擇有利於迷宮都市的經營，在戰略上也是正確的。不過——

（幸好她今天也平安。）

維斯哈特沒想到自己會帶著這種心情拜訪凱羅琳。

凱羅琳認為很新鮮的水果在維斯哈特的口中只有無味的水分，紅茶的香氣也無法讓他感到放鬆。

維斯哈特派了好幾名護衛跟著凱羅琳，也設下一道又一道的警備體制。即使如此也無法百分之百確保她的安全。維斯哈特很想叫她馬上停止這種危險的事，乖乖待在自家宅邸，甚至是把她藏匿在自己身邊。

可是維斯哈特說不出口。

凱羅琳一定很清楚自己暴露在危險之中，也知道自己正在保護誰，才會來到這裡。

「我是亞格維納斯家的女兒。」

凱羅琳這麼說道，而她的高尚品德深深吸引了維斯哈特。這份決心與驕傲，維斯哈特豈能踐踏？

（我一定會保護妳。而且……）

維斯哈特並沒有說出自己的決心和意念。

現在還不是時候。

因為「炎災賢者」點燃的燈火貫穿了魔森林的黑暗，光芒甚至觸及鄰近迷宮都市的其他城市。

就像在暗夜之中撲向燈火的飛蟲，一群烏合之眾正以迷宮都市為目標，即將抵達這裡。

第四章

鍊金術師綁架事件

Chapter 4

01

思緒在同樣的地方轉了又轉。

如果是螺旋狀，倒還能慢慢往前邁進，這個房間卻沒有任何能夠促使前進的事物。

以石牆、天花板、緊閉的門構成的這個房間就像一個箱子，有通風的魔導具隨時輸送適溫的空氣進來，每天都會有缺乏變化但分量適當的三餐從小小的送餐口放到房間裡。送三餐過來的人不會露臉，就算向對方搭話也得不到回應。

沒有窗戶的這個房間由寢室、客廳、廁所和浴室構成，能滿足生活的基本需求。不過也僅止於此，除了家人偶爾寄來的信和書，甚至沒有東西能撫慰他的無聊。

被檢閱者塗改過的信和內容平和的保守書籍都無法讓他滿足，即使給他短暫的安慰，還是會馬上把他拉回無窮無盡的思緒輪迴中。在氣溫不變且看不見景色的這個房間裡，除了每天的三餐，時間彷彿停止流動，使他滿腦子只能想著無法挽回的過去。

如果那個時候……如果那個人……如果把那個……如果、如果、如果……

不斷回想過去，想像不可能發生的未來，究竟有什麼意義呢？

「就跟數石磚沒有兩樣。」

即使是石頭，只要持續摩擦就會漸漸變形。不斷迴轉的思緒之圓終究只能描繪同樣的形狀嗎？

「軍方需要能模仿咒術師的人物。」

自從被監禁後不曉得過了多久，他接到這份委託。

男人乖巧地回應「好的」，而此刻的他，思緒究竟呈現什麼形狀呢？

沒有人能知道。

維斯哈特所收到的報告表示「來自家人的信已被墨水塗改成幾乎無法讀懂內容的程度，但這樣的檢閱對男人而言似乎沒有任何意義，他很有可能已經徹底理解家人所傳達的迷宮都市之現狀」，說明了這個男人的失蹤。

02

「爸……爸爸，我我我們終……終……終於到了。這……這這這裡就是迷宮都……都市。」

「哦，是啊，沒錯。真是太好了。我們做到了，兒子啊。」

夕陽西下前，見到抵達迷宮都市的一組商人，看守迷宮都市西南門的衛兵皺起眉頭。

看似商隊主人的矮小男子有著像弓一樣彎的脊椎，就像是背上揹著貨物。五官和他很相似的兒子雖然也很矮小，脊椎卻是挺直的，但過去可能有受過嚴重的傷，表情似乎總是在害怕什麼，眼睛頻頻張望四周，臉部的肌肉還會痙攣似的抽動個不停。

只不過，迷宮都市不乏受重傷的人，所以讓衛兵皺起眉頭的並不是兩人的外表特徵。

穿戴毫髮無傷的全新盔甲和昂貴的外套，用諂媚的態度請求開門的商人父子身後除了看似僱來的冒險者護衛，還跟著一群連鞋子都沒有，只穿著一身破爛服裝的男人。從疲憊不堪且了無生氣的表情、瘦弱骯髒的身體、長得老長的頭髮和鬍子都能明顯看出，他們並沒有受到正常的對待。

商人父子的盔甲別說是傷痕了，連一點髒汙都沒有，奴隸卻只拿到快要廢棄的便宜武器，也沒有防具，甚至沒有鞋子，全身上下都有看似在魔森林受到的割傷，傷口滲著血液。他們之所以能以這種狀態穿越魔森林，恐怕是在入口的值班處販售除魔魔藥的迷宮都市士兵出於同情，替他們多灑了一些除魔魔藥的關係吧。

如此殘酷的對待，即使是號稱奴隸墳場的迷宮都市也不多見。而且，士兵原以為他們是犯罪奴隸，卻沒有從裂開的襯衫確認到胸口的隸屬烙印。

（債務奴隸還受到這種對待……）

衛兵覺得自從開始販售除魔魔藥以來，想要在迷宮都市一舉致富的投機人等愈來愈多了。可是這次的一行人特別糟糕。

把開門手續交給同事辦理的衛兵為了向上司報告，動身前往都市防衛隊的值班處。

「涉嫌虐待的商人父子帶著多名奴隸和冒險者護衛啊。」

「是的，冒險者大約是C級左右。另外還有一名看似與他們同行的文官型男子。」

凱特隊長聆聽衛兵的報告，泰魯托顧問一聽到冒險者是C級就馬上失去興趣，開始剪起指甲。泰魯托自從成功奪回採砂場，就少了嚴肅的貴族氣息，變得比較平易近人、心胸寬大，或者該說是單純變得更像一個邋遢的大叔。他在別人面前脫掉襪子剪腳指甲也只是時間的問題了。

「文官型男子？擁有特殊的技能嗎？」

「目前還不知道對方有什麼技能，只知道是一名黑髮綠眼，年近三十歲的男子。經過我短暫的觀察，他的動作看起來並不像是有戰鬥經驗的人。」

現在的迷宮都市對商人、冒險者和工匠的需求很大，文官的工作機會卻不多。如果擁有特殊的戰鬥技能，外表也有可能和一般人無異。

凱特隊長心生懷疑，聽著衛兵描述對方的特徵。

「如果是有珍貴戰鬥技能的冒險者，應該沒理由在這個時期來吧。」

泰魯托呼了一口氣，吹走用銼刀磨出的指甲屑，這麼說道。他的神情極度缺乏幹勁和興趣，卻常常在這種時候說出正中紅心的評論。

「為求謹慎，先呈報給上頭吧。」

嚴守報告、聯絡、商量這三項工作守則的男人——凱特隊長從座位上起身，準備向身為上司的上校報告。

「要去萊恩哈特將軍那裡的話，我也要去～」泰魯托這麼說著站起來，連自己剪下來的指甲都不清理，跟著凱特隊長一起前往上校的辦公室。

03

有個男人在魔森林的樹陰下，用銳利的眼神望著進入迷宮都市大門的商人。大門再次關閉後，男人終於從樹林中現身，走向大門旁邊的便門。看守便門的都市防衛隊衛兵似乎認識男人，看到他背上揹著好幾隻鳥，便以輕鬆的態度向他打了招呼。

「啊，請客哥，好久不見。今天也是大豐收耶。」

「今天是祈雨鳥啊。這種鳥不是都住在很高的地方嗎？不愧是請客哥。」

「……因為獵到太多，所以我才順道來分一些給你們。」

「真不好意思，吉克哥。」

吉克與開拓道路至採砂場的都市防衛隊同行，以「請客哥」之姿大為活躍的期間雖然只有短短的一週，但他每天打獵餵飽大家的行為就像親鳥養育雛鳥，所以現在都市防衛隊的成員一看到吉克就會心想：「他會帶食物給我們吃嗎？」這個行動模式已經完全烙印在他們心裡。他們的言行明顯透露了「請客哥，我們想吃肉」的心情。

吉克似乎也不討厭衛兵收到獵物後高興的樣子，所以獵到超過所需的分量時，他就會來到大門分肉給衛兵。都市防衛隊的年輕人大多住在宿舍，或是在換班的時候去宿舍吃飯，所以吉克帶來的獵物會送往宿舍的餐廳，最後進到幸運士兵的胃裡。

餵養年齡相近的男性士兵究竟有什麼意義呢？難道是交朋友運動的一環嗎？

吉克終於要拋棄老是跑到「枝陽」抱怨自己被甩的經驗談，現在卻丟下聽他吐苦水的朋友（吉克），成天喊著火焰火焰的愛德坎了嗎？如果真是如此，這或許是愛德坎的一大危機。因為他能稱之為朋友的男人恐怕也只有吉克了。

愛德坎等黑鐵運輸隊的成員從昨天開始就泡在「枝陽」，餐費明明增加了，吉克卻還是大方地將五隻肥美的祈雨鳥交給了衛兵。愛德坎的名字果然已經從吉克的字典中消失了嗎？

「哇，我們可以拿這麼多嗎？幾乎是一半了耶。」

「我只要有這些就夠了。」

「可是，祈雨鳥不是很貴嗎？而且還給我們這麼肥美的高級貨……」

衛兵嘴巴上客氣，手卻緊抓著祈雨鳥的腳不放。祈雨鳥的肉質很軟嫩，沒有腥味或怪味，十分鮮美。

一般來說，如果味道是同樣的水準，獸肉的價格會比魔物肉更高。順帶一提，最為廉價的是雙足步行的人型魔物肉。迷宮都市沒有土地能飼養食用家畜，所以魔物肉也是常見的糧食；但會讓人聯想到人類的魔物在糧食充足的帝都等地是遭到忌諱的肉品，一般市民也不太會吃。在常吃半獸人肉的迷宮都市，祈雨鳥這種高級品根本不會出現在低階士兵的餐桌上。

「一定要拿去宿舍的廚房，跟大家一起吃喔。」

「是！多謝款待！啊～真希望值班時間快點結束～」

「喂，一定要大家一起吃喔！去報告的人回來才能開動！」

負責從外牆的大門監視魔森林的衛兵們眼裡已經只剩下肉了。

「不說這個了，剛才通過的人是從帝都來的商人嗎？」

「沒錯，請客哥……不對，是吉克哥。」

「吉克哥也看到了吧？那個商人自己穿著金閃閃的鎧甲，坐在安全的馬車裡耶！既然有錢買那種鎧甲，還不如幫其他人買一雙鞋子！」

「那些人是債務奴隸吧？連衣服破掉的人身上也沒有烙印。那樣對待債務奴隸沒關係嗎？」

衛兵們似乎也對商人虐待奴隸的行為感到氣憤。

「那種人有可能在城裡惹出麻煩，我會提醒『枝陽』的人多注意的。那個商人去哪裡了？」

「對啊，是該注意一下。我們已經向上頭呈報了，但還是別靠近麻煩事比較好。我看看……」

吉克不動聲色地問出商人的情報。肉的效果相當好。不枉費吉克請他們吃了那麼多肉，多到都有了請客哥的稱號。迷宮都市是個封閉的環境，人們的同伴意識比較強烈。因此，如果對象是可能引來麻煩的外人，其個人資料就不免受到輕視。

吉克又多給了一隻祈雨鳥當作謝禮，然後穿過小門，返回「枝陽」。

「多謝款待，路上小心。」

這麼說著目送吉克的衛兵們都緊盯著美味的祈雨鳥，並沒有發現吉克的眼神蒙上了一層陰影。

吉克抵達有瑪莉艾拉與師父等待的「枝陽」時，太陽早就下山了。

「吉克，歡迎回來～哇，有好多鳥肉喔。」

「我回來了，瑪莉艾拉。我今天獵到很多，所以分了一些給衛兵。」

「今天的晚餐已經做好了，我明天再煮這些。你有想吃的菜色嗎？」

「咦～瑪莉艾拉，我今天就想吃啦～殺一隻來炸吧～」

「真是的，師父，妳不是剛剛才吃過嗎？老年痴呆了嗎～」

順帶一提，師父並沒有老年痴呆。她雖然老是在耍笨，但還不到失智的年紀。

「咦～反正大家都不在，用鍊金術很快就做好了吧。」

因為不知道吉克什麼時候會回來，所以「枝陽」的晚餐總是不等吉克就先開動。今天其他人都已經先回家了。

「師父真任性。」

瑪莉艾拉對任性的師父噘起嘴巴，師父則企圖伸手捏住她噘起的嘴巴。瑪莉艾拉不知道師父會在自己睡著的時候四處巡視，火蠑螈也會在瑪莉艾拉清醒前，也就是師父回來時消失，所以她只覺得師父是個酒鬼。因此，瑪莉艾拉對師父一點也不客氣，用雙手握住師父伸過來的食指和拇指，用力拉開。

「呀啊～瑪莉艾拉，我的手要裂開啦～」

看到這麼說著大笑的師父和瑪莉艾拉的互動，吉克稍微笑了一下，然後自願幫忙。

「我來幫忙。」

「那我也要幫忙。」

「師父只會礙事，請乖乖坐著等。」

聽到瑪莉艾拉冷淡地這麼說，師父噘起嘴巴。瑪莉艾拉與吉克丟下她，走進廚房。瑪莉艾拉正在準備調味料和油的時候，吉克開始肢解祈雨鳥。瑪莉艾拉說只要取腿肉就好，於是吉克把刀子插進肉裡，往反方向扭轉關節，取下腿肉。吉克本身也沒有發現，自己的手法比平常還要粗暴一點。

「謝謝。」

接過腿肉的瑪莉艾拉把肉切成一口大小，連同調味料一起放進「鍊成空間」輕輕拌勻，然後說：「稍微『加壓』來節省時間，入味入味～」

祈雨鳥是體型約比人頭大一點的中型鳥類。牠們會在高大的樹上築巢，用獨特的聲音鳴叫。圓滾滾的肥胖模樣不適合飛翔，也沒有人看過牠們飛，所以甚至有人認為牠們是吃雲霧維生。牠們鳴叫之後幾乎都會下雨，所以才有了這個名字。

可是牠們的真面目並不像人們謠傳得那麼優美，其生態很類似螞蟻或蜜蜂。除了有產卵能力的女王鳥和其配偶以外，其他個體都未分化而不具性別，會蒐集食物回巢。牠們的獨特叫聲並不是在祈雨，而是在呼叫擔任衛兵的鳥來抵抗風雨或外敵。

不同於胖得飛不起來的女王鳥，擔任衛兵的鳥全都是手掌尺寸的瘦弱小鳥，看起來實在不像是同一個物種。

噗滋。

吉克蒙德用刀子刺穿站在頂點奴役衛兵鳥的肥胖女王鳥。趁著瑪莉艾拉還在料理其中一隻的時候，他要把其他的鳥都切成方便料理的尺寸。

吉克蒙德把腹部切開，取出油油亮亮的內臟。他接著肢解各個部位，把某些部分的肉從骨頭上刮下來。

切開粉紅色鳥肉時，斷裂的觸感傳遞過來；剝除連接骨骼的筋時，肉也跟著被撕裂；反向折斷關節時，白色的骨頭隨著堅硬的觸感穿透到鳥肉之外。

吉克蒙德一刀又一刀地斬斷鳥肉。他默默肢解祈雨鳥的藍色獨眼中究竟映照著什麼？

「吉克？做好了喔。」

聽到瑪莉艾拉的聲音，吉克終於回過神來。

祈雨鳥全都已經肢解完畢，有幾隻還切成了容易食用的大小。

「你切得這麼仔細，煮起來輕鬆多了，謝謝。」

說著，瑪莉艾拉把祈雨鳥的肉裝進容器，分別收到冷凍、冷藏的魔導具裡。

廚房的桌子上放著吉克的晚餐和炸祈雨鳥肉塊，而師父早就已經抱著酒瓶坐在一大盤炸肉塊的正前方等著了。不愧是賢者，完美掌握了料理完成的時間。

這盤炸肉塊不是用鍋子，而是用「鍊成空間」油炸而成。對瑪莉艾拉來說，控制「鍊成空間」的溫度是輕而易舉的事，所以品質比使用普通的料理器具還要好。外酥脆，內多汁。手藝甚至不會輸給「躍谷羊釣橋亭」的老闆。

師父狼吞虎嚥的樣子就證明了這盤炸肉塊做得多麼成功。師父好像連嘴巴裡都是火焰屬性，再熱的食物都能輕鬆下嚥，所以非常有利於爭奪剛煮好的熱騰騰料理。再這樣下去就要被師父吃光光了。

「師父吃太多了。添加梨檬汁～」

「住……住手！瑪莉艾拉！梨檬汁應該要另外拿盤子加吧！」

「師父已經吃得夠多了，我才不管呢～我和吉克都是會加梨檬汁的人啦～」為了牽制不愛加梨檬汁的師父，瑪莉艾拉在大盤子上猛擠梨檬汁。這也可以算是一種滅火行動。

「真好吃。」

看著師徒劇場，吉克如此低聲說道。他很少會一邊喝酒一邊吃晚餐。吉克細嚼慢嚥的樣子讓瑪莉艾拉想起第一次乾杯的那一天。瑪莉艾拉定睛注視著吉克，然後對他說：「吉克，你的頭髮變長了呢。我等一下幫你剪頭髮。」

「枝陽」的洗手檯有鏡子和照明魔導具，所以晚上要剪頭髮的時候大多是在這裡進行。脖子圍著床單的吉克坐在椅子上，呆呆地望著面前的鏡子。

軟綿綿的柔弱手指正在觸碰吉克的頭髮。瑪莉艾拉有時捏起一搓頭髮，有時用手指梳理，一刀一刀地修剪吉克的頭髮。

從觸碰頭髮的柔軟觸感可以知道瑪莉艾拉的握力有多麼弱小。吉克自己洗頭或梳頭的時候，手指偶爾會把幾根頭髮扯下來，瑪莉艾拉的力道卻比他還要溫柔得多，也不會扯到頭髮。

毛茸茸的小動物理毛的觸感應該就像這樣吧。

映照在鏡子裡的瑪莉艾拉明明只是在剪頭髮，表情卻很嚴肅，鬥雞眼還會不時睜大。她張大的嘴巴好像想說：「慘了！」然後她隔著鏡子頻頻偷瞄吉克，剪了一陣子又像是心想：「呼，好像沒事了。」眼神還四處游移。當然了，吉克雖然差點笑出來，還是從頭到尾假裝沒發現。

迷宮都市也有提供剪髮服務的理髮店，對外表很講究的愛德坎就會去理髮店剪頭髮。瑪莉艾拉雖然算是手巧的人，還是專業理髮師的技術比較好，所以她總是建議吉克「去給人家剪頭髮」，但吉克還是會找理由拜託瑪莉艾拉來剪。

因為他很珍惜這段溫馨的時光。

「噯，吉克，發生什麼事了嗎？」

瑪莉艾拉一邊移動剪刀，一邊這麼向吉克問道。

（被她察覺了嗎……）

瑪莉艾拉平常總是在傻笑，吉克陷入煩惱時卻特別敏銳。

「我只是稍微想起了過去的事。」

吉克不可能看錯。那個商人就是他以前的主人。

吉克並沒有老實地把以前虐待過自己的商人來到迷宮都市的事說出來。就算有必要對誰說，從護衛方面來考量，尼倫堡才是適合的對象。即使對瑪莉艾拉說，也只會讓她產生悲傷的情緒，什麼好處也沒有。

吉克會淪落為犯罪奴隸是因為商人父子誣告，但他也沒有證據能證明自己是無罪的。

最重要的是，多虧師父出的難題，吉克已經漸漸習慣用弓，即使無法百發百中，現在也已經能夠射中目標了。昇上A級並獲得赦免的日子已經近在眼前，現在引發糾紛不是明智的選擇。

不予理會是最好的做法。萬一在城市裡撞見，吉克的外表也已經截然不同，商人父子不可能認得出他是誰。況且，那對父子恐怕連吉克這個人的存在都不記得了。

所以，什麼都不必在意。

除了自己心裡湧現的這份漆黑意念以外。

肢解祈雨鳥的時候，吉克蒙德心裡想著什麼呢？

看到商人父子的瞬間，因為一次次的無情對待而積鬱已久的感情轉變成無法壓抑的憤怒。雖然當時勉強忍住了，情緒卻像一條盤踞在腹中蠢蠢欲動的黑蛇，不只商人父子，連逼迫自己淪落到那個境地的整個世界都憎恨，此刻仍然瀕臨爆發邊緣。

現在的吉克知道自己過去究竟遭受了多麼不當的對待。

商人父子帶來的債務奴隸和過去的吉克同樣受到殘酷的對待，一看到他們徹底心死的模樣，被反覆鞭打身體的痛楚、因咒罵而哀號的心聲、漸漸被磨損直至消失的心就會像火山爆發一樣，在腦中猛然復甦。

失控的感情有如瘋狂翻騰的滾滾岩漿，徹底燒灼理智，幾乎支配了吉克。

吉克並不知道那對父子把自己陷害成犯罪奴隸是基於什麼理由，但肯定是想隱瞞虐待債務奴隸的事實，或是為經商失敗找藉口之類自私又不當的理由。
要不是被那個商人買下，吉克也不會受到那麼殘酷的對待。
不只如此，過去曾是隊友的成員一發現吉克失去「精靈眼」，馬上就拋棄了吉克。吉克確實很傲慢，但他們明明也一起嚐到了不少甜頭。
都要怪那傢伙，不，這傢伙也有錯——雜亂無章的思緒使心中的負面想法不斷膨脹，讓吉克想要不顧一切地大叫。
這個時候。
拍拍拍。
瑪莉艾拉的手輕觸吉克的頭髮。
「這附近的頭髮好像有點厚耶～」
瑪莉艾拉輕柔地捏起吉克的頭髮，把剪刀拿直，一刀一刀打薄頭髮。
柔軟的手掌，溫柔的指尖。
從初次相遇的那天起，這個溫暖的地方始終沒變。
吉克蒙德凝視著鏡子中的瑪莉艾拉。
瑪莉艾拉注意到他的視線，隔著鏡子對他微微一笑。
吉克所受的折磨雖然是極度卑劣又荒謬的事，在對方的眼裡卻有著某種意義或價值。
可是，為了讓對方從輕蔑、施虐等卑劣的娛樂之中得到自己相對優越的錯覺，吉克所受到的痛楚、悲傷和屈辱除了折磨之外什麼也不是。
瑪莉艾拉給予慈愛的意義或價值，在於填補她的小小寂寞。陪伴彼此，互相守護，互相扶持——吉克與稚氣未脫的瑪莉艾拉所過的生活從某些人的角度來看，或許就像一場扮家家酒。
可是吉克感受到的愛是不求回報的。
「瀏海也剪一下好了。」
光是接觸到她的微笑、她的眼神、她的溫暖指尖，沾染吉克內心的黑色意念便漸漸消失。
取而代之的這份感情又是什麼顏色呢？如果把憎恨形容為黑色，更加複雜又難以壓抑的這份心意就伴隨著多彩的光輝和少許的陰影。吉克蒙德很清楚這份感情是什麼，但他打算再把它藏在心裡一陣子。因為他還想繼續在這個寧靜又溫暖的地方小睡片刻。
（慢慢成長就好。）
他能這麼想。
這個地方是吉克蒙德在自己的荒唐人生中得到的無上珍寶。
如果沒有淪為犯罪奴隸，如果沒有被那個商人買下，如果沒有被隊友拋棄，如果沒有失去「精靈眼」，他就不會得到這個地方。
假設要從「精靈眼」和瑪莉艾拉之間作出選擇，他不會有任何猶豫。

就算沒有失去「精靈眼」，繼續當個冒險者，他恐怕也不會有體會這份心情的一天。

為了修剪吉克蒙德的瀏海，瑪莉艾拉的手伸到吉克失去的右眼上方。從初次相遇的時候到現在，這雙溫柔的手都不斷拯救著吉克蒙德，使他無法壓抑內心湧現的感情，不禁一把抓住她那無可替代的手。

喀嚓。

「啊！」

瑪莉艾拉嚇得張大嘴巴。

吉克蒙德的瀏海被一刀剪短了。

「都都都都是因為吉克突然亂動啦！我再也……再也不幫你剪頭髮了！你去外面請人家剪啦！」

瑪莉艾拉眼泛淚光，不知所措地生氣。

「抱歉，瑪莉艾拉！不會啦，剪得這麼清爽很好啊！嗯，我覺得很好！妳看，好得不得了！剪得真好，瑪莉艾拉！謝謝妳！」

瀏海被一刀剪短的吉克反而拚命道歉，安慰瑪莉艾拉。

瑪莉艾拉完全是惱羞成怒。為什麼吉克必須挨罵呢？雖然他也要負一部分的責任，但這實在是太不講理了。

「……真的嗎？」

「真的！所以下次再幫我剪吧！」

吉克蒙德保證會帶甜點和稀奇的水果，還有半獸人王肉回來，好不容易才消除瑪莉艾拉的苦瓜臉。這下子要付出相當高的理髮費了。

多麼「荒謬又不講理」的世界啊。

不過，吉克心中的黑色意念已經消失無蹤。即使再次遇見商人父子，他也不會再被過去束縛。

不論過去發生過多麼不講理的事，都比不上這種「荒謬又不講理」的價值。

為了安撫瑪莉艾拉，吉克邀請她一起喝蜂蜜醃梨檬。蜂蜜是高級品，所以不改窮人本性的瑪莉艾拉都把它當作「珍藏飲品」來看待。

瑪莉艾拉馬上轉變成興奮的表情，催促吉克「快點，快點」。

剪完頭髮後，兩人在客廳、廚房、店內都沒有找到師父的身影，只發現一張寫著「我出去喝了」的紙條。

瑪莉艾拉生氣地說：「可惡！師父又來了！」吉克用手指撥弄變短的瀏海，然後開始享受好久沒有跟瑪莉艾拉單獨相處的時光。

今天獵到了許多祈雨鳥。當時牠們預知會下雨，於是放聲大叫。

夜幕遮掩了雲層的流向，上空開始吹起強風。

再過不久，風暴即將來臨。

＊04

那天晚上。

瑪莉艾拉和吉克用蜂蜜醃梨檬乾杯，然後做藥並準備狩獵用具，度過一段極其健全的時光後各自洗澡刷牙，為了明天能早起而就寢的時候。

為愛迷失的愛德坎一個人在「躍谷羊釣橋亭」寂寞地淚濕枕頭的時候。

不健全的芙蕾琪嘉師父正在酒吧跟巧遇的男人一起喝酒。

「啊哈哈哈！你很懂嘛，大拇哥。培育徒弟就是師父的工作啊！」

「大拇……？算了，沒關係！讓徒弟放手去做，萬一失敗時再幫他們擦屁股就是啦！」

或許是因為教學方針一致，意氣相投的兩人都喝醉了。他們都用兜帽遮住臉部，也沒有互相說出自己的名字，獨特的言行卻完全透露了他們的真實身分。

「好啦，我們走吧！火焰姊！」

「沒問題！出動啦！大拇哥！」

意氣相投的男女二人組在夜晚的城市中出動。這並不是已婚的光……大拇哥的家庭危機。兩人所散發的氛圍是熱血又心懷鬼胎的教學熱情。

兩名熱血教師當下組成的「夜遊玩火糾察隊」即刻出動。

又夜遊又玩火的是你們兩個吧——千萬別這麼吐嘈。由於擋不住的教學熱情，他們滿腦子只想拯救夜間的迷途羔羊。

「夜遊玩火糾察隊」的兩個人一下子到那家酒吧將大叫：「誰要吃魔物肉啊！混蛋！」的帝都冒險者踢飛再喝一杯；一下子到這家酒吧將吵著：「我在帝都可是有名的冒險者啊！多給些優惠啊，混蛋！」的一群流氓打倒再喝一杯；一下子又到那家酒吧將說著：「我……我我我有錢，妳……妳和妳，來……來來來我的房……房間。」想要硬把不情願的小姐帶走，還說：「我才不要幫奴隸付飯錢咧！絕對不要。他們吃剩飯就很夠了。」讓旅館主人感到困擾的商人父子處以輕度火刑再喝一杯，展開一連串的教育性指導。

「夜遊玩火糾察隊」的兩個人只會用肢體語言和迷途羔羊「談談」，所以對話完全不成立。他們不可能這麼簡單就改過自新，二人組的戰鬥力卻是迷宮都市的頂尖水準。由於殺雞儆猴的效果，城市稍微和平了一些。

休森華德邊境伯爵家負擔酒錢也算是值得了。

畢竟即使喝醉，兩人仍然是A級和估計S級。用普通管道僱用是非常昂貴的。

「超讚的溝通啦！火焰姊！」
「真是熱血的一課！大拇哥！」
讚！讚！
兩人互相豎起大拇指的熱血模樣實在太過惱人，別說是流氓了，連衛兵都逃之夭夭。
這樣的兩人晃進一條小巷，發現一名男子蹲坐在地。
巷子裡放著裝有空瓶的木箱和垃圾桶，即使昏暗也能靠習慣暗處的眼睛分辨，但男人的外表卻像是塗滿了黑色般難以識別。這並不是因為男人待在陰影處，而是因為他全身都附著了鐵鏽般的黑色物體。仔細一看，還會發現包覆男人全身的黑色物體正在蠢蠢欲動。
「這是詛咒呢。從這個狀態來看，他應該不是被詛咒，而是用過頭才會自食惡果吧。」
大拇哥皺著眉頭這麼說。詛咒會受到禁止的理由之一就是會反撲術者。詛咒和各式各樣的魔法不同，是唯一不需要技能就可以使用的法術。
以術者的意念和魔力形成的詛咒可以使人虛弱或發狂，對付人類的應用範圍很廣，但必定會反撲術者。所以使用咒術的人一定會學習對抗咒術的方法。當然了，迴避、淨化或是承受詛咒反噬的容許量會因人而異。若是超過容許量，就會像這個男人一樣，全身都被自己的詛咒灼燒腐蝕。
可是，即使知道會危及自身——
任何時代都有人不惜踏上邪道，只求達成自己的心願。

「嗯～這些詛咒是製造幻覺和倦怠感的輕度詛咒大量反撲的結果呢。」
火焰姊瞥了男人一眼便看穿其詛咒，於是大拇哥問道：「妳知道嗎？」
「是啊。而且，這傢伙好像是我一個老朋友的親戚。抱歉，大拇哥，你今天可以假裝沒看見，自己回去嗎？」
剛才酩酊大醉的神情已經消失，火焰姊用清澈的金瞳注視著大拇哥。
「這話就太見外了。相逢自是有緣。我會假裝沒看到，好好看到最後的。」
讚！大拇哥豎起大拇指，潔白的牙齒閃了一下。這裡明明就是陰暗的小巷裡，光源到底是什麼呢？
對於大拇哥那充滿男子氣概的回覆，火焰姊也笑著用「讚！」的手勢回應，然後對遭到詛咒的男人伸出右手，開始喃喃低語。大拇哥因為職業的關係，曾經見證解咒的過程。可是自稱火焰姊的女人雖然沒有唸得很清楚，大拇哥卻從來不曾聽過這樣的咒語。
好陌生的咒語，不過似乎奏效了。在男人的全身上下蠢蠢欲動，彷彿黑色鐵鏽的詛咒就像是發出垂死慘叫似的，開始陣陣抽搐。
（不過，這些詛咒的量可不少。雖然是三更半夜，還是叫我隊上的人來比較好。）
就在大拇哥這麼想的當下——
「火焰！」
暱稱火焰姊的女人高喊一聲，男人就被火焰包圍了。

「什麼！」

火力相當強。她感到厭煩，把詛咒連同男人一起燒了嗎？

可是下一個瞬間，包圍男人的火焰馬上消失，只剩男人蹲坐在原地。被那麼猛烈的火焰包圍，男人也沒有燙傷，甚至連衣服都沒有燒焦的痕跡。

「嗚……」

男人呻吟著睜開眼睛，抬起頭來。

「這傢伙是……」

他就是人們議論紛紛，應該正在接受療養的男人——羅伯特．亞格維納斯。

「嗨～羅布。叫你羅布就好吧？你們家的人名字都差不多嘛。」

「嗚……妳是？」

「我認識以前的羅布。你跟他真的是長得一模一樣耶。當時我常讓他請客，所以我就幫你實現一個願望吧。」

望著羅伯特的火焰姊……不，「炎災賢者」的金瞳妖媚地搖曳著。彷彿要抵抗那道深淵般的目光，羅伯特瞇起一隻眼睛，低聲說道：

「妳是傳說中名叫惡魔的種族嗎……」

「你～說～誰～是～惡魔啊！蠢蛋！」

啪啪啪啪！「炎災賢者」使出彈額頭攻擊。

「啊，好痛！好痛好痛好痛好痛，好痛啊，對不起！」

啪啪啪啪！啪啪啪啪！羅伯特都痛得道歉了，彈額頭攻擊卻沒有停止。攻勢十分猛烈，簡直是一陣痛毆。她或許真的是惡魔之類的種族。

「喂……喂，火焰姊，放過他吧……」

看不下去的大拇哥出言勸阻才讓攻擊停止，這時候的羅伯特已經頂著一個紅通通的額頭，身為老大不小的男人還眼泛淚光。

「咿……咿……呼……」

「下次敢再講些蠢話，我就把你的屁股踢到裂成四塊。你跟他真的是連這種無聊的地方也一模一樣耶。」

「好……好的，對不起……」

不愧是火焰教育家。鍊金術技能明明很差，以師父為正職的實力還是不容小覷。初次見面的女人被稱為火焰姊，在她那莫名高壓的態度之下，羅伯特就像個挨罵的孩子般聽話。這或許是「夜遊玩火糾察隊」第一次做出類似指導的事。

「所以？你是逃出來的吧？是不是在偷偷尋找回家的方法？」

「！妳怎麼會知道！」

以「療養」的名目受到監禁的羅伯特接到一份委託，那就是扮演成咒術師，對「精靈神殿」的「寶物」施加虛假的詛咒。羅伯特以乖巧的態度接受委託，被帶出監禁地點，在結束委託並返回的路上看準了監視者放鬆警戒的瞬間，使用傷害性低但不易抵抗的詛咒來製造幻覺和倦怠感，一路逃到這裡。不過迷宮討伐軍也不是省油的燈，完全甩掉追兵所需的詛咒超越羅伯特的極限，詛咒的反撲使得他在這裡動彈不得。

將那麼大量的詛咒瞬間淨化的這個女人究竟是何方神聖？即使不是惡魔，也不可能是凡人。況且軍方對外宣稱羅伯特正在「療養中」，關於「精靈神殿」的事也是機密。不只是羅伯特逃離監禁的事，那對金瞳甚至看穿了他的目的。

這是惡魔的契約嗎？那就沒有理由拒絕。

只要是為了達成目的，即使要焚燒這副身軀也無所謂。

對詛咒與邪惡的魔法藥品出手的那個瞬間，羅伯特早已下定決心。

「拜託妳了，請賦予我力量。」

羅伯特對眼前搖曳的「炎災」低下頭。

「好吧。這會伴隨著痛楚，但能引導你隱密地抵達目的地。」

咻的一聲，蘊含熱氣的風往上飛升，撩起「炎災賢者」的兜帽。從中顯現的焰色髮絲彷彿在黑暗中捲起的一團烈火。

「吾授印予汝，遠地至此地，得片刻睿智──『刻印炎授』。」

「炎災賢者」的眼前浮現火焰形成的魔法陣。魔法陣轉了半圈並縮小至掌心的尺寸，烙印在羅伯特的左手背。

「唔啊！」

灼燒皮肉的異味和劇痛讓羅伯特扭曲了表情。

「放心吧，這個燒傷大約過一週就會徹底消失了。它的效力也會維持到消失為止。抱歉，大拇哥，你可以借我錢嗎？」

「啊？啊，我只有五枚銀幣，這樣可以嗎？」

感到驚訝的大拇哥……不，冒險者公會的會長——光蓋把錢包遞給「炎災賢者」。

（因為工作的關係，我看過各種不可思議的事，但這簡直不能比啊……）

光蓋驚訝得把裝著所有零用錢的錢包交了出去，「炎災賢者」毫不客氣地拿走了全部的錢。

「拿去，羅布。你身上一定沒錢吧？我就借你。夜遊是很花錢的事，好好記住了。」

明明就是從光蓋那裡借來的錢，「炎災賢者」卻高高在上地把銀幣賜給羅伯特。

羅伯特從「炎災賢者」手中收下銀幣後深深低頭，往後退了數步。僅僅數步，他退到小巷的陰影中。光是這樣的動作，就讓羅伯特的身影融入小巷的黑暗，消失無蹤。

「連氣息都消失了耶。這是那個刻印的效果嗎？」

「是啊。不過，才剛刻上就能馬上運用自如，連靈巧的地方都跟他一模一樣。」

「炎災賢者」輕聲笑了。身為冒險者公會的會長，光蓋已經聽說關於她的事——她與休森華德邊境伯爵是合作關係，實力深不見底，而且絕對不能與之敵對。

然而，剛才的行為是幫助「療養中」的羅伯特．亞格維納斯逃亡，這難道不算是與休森華德邊境伯爵敵對，甚至危害迷宮都市的行為嗎？

「妳為什麼要給他那個刻印？」

光蓋（大拇哥）是這座城市的冒險者公會會長。如果她對這座城市有惡意，光蓋（大拇哥）就不能袖手旁觀。

「把離家出走的迷路孩子送回家，也是教師的義務吧？」

「炎災賢者（火焰姊）」彷彿看透了一切，揚起嘴角一笑。

（難道是為了讓羅伯特．亞格維納斯真正改過自新嗎？）

光蓋（大拇哥）無法解讀微笑火焰的真意。不過，他也感覺不到任何惡意或敵意。

「我相信妳，火焰姊。」

「儘管交給我吧，大拇哥。」

讚！讚！

兩人彼此道別，回到各自的家。

隔天。

「我家的師父好像跟你借錢了，真的很抱歉！我已經好好罵過她了！」

瑪莉艾拉帶著伴手禮到冒險者公會登門道歉，歸還師父借的錢。

她的身後有昨天的搭檔——火焰姊正在揮手，被瑪莉艾拉回頭罵道：「師父！妳到底在做什麼！」

把所有的錢都借給師父的光蓋雖然回家申請了追加預算，卻遭到財務大臣（老婆）駁回，所以真的很感激。

而光蓋在各家酒吧大顯身手的事也傳進了部下們的耳裡，今天從一大早就有一堆文書工作，根本出不了辦公室，差點淹死在大量的文件中。

「挨罵了，嘿嘿。」看著彷彿笑著這麼說的「炎災賢者」，光蓋開始擔心自己是否不該相信她。可是光蓋也被部下逮到，並訓斥：「既然有時間到處喝酒，還不如多做點工作！」

光蓋並不知道——

「炎災賢者」完全不知道詳細的內幕，只把羅伯特的事當作「鬧脾氣的大人離家出走太久，沒有臉回家」的程度。她賦予那麼高階的刻印只是為了讓羅伯特不被周圍的人發現，偷偷回到家擺出「咦～？我又沒有離家出走」的表情。

瑪莉艾拉也只是看到師父豎起大拇指說：「我跟人家借錢啦！讚！但我不知道對方是誰耶！」才猜出對方是光蓋，根本不知道師父在三更半夜跑去哪裡閒晃，又做了些什麼。

另一方面，羅伯特獲得避人耳目的刻印後——

「在這個刻印消失之前，在我的性命終結之前，無論如何都要……」

他認為自己用生命換來了奇蹟，在迷宮都市的陰影中穿梭，就為了達成自己最後的目的。

05

迷宮都市有各式各樣的旅館。多數的旅館都附設餐廳或酒吧，從傍晚開始就會聚集許多冒險者，聲音甚至會傳到客房。大部分冒險者和商人都會住在這種附設餐廳或酒吧的旅館，仔細傾聽周圍的對話，或是找員工聊聊，蒐集狩獵地點或熱賣素材的情報。

不過長期滯留的人之中，也有不少人討厭這種吵雜的環境，所以只有管理人在入口看守，單純提供住宿服務的設施也是存在的。在這類旅館如果不使用服務鈴，就連管理人也不會見到，而且房間的打掃和床單的更換都是另外計費，員工並不會在契約期間進入客人的房間。與其說是旅館，比較接近租屋的型態。

幾個人影聚集在這種旅館的一個不怎麼大的房間。

「狀況已經完備，明天採取行動。」

站在陰暗處的人影彷彿連昏暗的燈光都刻意避開，不出聲就跟影子沒有兩樣，存在感十分薄弱。除了坐在床上的一名男人之外，其他人都有這個共通點，明顯的異國腔調和裝扮都不像正常的冒險者。

「計畫沒有變更。」

坐在床上的男人似乎就是他們的領導者。不，從他們的距離感和口氣來判斷，應該是雇主吧。雖然嘴上斷定「沒有變更」，男人的視線仍飄忽不定，以坐立難安的樣子咬著指甲。看到他對自己的計畫猶豫不決的樣子，影中男子雖然對雇主的愚蠢感到無奈，仍然向他確認最終計畫。

「目標是……」

「沒錯，還有另一個人……」

「我知道，我們會盡可能活捉。」

「這可不能只是盡可能。什麼狀態都行，就是別殺掉！還要找出儲藏庫，然後處理掉！辦得到吧？我可是付了一大筆錢！」

「我知道，但你別忘了該優先處理的事。」

影中男子是一流的高手，召集了足以達成委託的人員來到這裡。不過，身為雇主的這個男人中途更改了幾次計畫，給他們增添多餘的工作。雖然還在容許範圍之內，還是得確認成功的定義。

「我再問你一次，你的目標是什麼？」

聽到影中男子的問題，坐在床上的男人第一次看著他答道：

「鍊金術師。」

下一個瞬間，影中男子從房間內消失。計畫就在當下付諸實行。

＊ 06

「要讓人有所行動，使之懷抱危機感即可。」

只要是擔任指揮者的人，從小就會學到這個道理。

巧妙利用「危機感」這種動搖人心的感情來統治迷宮都市與周圍領地的休森華德邊境伯爵家十分清楚它的效果。針對迷宮這個可能影響全帝國的危險，他們應地位與權力分享適當的情報，藉此團結眾人的意志，建立起強韌的合作體制。

待在安逸的環境中，人不會渴望變化。這幾乎能說是人的本能。

所以，生活安逸的人即使知道迷宮都市開始公開販售魔藥，提高來往魔森林的可能性，也不太會在狀況仍不明朗的初期階段採取行動。即使已經做好隨時行動的準備，他們肯定也會觀察情況。

換句話說，現在造訪迷宮都市的烏合之眾可能都是基於某種原因而陷入緊迫狀況的人。或許是經濟、精神，或是其他方面的理由。驅使他們的動機可能都不同，但即使有了名為魔藥的橋梁，也只是用一根圓木搭在懸崖上的橋。被某種理由逼著過橋的人不一定保有冷靜。

迷宮都市內外都有許多人尋求名為魔藥的橋梁，而不知道會闖下什麼禍的，是爭先恐後地擠到圓木橋上的人們；所以反過來說，只要克服他們帶來的困難，就能確保體制按照一定的秩序運行。

尋求魔藥的烏合之眾有如飛向夜間燈火的蟲子，今天依然在凱羅琳周圍盤旋。一隻又一隻的蟲子深怕自己會落後，被他人搶先一步。

早晨，凱羅琳離開亞格維納斯家的宅邸，前往害蟲驅除團子的工房，然後前往迷宮討伐軍的基地。到了傍晚，她會搭乘馬車返回宅邸。

這就是凱羅琳每天的行程，只要埋伏幾天就能輕鬆取得這些情報。

盯上她的烏合之眾互相牽制，或是互相合作，窺探著狀況。

維斯哈特把這些人都當成棋盤上的棋子，急切地等待某隻沒耐性的蟲子撲向燈火。

「報告！亞格維納斯家的害蟲驅除團子製造工房遭到襲擊。」

維斯哈特收到的這個消息就像來自厚重積雨雲的雷鳴般令人震驚，但他一直都在觀察天候，所以這件事完全在意料之中，不足為奇。

可是維斯哈特後來才發現，這個消息傳出的瞬間簡直就像是豪雨前的落雷。

「狀況如何？」

「是，歹徒是疑似D級冒險者的三人組。同時在場的商人與擔任護衛的四名冒險者也一起遭到逮捕。根據馬洛副隊長的報告，嫌犯很可能是單獨犯案或受僱於人。目前需要招聘奴隸商人雷蒙進行訊問。」

「我允許招聘，立刻展開訊問。」

維斯哈特只瞥了報告完後走出辦公室的士兵一眼，便將視線移回手上的文件。他的表情還是一如往常的撲克臉，沒有顯露任何一絲動搖。

他早就已經掌握從幾天前開始在害蟲驅除團子工房附近徘徊的人等，也料到他們差不多要出手了。按照預定計畫鎮壓意料中的襲擊，沒有什麼好驚訝的。維斯哈特已經吩咐馬洛，要用顯眼的手法殺雞儆猴。這樣一來，工房周圍應該會安靜一陣子。

然而，伸手拿取紅茶杯的維斯哈特還來不及品味香氣，短暫的休息時間就被迫中斷。

「報告！亞格維納斯家的護衛隊發出聯絡！稍早有蒙面團體襲擊亞格維納斯家。據報已壓制所有嫌犯。」

「工房的襲擊只是佯攻嗎？稍微動粗也無妨，讓他們招出所有情報。」

「是！請問要交由尼倫堡醫生負責嗎？」

「隨便。」

仍然拿著茶杯的維斯哈特投射出冰冷的視線，即使連續接到第二次類似的報告，他的表情也一如往常。可是，長年與他共事的部下察覺到他顯露的些微怒氣，於是提出確實的訊問手段，一取得許可便衝出辦公室。

（有組織的綁架也在意料之內。既然已經活捉所有人，很快就能揪出主謀。）

維斯哈特沒有飲用紅茶，把茶杯連同碟子一起放回原位。

士兵的報告中並沒有提到凱羅琳的安危。因為她很平安，根本**沒有必要報告**。

即使如此，維斯哈特的心仍然七上八下。

就算凱羅琳平安，盯上她的不明人物發動襲擊的事實仍然有如撕裂黑暗、發出轟然巨響的閃電，重擊維斯哈特。

維斯哈特瞥了一眼沒有喝過就漸漸冷卻的紅茶表面，吩咐一名隨從通知另一件事。

「預告我的來訪。」

「是！」

只聽到維斯哈特的一句話就察覺他想去哪裡的隨從為了通知主人即將造訪的消息，往目的地跑去。

他要去的地方是迷宮討伐軍基地內的迎賓館。作為高官專用宿舍或迎賓設施使用的這棟房屋是基地中唯一具備一定格調的建築物。建在基地正門附近的迎賓館有許多士兵往來，所以算不上安靜，卻也很安全，而且是能從維斯哈特的辦公室看見的距離。

維斯哈特正在簡單整理頭髮的期間，前去通知的隨從似乎回來了。在走廊上慌忙奔跑的聲音傳了過來。

（何必這麼急呢？最近我顯露太多情緒了……）

維斯哈特這麼想，整理好自己的衣領時，隨從沒有敲門便衝進了進來。

「迎……迎賓館遭到襲擊了！」

「什麼！凱兒……凱羅琳小姐呢！」

「現場沒有發現她的蹤影……！」

喀嚏！

椅子還沒有發出倒地的聲響時，維斯哈特就已經往迎賓館衝去。

他的臉上掛著長年侍奉他的人們一次都沒有見過的表情。

「封鎖基地的門，徹查入侵者！迷宮都市的外門也一樣！別讓任何人跑到城外！喚回進入迷宮的諜報部隊，投入城市的搜索！盡速訊問已被捕的嫌犯！他們入侵了迷宮討伐軍基地，絕對別讓對方逃了！」

對迷宮討伐軍迅速下達一連串指示的人不是維斯哈特，而是接到通知趕來的萊恩哈特。

見到弟弟維斯哈特即使拷問嫌犯也要問出情報的態度，萊恩哈特勸阻道：「稍微冷靜點，這可不像你。理智地想想吧。」看著維斯哈特緊咬下唇、使勁握拳到幾乎要流血的樣子，萊恩哈特拍了拍弟弟的肩膀，命令迷宮都市採取緊急管制措施。

（是誰……到底是誰！）

維斯哈特回想公開販售魔藥後造訪迷宮都市的人們。

最近有許多品行不良的Ｃ級以下冒險者來到迷宮都市。他們引起糾紛的報告書每天都會送到維斯哈特面前。

也有好幾組商人從帝都和鄰近城鎮來訪。就算有除魔魔藥，他們還是會害怕。所以商人們帶了好幾名護衛，穿越魔森林而來。

以玻璃工匠為首，擁有生產技能的工匠也會與黑鐵運輸隊等私人運輸隊同行，進入迷宮都市。

新居民的數量眾多，所以無法調查到所有人的背景，但在亞格維納斯家附近徘徊的人有什麼動向，應該都在萬全的掌握之下。因為如此，今天工房和亞格維納斯家宅邸遭到襲擊的事件都在意料之內，也順利鎮壓了。

而且迷宮討伐軍從幾天前就開始將凱羅琳與她的父親羅伊斯藏匿在基地內的迎賓館，以防萬一。

（難道犯人來自迷宮都市內？）

追根究柢，凱羅琳待在迎賓館的事本來就只有少數人知道。藏匿她的這幾天，載著替身的馬車依然會在同樣的時間從亞格維納斯家駛向工房，然後再駛向基地。除非是相當熟悉迷宮都市的居民，否則不可能察覺。

（我們已經對迷宮都市內的重點貴族給出甜頭，在這個時機背叛根本沒有好處……果然是逃獄的羅伯特嗎？可是，他逃獄時使用的詛咒應該已經讓他動彈不得了。即使他能避免詛咒的反撲，擄走妹妹又有什麼意義……）

到底是誰？

思緒雜亂無章，嫌犯捉摸不定。

就算像個無頭蒼蠅在迷宮都市奔走，也不可能找到凱羅琳。可是，凱羅琳是貴族千金，光是被暴徒綁架的事實，就會讓她的名聲受損。

迷宮討伐軍的士兵已經奔向迷宮都市的大門，召集人員以解決問題，但由於情報控管，只有少數人知道綁架的事實。

必須想辦法在傳聞擴散之前救出凱羅琳。

時間光是流逝一秒，就令人焦慮不安。

可是，心急的維斯哈特接到的另一個消息，使現場更加混亂了。

「報告！來自洛克威爾自治區的昆茨．麥洛克閣下提出會面請求。據說閣下已從領地出發，預計後天抵達！」

「麥洛克？為什麼在這個時機……不，或許正因為是現在。」

洛克威爾自治區是位於迷宮都市西北邊的矮人城市，也是迷宮都市的躍谷羊商隊翻越險峻山脈後抵達的第一座城市。

由於地處偏僻，從迷宮都市騎乘躍谷羊得行經崎嶇的山路一週，從帝都則要花費三週的時間，而且其中一週還得經過馬車無法通行的山路。

矮人聚集在這片土地的理由是豐富的礦脈。這裡雖然不生產奧利哈鋼之類的稀有金屬，卻能採到豐富的鐵礦甚至祕銀，其他金屬的種類也很多樣，又具備充足的水源。而且這一帶很少出現魔物。

可是因為土地貧瘠，食物就只有獸肉或薯類，更比迷宮都市還要缺乏娛樂，普通人不到三天就會想要逃離這個什麼都沒有的地方；不過矮人只要有酒喝、有鐵打就夠幸福了，所以這裡對他們來說是非常舒適的地方。

貧窮的年輕冒險者總是口耳相傳，洛克威爾自治區是個只要克服漫長的崎嶇山路，就能以便宜價格買到名劍的地方。

不過，洛克威爾自治區很貧窮、能便宜買到名劍的情況都已經是許久以前的事了。現在的洛克威爾自治區會用豐富的礦物和稀少的魔物素材生產優質的武器與防具，十分繁榮。

洛克威爾自治區的繁榮有一部分是由於迷宮都市定期派出的躍谷羊商隊。躍谷羊商隊帶來迷宮的素材和帝都的商品，大幅改善了矮人的生活。

洛克威爾自治區的繁榮還有另一個決定性的因素——那就是治理洛克威爾自治區、管理武器與防具的買賣，身為半矮人的歷代領主。

從他們居住在這種偏僻地區的行為就能看出，矮人這個種族具有工匠型的性格，會從製作物品的過程中感到喜悅。

「想要做出好東西，打造最高傑作」。

他們滿腦子都是這樣的強烈慾望，對途中完成的失敗作品沒有興趣，所以有時候會毀掉作品，當成原料回收，或是賤賣給想要的人。即使是在帝都能賣到高價的優質品，只要有錢能買酒，他們甚至對金錢沒有什麼執著。想當然耳，他們一點也不適合作生意。

他們是工匠型的人，但並不愚笨，所以並不是沒有發現來自帝都的商人用便宜的酒和他們交換失敗作品，然後拿到帝都高價轉賣的事。

可是，就算知道還有交涉的餘地，他們卻連「想喝好一點的酒」的小小要求都談不成。矮人的人格特質很獨特，雖然在創造方面非常敏銳，卻完全不適合交涉或經商。

沒錯，如果是純矮人的話。

拯救了他們的，是一名半矮人男子。

兼具矮人性格與商業天分的他率領眾多矮人，以適當的價格交易失敗作品，最終成為自治區的領主。神奇的是，矮人血統過少就會難以理解其他矮人的想法，人類血統過少就會缺乏政治和商業的手腕，所以洛克威爾自治區的領主並非世襲，而是由能力最均衡的人擔任。

這些半矮人之中的頂尖人士就是現在的領主——昆茨．麥洛克，其狡猾程度可說是歷代第一。

從洛克威爾自治區來到迷宮都市要花費一週的時間。預告的抵達日是後天。這表示他沒有事先通知，就已經從領地出發了。

這兩百年來，洛克威爾自治區一直都是躍谷羊商隊的中繼站，與迷宮都市保有交流。如果是出發前就算了，既然他要造訪迷宮都市，萊恩哈特與維斯哈特就不得不與他會面。

為何選在這個時機？

理由很明顯。如果能利用除魔魔藥來穿越魔森林，行經洛克威爾自治區的躍谷羊商隊就會大幅減少。對洛克威爾自治區的矮人來說，開始公開販售魔藥是無法置之不理的狀況。

（難道是洛克威爾下的手？不可能。麥洛克閣下是深不可測的男子，但他手邊的部下都是矮人。他們的外表特徵太過明顯，而且不是會耍小聰明的人……）

弟弟感到焦急，身為哥哥的萊恩哈特把手放在他的肩膀上。

「別緊張，維斯。綁架必然有目的，凱羅琳大小姐不會立即受到危害。先按照順序，統整狀況吧。」

說完，萊恩哈特要求傳令兵進行詳細的報告。

07

位於貧民窟邊緣的害蟲驅除團子工房遭到襲擊的時間，是亞格維納斯家的馬車抵達工房的早上。工房的土地大多被製造用的建築物和材料倉庫占據，剩下的空間只能停放兩輛馬車。平常亞格維納斯家的馬車會有載著迷宮討伐軍士兵的馬車隨行護衛，共兩輛馬車一起移動，但這一天剛好有突然來訪的客人，所以只有亞格維納斯家的一輛馬車能進入工房後院。

亞格維納斯家的馬車進入後院，護衛的馬車則駛向後衛，停在不擋路的地方待命。馬車上的士兵當然會下車，徒步前往工房，但士兵還沒有走進後院的門，埋伏在工房用地內的歹徒就衝了出來，把後院的門關上。

歹徒有三個人。這群瘦弱的男人穿戴著即將報廢的便宜武器和防具，身手接近D級的冒險者。躲在工房後院的他們一看到亞格維納斯家的馬車駛入工房就馬上關閉後門，聚集到馬車附近。

大概是想要以凱羅琳為人質，提出某種要求吧。

「打倒他們，快點！」

「沒問題，你可要多給一點啊，商人先生！」

歹徒還沒有對亞格維納斯家的馬車出手的時候，有人發出聲音了。

命令自己的護衛壓制歹徒的人不是拚命突破工房後門的士兵，也不是亞格維納斯家的駕駛，而是偶然前來談生意的商人。四個身穿好裝備的護衛從商人的馬車衝了出來。他們體格壯碩，一眼就能看出他們比歹徒更強。

他們拔劍，以完全沒有手下留情或是試圖壓制的方式朝歹徒砍去。階級的差異會明顯反映在攻擊力上。穿著破爛裝備的瘦弱歹徒只有D級的程度，相較之下，護衛的體格與裝備都較優良，大約是C級的程度。這樣的戰力差距，就算不殺死歹徒也能充分壓制他們。可是，把惡劣的品性全寫在臉上的護衛似乎覺得殺了才能永絕後患，於是高高舉劍。

「咿……咿咿！怎麼這樣！」

「少囉嗦，乖乖去死吧。」

卑劣的護衛朝歹徒揮劍，把歹徒的劍輕易斬斷。然後護衛再次舉劍，企圖斜砍歹徒一刀，但往下揮舞的前一刻，亞格維納斯家的馬車車門就打開了。

馬車車門打開後的短暫時間內發生了什麼事，不知道究竟有幾個人能正確得知。

在馬車車門打開的同時衝出的人影以歹徒無法察覺的高速逼近敵人，用軍刀的刀鞘一一打倒已拔刀的所有人。

距離最遠，站在後門附近的歹徒才剛聽到遠處有撞擊聲傳來，便看見一名穿著綠色服裝的金髮人影打倒了所有的歹徒與護衛。而下一個瞬間，那個人影就出現在眼前，奪走了這名歹徒的意識。

「得……得救了……」

聽到歹徒在失去意識的前一刻說出這句話，獨自壓制現場的金髮男子——馬洛皺起眉頭。

「馬洛大人，辛苦您了。」

與馬洛一同搭乘亞格維納斯家馬車的勤務兵——雷多為了請示馬洛，跑了過來。身為奴隸兵的塔羅斯打開了後門的鎖，引導搭乘另一輛馬車的士兵來到後院。

沒有往來的商人造訪的事，以及有歹徒潛伏的事，馬洛都已經事先知情。亞格維納斯家的馬車是誘餌，車上的乘客不是凱羅琳而是馬洛等人，他們毫不費力地完成了鎮壓。這幫人的犯罪手法太過拙劣，根本不需要馬洛親自出馬。

「雷多，安排所有人的訊問，商人與護衛也要。三名歹徒的訊問請交給雷蒙先生，不要對他們動粗。」

士兵們遵從馬洛的指示，上前束縛倒地的歹徒、冒險者與商人。

「做什麼！我們跟他們無關，一點關係也沒有。」

「我……我我我們……該……回到……到帝……帝帝帝帝都了。」

被命令下車的駝背商人和看似其兒子的男人堅稱自己只是碰巧來工房談生意，要求釋放，卻因為「請配合迷宮討伐軍」的一句話就被立刻送往拘留所。

「以上就是來自馬洛副隊長的報告！另外，馬洛副隊長認為他們是單獨犯案或受僱於人，應與大型組織沒有關聯！」

為了完整傳達自己所知的情報，傳令兵報告得鉅細靡遺。花了許多時間聆聽無用情報的維斯哈特周圍逐漸降溫，明明是夏天卻變得相當涼爽。

「下一個！簡潔描述重點！」

維斯哈特開始對不習慣報告的菜鳥士兵說些像是上司會說的話。萊恩哈特一瞬間對弟弟的反常模樣投射若有所指的視線，然後沉默地聆聽報告。

「是！以下是亞格維納斯家襲擊事件的重點！襲擊亞格維納斯家的歹徒約是B到C級，以其合作無間的行動來看，極有可能是職業犯罪集團！事先埋伏的第三與第七之複合部隊已經完成鎮壓，逮捕所有嫌犯！現在兩位隊長尚未問出有關幕後黑手的情報！請問是否要請尼倫堡醫生負責訊問？」

迷宮討伐軍的第三部隊是由迪克帶領，第七部隊是由A級的魔法師擔任隊長。襲擊亞格維納斯家的歹徒雖然具備一定的實力，但既然有兩名A級的隊長，自然能順利完成鎮壓。

實際上的逮捕過程相當荒謬，會讓維斯哈特周圍的氣溫降到嚴冬的程度，所以察覺氣氛不對的傳令兵很乾脆地省略掉多餘的部分，報告「簡潔的重點」。這段報告可以說是符合要求的標準答案。

「讓尼倫堡負責訊問。我允許使用魔藥！讓他們一五一十地說出來。」

「是！」

使用魔藥訊問——這豈不是拷問嗎？傳令兵沒有把這份疑慮表現在臉上，跑去呼喚尼倫堡了。

「下一個！報告基地迎賓館的狀況！」

維斯哈特的隨從身為第一發現者，出面回應這項命令。

「是！屬下抵達迎賓館時，屋內所有人皆已陷入昏睡！除了行蹤不明的一人外無人受傷，現在所有人皆恢復意識，羅伊斯大人也平安。迎賓館內部沒有遭到破壞的痕跡！屋內人員表示自己是在上午用茶後感受到強烈睡意，關於飲料遭人混入安眠藥的可能性，目前正委託斥候部隊鑑定中！」

「沒有其他關於犯人的線索嗎？」

「是！很遺憾，經過魔力探查仍沒有反應……」

「難道什麼線索都沒有嗎！」

砰！維斯哈特出拳重擊桌面。

第一次聽到他怒吼，士兵們的表情都蒙上了陰影。他們是迷宮討伐軍的菁英，早已聽慣了怒吼。他們的精神並沒有軟弱到遭人咒罵就會有所動搖，而且人類大叫的聲音和魔物的如雷咆哮相比，簡直就跟微風沒有兩樣。

士兵們的表情會蒙上陰影，並不是因為維斯哈特的怒吼本身，而是因為氣憤自己能力不足，使得總是不形於色的維斯哈特如此激動。

「冷靜點，維斯。你暫時回辦公室吧。」

「可是，哥哥……」

「這是命令。」

「是……」

萊恩哈特靜靜命令失去理智的弟弟。他能充分理解弟弟的心情。掌控所有感情，連部下的生死都能忍受的弟弟出現了這樣的變化，甚至讓身為哥哥的萊恩哈特感到高興。可是，現在不行。不能在士兵面前表現出這個樣子。

萊恩哈特或維斯哈特一聲令下，就可能有士兵喪命。不論是過去，還是將來。為了帝國，為了休森華德邊境伯爵的領地，為了迷宮都市，為了住在迷宮都市的人們，為了每位士兵珍愛的人。

不論基於多麼正當的名義，不論用多麼英勇又崇高的語言加以裝飾，他們都是命令士兵「賭上性命戰鬥」的人。

每一名士兵都有自己的人生，有珍愛的親友，還有充滿內心的各種意念。命令他們拋開一切的人絕對不能在情感的驅使下指揮士兵。除了奴隸以外，迷宮討伐軍的士兵都是志願從軍的。雖說迷宮都市的職業選擇很少，但他們並非被迫加入迷宮討伐軍。士兵們都是選擇要度過什麼樣的人生、「怎麼使用自己這條命」才會待在這裡。萊恩哈特與輔佐他的維斯哈特有義務對每一個無可替代的生命負責。

「維斯，別忘了我們的責任有多麼重大。」

萊恩哈特的理念是否有傳達到維斯哈特心中呢？

維斯哈特咬緊牙關，下一個瞬間便恢復以往的表情，靜靜回到辦公室。

「繼續搜索。徹底清查城內可疑人物的情報。」

接到萊恩哈特的命令，看著兄弟倆短暫交談的士兵都露出挑戰迷宮最深層強敵的表情，奔向各自的工作崗位。

＊08

鎮壓害蟲驅除團子工房的襲擊事件後，馬洛把後續的處理工作交給其他士兵，帶著勤務兵雷多和奴隸兵塔羅斯趕往基地。

根據通訊技能獲得的情報，迪克等人前往的亞格維納斯家也在幾乎同一時刻遭到襲擊。從襲擊工房的一行人那粗糙的手法來看，他們恐怕只是幌子。可是，對付襲擊亞格維納斯家的團體後，迪克說「總覺得不是他們」。

才剛鎮壓嫌犯，現在還沒有查到任何證據，但迪克的直覺不容小看。如果兩者都是佯攻，引起如此大規模事件的主力部隊到底在哪裡？答案恐怕只有一個。

（得加快腳步……）

馬洛的通訊技能在這樣的情況下才能發揮真本事。可以和遠處的同伴瞬間取得聯絡的便利性自然不在話下。為了盡早回到迷宮討伐軍的基地，馬洛等人在貧民窟的小巷裡奔馳。

害蟲驅除團子工房所在的貧民窟並沒有經過妥善的規劃，有許多錯綜複雜的狹窄巷弄。比起搭乘馬車行經大街，直接穿越小巷能更快抵達迷宮討伐軍的基地。

雷多和塔羅斯的體能並沒有馬洛那麼好。兩人現在拚了命跟在後面，如果他們跟不上，跑在前頭的馬洛打算拋下他們。他們現在奔跑的巷子是直線，馬洛與兩人的距離只會愈來愈遠。

咚。

馬洛說出「我先走了」之前，雷多和塔羅斯沉默地往前倒下。

倒地的雷多和塔羅斯背上插著飛鏢般的短箭。他們的身體微微抽搐，應該還有呼吸。

「怎麼了！」

（十字弓？而且還是毒箭嗎……）

見到與襲擊工房的一行人完全不同程度的攻擊，瞬間掌握狀況的馬洛跳到倒在地上無法動彈的雷多和塔羅斯前方並拔出軍刀，準備應付瞄準自己的毒箭。

（被跟蹤……不，我們是被引誘到這條巷子裡的。）

馬洛並沒有看到射中雷多和塔羅斯的箭飛行的軌跡。不過，他現在面對著箭飛來的方向。而且這裡只有一條路。下次射箭的時候，身手敏捷的馬洛就能判斷敵人的正確方位，出手反擊。

咻的一聲，下一支毒箭微微劃破空氣。聲音非常細小，普通人根本聽不見，但金屬製的箭頭因反射光芒而閃爍，要分辨發射毒箭的人躲藏在哪裡，對馬洛來說並不困難。

（在那裡！）

馬洛輕鬆擊落飛來的毒箭，正要衝向刺客的時候，奴隸兵塔羅斯突然站了起來，從馬洛背後擋住他的身體。

（塔羅斯？做什麼……）

回頭的瞬間，馬洛完全理解了。

馬洛朝發射毒箭的刺客擲出右手握著的軍刀，然後回頭面向站起的塔羅斯──被命令在危急時刻成為肉盾，保護馬洛的奴隸士兵。遭到馬洛冷淡對待的高大男人身上插著第二支毒箭，為了保護主人不受其他毒箭傷害，阻擋在馬洛前方。

馬洛穿過塔羅斯身旁，順勢拔出他腰上的劍，擊落第二名刺客射出的第三支箭，然後輕而易舉地登上石磚鬆脫的牆面，以疾風般的速度靠近躲藏於建築物暗處的第二名刺客，將塔羅斯的劍抵在他的喉嚨上。

「到此為止了。跟我們到迷宮討伐軍一趟。」

馬洛宣告勝負已分。

工房與亞格維納斯家的襲擊幾乎是同時發生的，即使有人協助雙方也不足為奇。刺客有兩個人，恐怕是打算在沒有岔路的窄巷前後包夾，趁著馬洛注意前方的時候從背後發射毒箭吧。

（塔羅斯救了我呢……）

如果那個時候塔羅斯沒有注意到瞄準馬洛背部的毒箭，被打倒的或許是馬洛。馬洛擔心身受兩支毒箭的塔羅斯而露出些微破綻時，刺客趁機往前倒向馬洛抵著他的劍，結束了自己的性命。

「竟然……」

生活在迷宮都市的士兵和冒險者，甚至是當過盜賊的奴隸，全都對生存很執著。即使任務失敗，就算身受重傷，他們也不會選擇死亡。換句話說，襲擊馬洛等人的刺客恐怕是活在完全不同的價值觀之下。

馬洛投擲的軍刀貫穿了第一名刺客，他已經沒有呼吸。經過這場襲擊，馬洛只知道刺客與襲擊工房和亞格維納斯家的嫌犯不同，而他們這群第三勢力究竟是何方神聖，已經無法從沉默的屍體口中得到答案。而且既然馬洛遭到襲擊，藏匿鍊金術師的基地恐怕也……

「我們要快點趕回基地。不要落後，好好跟上。」

馬洛讓雷多和塔羅斯喝下解毒魔藥，與徹底恢復的兩名部下一起趕回基地。

09

「火焰！那邊也要火焰！然後這邊也要火焰～！」

基地內兵荒馬亂的時候，芙蕾琪嘉以符合「炎災賢者」之名的粗暴手法對基地內的可疑人物使出「你被逮捕了！火焰～！」之術。

「今天是怎麼回事，米歐爾？竟然連地下室都被入侵，我差點就用大火燒了他們呢。」

「芙蕾琪嘉大人，請手下留情。我們會逮捕所有人，讓他們坦白自己的雇主。」

米歐爾頻頻垂下自己的平頭，從剛才開始就不斷流著冷汗。

鍊金術師（瑪莉艾拉）大量生產魔藥後進入午睡時間，芙蕾琪嘉大量飲酒後進入散步時間，到目前為止都一如往常。可是，離開基地地下室的臨時工房，在地下通道走了一段時間後，芙蕾琪嘉突然對前來搬運魔藥的士兵使用了火魔法。

「啊！您在做什麼！」

「仔細看看吧，你認識他嗎？他是入侵者。馬上就會醒來了，快綁起來。」

包圍入侵者的火柱馬上消失，從中出現的士兵確實如芙蕾琪嘉所說，是個陌生人。明明被猛烈的火焰包圍，他卻只有衣服和頭髮稍微烤焦、從嘴巴吐出煙霧，並沒有生命危險。米歐爾不知道她是怎麼辦到的，但應該是用火柱包圍對方，使之窒息而失去意識吧。

（這個地方應該只有少數人知道。而且這套制服是迷宮討伐軍的……）

米歐爾命令趕來的二軍士兵逮捕入侵者，暫停搬運魔藥並加強護衛鍊金術師（瑪莉艾拉），然後吩咐與芙蕾琪嘉一起行動的其中一個人去報告狀況並蒐集情報。

「米歐爾，你喜歡打獵嗎？」

芙蕾琪嘉微微一笑。雖然是美女的耀眼笑容，在米歐爾的眼裡卻像是肉食動物看著獵物的表情。

儘管芙蕾琪嘉很低俗地將逮捕比喻為打獵，卻沒有獵奇方面的興趣，於是活捉了工房與藥草倉庫附近的三名入侵者。最後一個人躲得十分巧妙，甚至連米歇爾都沒有發現，對芙蕾琪嘉而言卻只是「這邊也要火焰～！」的舉手之勞。

平常的她如果到了興頭上，應該會把整座基地的入侵者都逼出來，但確認工房周圍已經安全的芙蕾琪嘉卻轉身回到有瑪莉艾拉睡覺的工房。

10

瑪莉艾拉醒來時躺在長椅上，發現這裡是「枝陽」中有暖爐的客廳。

（奇怪？我是什麼時候回來的？）

客廳的長椅軟綿綿的，躺起來很舒服。耗盡的魔力已經完全恢復了，但瑪莉艾拉還想繼續躺一陣子。

這個家花了不少錢替通風魔導具裝設冷卻空氣的魔導具，所以夏天仍然涼爽又舒適。這種魔導具會耗費許多魔石，但現在的瑪莉艾拉能賺進大把金幣，所以完全沒有必要在意。況且吉克打獵取得的魔石就足以應付，並沒有花費多少金幣。

（貴婦生活超讚～）

不愧是瑪莉艾拉，根本搞錯了貴婦的定義。而且生活滿意度的水準相當低。簡直跟晚餐有冰啤酒和下酒菜就會說「一整天的疲勞都消失啦！」的某公會會長一樣。

（對了，上次我在迷宮附近的三明治店看到有個冒險者吃麵包配啤酒呢～）

應該是午餐吧。那明明是以三明治聞名的店，卻有個大叔冒險者啃著沒有夾火腿或蔬菜，也不另外加起司或奶油的便宜麵包，配上一杯啤酒。既然買得起啤酒，應該就買得起夾了肉或火腿的麵包和熱湯，他卻選了便宜麵包和啤酒的組合。

（他是把麵包當作下酒菜嗎？還是啤酒才是配菜呢？因為是液體，所以可能是代替湯類吧？實在是很不均衡的午餐耶～）

真搞不懂愛喝酒的人在想什麼──瑪莉艾拉想著這種無關緊要的事，享受幸福的午睡時光。

師父在走廊上跟別人說話的聲音打斷了瑪莉艾拉的優雅午睡時間。迷宮都市的房屋窗戶都很小，非常不透氣。所以每棟房子都具備通風魔導具，天花板內部有通風管延伸著。以「枝陽」的情況而言，如果只在店面和客廳使用冷卻空氣的魔導具，走廊上的聲音就會傳到客廳。

「所以，情況怎麼樣了，米歇爾？」

「是，據說亞格維納斯家的千金遭到綁架……」

「！亞格維納斯家的千金是指凱兒小姐嗎！」

瑪莉艾拉不禁馬上跳起，衝到走廊上反問米歇爾。

「這……您醒了啊。現在軍方正竭盡全力搜索，請務必保密。」

「米歇爾，你回去。」

米歇爾對衝出來的瑪莉艾拉露出驚訝的表情，然後禮貌地低頭行禮，卻被師父冷言以對。

瑪莉艾拉已經清醒的事，連師父也沒有發現，米歇爾就更不可能發現了。米歇爾在基地會隨侍在師父身邊，但他是維斯哈特的其中一名親信，很希望能替維斯哈特救出凱羅琳。他之所以透露「凱羅琳遭到綁架」的機密情報，就是希望能獲得師父的協助。被鍊金術師（瑪莉艾拉）稱為「師父」的這名女性雖然沒有表現出類似鍊金術師的一面，卻能馬上找出米歇爾這名優秀的諜報員也沒有察覺的隱密入侵者，或是看穿藏在大量魔藥瓶中央的普通瓶子。從這些地方都看得出來，她的能力遠遠凌駕在米歇爾之上。不只如此，恐怕連戰鬥能力也是。

米歇爾並沒有請求協助的權限，但一名願意合作的強者就在眼前，而且要求米歇爾說明狀況。不期待「她或許會幫忙」才奇怪。

但對象也僅限於芙蕾琪嘉。米歇爾早已在參與任務的短暫期間了解鍊金術師（瑪莉艾拉）不具備任何戰鬥能力，所以他也沒有打算讓瑪莉艾拉聽見。要是讓瑪莉艾拉知道了，可能會讓她暴露在危險之中。

平常應該會喊著「火焰～！火焰～！」並開心地狩獵入侵者的芙蕾琪嘉竟揹著睡著的瑪莉艾拉回到「枝陽」就是最好的證據。

芙蕾琪嘉平常老是很隨便，從大白天就開始喝酒或挑釁瑪莉艾拉，但從她在瑪莉艾拉失去意識的期間所做的事就看得出來，她會以瑪莉艾拉的安全為第一優先，並不打算拯救凱羅琳，或是讓瑪莉艾拉牽涉其中。

芙蕾琪嘉用有些惱怒的眼神看著米歇爾經由地下大水道返回基地，然後擺出師父的架子，對瑪莉艾拉說道：「妳要優先考慮自己的安全。」

「等一下，師父！告訴我，到底是怎麼回事？拜託！」

「我會告訴妳的，在裡面等著。」

師父把拚命追問的瑪莉艾拉推回客廳，然後走向「枝陽」店內。

「安珀，今天要打烊了。很抱歉，請大家也回去吧。」

「這麼說來，天色有點陰暗呢，呀！雷聲好大。最好趁還沒下大雨的時候回去。大家也是，在變成落湯雞之前快點回家吧！」

從師父的眼神察覺異狀的安珀巧妙利用了剛好發光的閃電為理由，打烊後與其他人一起回家。

基地的臨時工房位於地下室，客廳也沒有窗戶，所以瑪莉艾拉沒有注意到，現在明明是白天，外頭卻因為厚重的雲層而變得十分陰暗。不時顯現的閃電穿透了模仿聖樹的天窗，令她聯想到陰暗魔森林的暴風雨之夜。

11

大大的雨滴在乾燥的石磚上留下一顆一顆的清晰痕跡，又隨即轉變成強勁的傾盆大雨。

「呼，勉強趕上了。」

安珀等人離開後過了一段時間，吉克蒙德回到了「枝陽」。

今天他去魔森林採了答應要給瑪莉艾拉的稀奇水果。雖然附近也有能當作晚餐食材的魔物，天氣卻變得不太穩定，所以他只採集約好的水果便趕回來，平安在下大雨之前抵達「枝陽」。

或許是為了因應大雨，時間才剛過中午，「枝陽」便已經打烊，平常總是聚集許多常客的店內變得很冷清。

吉克能從客廳感應到瑪莉艾拉的魔力，所以知道她平安無事，但她卻沒有像平常一樣跑出來說「歡迎回來」，使得雨聲聽起來特別吵雜。

「瑪莉艾拉，我回來了。我有採到約好的水果喔。」

吉克說著，打開通往客廳的門。客廳以前是打通的大房間，在入住時經過改建，分隔成深處有暖爐的客廳，以及前方的飯廳。飯廳現在是作為尼倫堡的診療間使用，但此時尼倫堡不在，反倒是一臉不悅的師父在這裡喝著酒。

不知道發生什麼事的吉克感到疑惑，師父不發一語地催促他去找瑪莉艾拉，於是他打開深處的門，走進客廳。

瑪莉艾拉抱著膝蓋，蹲坐在她最喜歡的長椅上。

「妳怎麼了，瑪莉艾拉？」

吉克慌慌張張地趕到瑪莉艾拉身邊，注視著她的臉。聽到吉克的聲音，終於從膝蓋上抬起頭的瑪莉艾拉緊咬著下唇，臉上掛著泫然欲泣的表情。

「吉克……」

她的表情包含的情感不單純只有悲傷，還混合了不安、恐懼、焦慮、氣憤。看到這副交織著複雜情感的表情，吉克跪下來配合瑪莉艾拉的視線高度，再問了一次：「妳怎麼了？」

瑪莉艾拉抿起的嘴巴正在顫抖。一旦出聲說話，眼淚似乎就要掉下來了。

「沒事，瑪莉艾拉。沒事的，告訴我吧。」

吉克溫柔地對瑪莉艾拉這麼說，但瑪莉艾拉正要開口時，周圍皺起眉頭，又再次閉上嘴巴，把臉埋進雙膝之間。

「瑪莉艾拉……」

瑪莉艾拉保持沉默，微微顫抖。對困惑的吉克說明原由的，是不知從何時起站在客廳入口的師父。

「聽說她的千金朋友被綁架了。」

「千金……凱羅琳大人嗎？」

「有……有人誤以為她……她才是鍊金術師……」

瑪莉艾拉的臉依然埋在雙膝之間，這麼悶聲說道。

「鍊金術師的**角色**是本人自願扮演的。她已經做好覺悟。」

「可是……可是我想救她！」

「我就說了，妳出去又能怎麼樣？妳能做什麼？毫無戰鬥能力的妳跑出去只會讓情況更複雜而已。妳想讓大小姐自願擔任誘餌的心意也白費嗎？為了保護妳，只會有更多人暴露在危險之中。」

「這麼說……是沒錯……」

「芙蕾大人，請到此為止吧。」

吉克制止了想要繼續說下去的師父。瑪莉艾拉微微顫抖，低頭抱著膝蓋，一定是在流淚。

吉克溫柔的撫摸瑪莉艾拉的頭，代替她對師父說道：

「芙蕾大人說的話，瑪莉艾拉全都明白。所以她剛才明明想對我說，卻又把話吞了回去。她知道自己不該再害更多人受傷。瑪莉艾拉知道自己很無力，也知道自己出面只會讓情況惡化。即使如此，她還是不禁祈求不會因為自己的關係而失去朋友。

「……這我當然知道。」

師父有些尷尬地答道。

「師……師父到……到這裡的……時候……找……找到……我了……！」

瑪莉艾拉哽咽著說道，詢問是否有方法能找到凱羅琳。

「那是精靈魔法，妳不會用。我也不認識那個叫凱兒小姐的人，所以不能幫妳找她。」

師父用有點小的聲音對瑪莉艾拉這麼說。

「可是我……已經……已經……不想再……失去任何人了……！」

就像是吐出最後一口氣，瑪莉艾拉的喉嚨發出哀號，擠出細小沙啞的聲音。她恐怕是想起了失去林克斯的那一天。瑪莉艾拉的哀傷聲調刺痛了吉克的心。

「瑪莉艾拉，我去找她。不管要花幾天，我一定會找到她。我絕對會帶她回來，所以妳別哭了。」

吉克這麼安慰瑪莉艾拉，卻沒有找出凱羅琳的有效手段。他不是有組織的迷宮討伐軍，只是沒有特殊技能可以尋人的一個普通人。可是吉克還能做什麼呢？他能對瑪莉艾拉說些什麼？

吉克輕輕把自己的手放到瑪莉艾拉抱著膝蓋的手上。數度治癒並拯救吉克的溫暖小手被悲傷擊垮，冰冷地顫抖著。

「吉克……」

瑪莉艾拉的聲音幾乎要消失。芙蕾琪嘉定睛注視著他們倆。

「……還有一個方法。現在的妳或許能使用。」

師父以完全不同於以往的沉重語調，靜靜說道。

「師父，真的嗎？」

聽到師父所說的話，瑪莉艾拉抬起頭。

看著淚流滿面的瑪莉艾拉，師父的表情是前所未有的嚴肅。

「真的。可是瑪莉艾拉，如果把妳**維繫**在這裡的事物太弱，妳可能會一去不回。」

聽到師父這麼說，瑪莉艾拉注視握著自己的手的吉克，就像是在回想什麼，暫時閉上眼睛，然後再次注視著吉克，強而有力地答道：「沒問題。」

「請務必讓瑪莉艾拉拯救朋友。」

看著瑪莉艾拉的吉克對她點頭，然後兩人一起站起來，對芙蕾琪嘉低下頭。面對牽著手低頭的瑪莉艾拉與吉克，師父稍微露出有些傷腦筋又有些寂寞的表情，然後說了一句「跟我來」，帶著兩人走到下著大雨的後院。

「『生命甘露』寄宿於萬物，在全世界循環後回歸地脈。所以妳就去問地脈吧。」

在遮蔽大雨的聖樹樹梢之下，「炎災賢者」所說的唯一方法是如此地天馬行空。

「瑪莉艾拉，妳的『脈線』比任何人都要粗壯。這就表示妳與世界的根源有著比誰都更強的連結。『脈線』並不是單純用來汲取『生命甘露』的路徑，同時也是人與地脈、與世界的連結。」

師父告訴瑪莉艾拉的事並沒有記載在「書庫」，是光有知識也沒有意義的鍊金術精髓。

「無形的東西容易與世界同化而變遷，因此才要取得肉體來固定其形態。因為不論是個體的成長還是生物的多樣性，對世界來說都是必要的。所以肉體是區隔個體與世界的牆壁，使其聽不見世界的聲音。只不過，個體成為完整的個體也不代表與世界訣別。妳懂吧？妳應該能透過『脈線』感受到世界的意志、地脈的意志。因為世界也是妳的一部分。世界所知的事，妳也能得知。透過將妳連結至世界根源的『脈線』就辦得到。」

滂沱大雨使景色模糊不清，師父的聲音卻能穿透雨聲，傳到瑪莉艾拉的耳裡。

「我的『脈線』……」

在雨中，瑪莉艾拉閉上眼睛自問。

「脈線」連接著技能，紮根於自己的基幹。瑪莉艾拉摸索使自己身為自己的源頭，在自己的渺小體內不斷往深處望去。

「妳能感覺到連結吧？試著追溯平時汲取『生命甘露』的路線。往根源前進，直達『生命甘露』本身——」

天空下著雨。

滴滴答答，雨勢十分猛烈。

平常明明可以清楚認知自己的身體和世界的界線，但連傘也不撐就站在大雨中的現在，頭髮、衣服與身體全都已經濕透，不停落下的雨滴模糊了世界與自己的界線。

假如在海浪間搖盪的海藻有能力認知世界與自己，是否就像這種感覺呢？不，飄揚在空中的雲朵與天空的界線或許更加模糊。

滴答。

瑪莉艾拉感覺到一顆雨滴落下。

大顆大顆的雨滴澆灌著瑪莉艾拉，流經頭髮、肌膚與衣服後滴落到地面上。從天空或瑪莉艾拉身上滴落的雨水滲進大地，潛入泥土深處。彷彿回歸地脈的「生命甘露」。

——瑪莉艾拉，這些雨從哪裡來？——

師父的聲音在充滿雨聲的世界中響起。

——從天上來。來自又高又厚的雲朵。

啊，從地面看到的那種雲好像很柔軟，讓人想要跳進去玩耍，可是靠近一看就完全不同了。裡面有多得要掉下來的雨滴，還棲息著凶猛的雷電，簡直是雷雨的巢箱呢——

——沒錯，瑪莉艾拉。它們來自大海，被自由自在的風吹起，懷抱著好多好多的水滴。妳看，它們已經搬不動了。就像是底部破了洞，讓雨下個不停。

感覺得到吧，瑪莉艾拉？

雖然雲和雨都只有一點點，還是含有「生命甘露」。落在城外或城內的每一滴雨，妳應該都覺得很近——

——嗯，師父。雨滴好圓，圓滾滾的。

明明很圓，雨滴被風吹到的話，還是會一下子變形呢。

啊，下面好遠的地方有山。地面看起來好近。

有些打到屋頂，有些被樹木的葉子彈開，到處都是好多好多的雨滴——

瑪莉艾拉雖然待在「枝陽」的後院，卻覺得自己彷彿分散存在於城外與城內的無數雨滴中。激烈的雨勢讓大地籠罩著一面薄膜般的雨水，往低處流去，空氣中也散布著細密的雨滴；明明是陸地，卻讓人有種待在水中的感覺。如果是現在，彷彿連魚兒都能飛向空中。

——瑪莉艾拉，妳的朋友在哪裡？——

——凱兒小姐，凱兒小姐在哪裡？——

不論城市充滿多少雨水，「生命甘露」還是非常淡；追溯「生命甘露」的瑪莉艾拉明明無處不在，卻也像是只存在於這裡。明明覺得城市裡的每個地方都很近，卻每個地方都無法好好看清。

——瑪莉艾拉，妳的朋友是什麼樣的人？——

——凱兒小姐是個很溫柔的人。她像公主一樣漂亮，可是很堅強。她想做出各式各樣的藥，幫助很多人。我們一起做了好多種藥——

——用鍊金術技能？——

——嗯。雖然凱兒小姐沒有脈線，但我覺得她是天生的鍊金術師。所以地脈一定也很想連結凱兒小姐，請她製作魔藥。

啊，是啊，沒錯。是凱兒小姐。凱兒小姐就是那樣的人。凱兒小姐，妳在哪裡？——

瑪莉艾拉的魔力透過脈線逆流。

魔力與「生命甘露」交織、混合、相融，擴散至包圍整座城市的每一滴雨。

啵。

落地之前，雨滴四散。

就像是在尋找某物或某人，雨滴分裂得小之又小，落入大地，回歸地脈。

有人能察覺水滴飛散起舞的模樣嗎？如此細微的變化混入了猛烈的豪雨中，肯定沒有人能發現。

只有雨滴本身才知道。

「找到了。」

感覺飄忽不定，身體確實存在於這裡，卻好像少了靈魂的瑪莉艾拉輕聲說道。

The
Survived
Alchemist
with a dream
of quiet town life.

04
book four

第五章

受解放者

Chapter 5

01

凱羅琳甦醒時，發現自己待在一個陰暗的石造房間中。周圍的空氣十分陰涼，對習慣夏日暑氣的身體而言有些寒冷。凱羅琳所躺的石臺和附近的石牆都帶著水氣。遠處有雨聲傳來，或許是因為雨水。

「妳醒了嗎，凱兒？」

向坐起上半身的凱羅琳搭話的，是她很熟悉的人物。

「哥哥大人……」

面對坐在狹窄石造房間角落的羅伯特，凱羅琳開口說道：

「哥哥大人，麻煩您說明了。」

「妳還真冷靜呢，凱兒。明明有人盯上了妳的命。」

凱羅琳對羅伯特所說的驚人之語不以為意，放眼掃視自己身處的地方。這個房間由老舊的石磚堆砌而成。從石材的狀態來看，或許跟愛絲塔莉亞沉睡的宅邸建於同一個年代。凱羅琳所躺的石臺應該是用來放置某些物品的臺座。石臺的寬度足以讓凱羅琳躺下，深度卻很窄，翻個身就會滾落到地上。

角落的地上雜亂地堆放著幾個堅固的箱子，羅伯特就坐在其中一個箱子上。凱羅琳所躺的石臺可能就是放置那些箱子的地方。

這個房間是什麼祕密倉庫嗎？光源只有照明魔導具，沒有窗戶，羅伯特的背後還有很陡的階梯，所以這裡可能是地下室。

「原來我們家族還有這種祕密地下室呀。」

「因為是路易斯伯父直接告訴我的地方，所以連父親也不知道。」

羅伯特肯定凱羅琳的猜測，就像是要讓她放棄求援，凱羅琳卻稍微感到安心了一點。

（如果這裡是亞格維納斯家流傳的祕密地點，只有哥哥大人知道，那就不可能有其他人在。）

熟知兄長個性的凱羅琳這麼推測。

羅伯特雖然很優秀，個性卻有點固執，甚至可以說是麻煩。舉例來說，他對亞格維納斯家代代守護的鍊金術師相關事務有很深的執著，不願意讓外人涉入其中。就連開發新藥時也是，他雖然請了帝都的鍊金術師來幫忙，卻用咒術束縛他們所有人。

和亞格維納斯家所守護的鍊金術有關的地方可以說是他的私人領域，除了他的知己或是他能完全掌控的人以外，他不會讓任何人進入。

剛才他說這個地下室是連父親羅伊斯都不知道的地方。如果這裡是羅伯特很重要的地方，他應該也不會想把凱羅琳藏匿在這裡。反過來說，這就代表他沒有其他地方可去，也沒有能依靠的幫手。

（畢竟從以前開始，哥哥大人就沒有朋友……）

凱羅琳心裡想的事要是被哥哥聽到，他恐怕會紅著臉用很快的語速闡述約一個小時的艱澀道理。

凱羅琳非常了解哥哥的性格。

哥哥非常優秀，所以他總是毫不猶豫地往自己導出的答案前進。透過與他人對話就能讓他開啟不同的視點，但卻不擅於溝通。他的自尊心很強，個性有點麻煩，但其實是很溫柔的人。

「哥哥大人，您救了我呢。」

「還……還不是因為妳被騙得團團轉。」

或許是準備好要接受妹妹的質問了，聽到凱羅琳微微笑著這麼說，羅伯特一時語塞，這麼答道。

「就為了迷宮討伐軍掌握的鍊金術師，妳竟然要當什麼替身……而且還有公開販售魔藥的事，休森華德邊境伯爵家到底在想什麼！」

「哎呀，哥哥大人，原來您一直都有讀我寫的信呢。」

凱羅琳用溫馨的眼神看著哥哥氣憤的模樣，悠悠答道。羅伯特對這樣的妹妹說：「怎麼還這麼悠閒！妳到底懂不懂？」然後繼續說下去。

「讓鍊金術師製造足以公開販售的大量魔藥，未免太過操勞了！難道軍方誤以為鍊金術師是某種物品嗎？而且現在開始公開販售簡直是操之過急。問題又不是建立好生產和販售體制就能解決的。這麼做可是要改變躍谷羊商隊過去形成的權力結構啊，他們到底懂不懂！所以我才受不了軍方的作風，根本不像話！」

最重要的鍊金術師（瑪莉艾拉）本人雖然反覆生產超乎想像的大量魔藥，卻對製作魔藥這件事沒有任何疑問，每天都對師父發脾氣或是與吉克和「枝陽」的朋友一起歡笑，過著非常健康的生活，所以羅伯特的一番話裡包含了他的許多妄想。不過，他對公開販售的看法相當一針見血，不愧是長年管理魔藥的家族之子。

這兩百年來，迷宮都市將跨越山脈的所有物資託付給躍谷羊商隊運送，花費相當大。他們為運輸路線上的幾片領地帶來了高額的利益。幹道沿線的村落發展為繁榮的中繼城鎮，建設完善的幹道也使領地間的貿易更加盛行。通往迷宮都市、帝都與小型諸國的幹道分歧處有貝拉特伯爵的領地，不只是迷宮都市與帝都的貿易，也因為洛克威爾產的優質武器與防具會經由這裡運送到守護帝國不受小型諸國的戰火摧殘的邊境領地，藉此而繁榮。

距離迷宮都市最近，也就是距離帝都最遠的洛克威爾自治區經由貝拉特伯爵領地買賣武器與防具的交易依然會持續，但如果迷宮都市的商隊能夠穿越魔森林，他們的利益就會大幅減少。公開販售魔藥就代表要顛覆以往的商業交流所建立的權力結構，即使對迷宮都市而言是只有好處的改革，失去利益的人們也不可能默不作聲。

「那些人享受躍谷羊商隊帶來的好處，對他們來說，鍊金術師就只是眼中釘啊，凱兒。不論是消滅迷宮，還是鍊金術師再次誕生在這片土地，從他們的角度來看都是損失。」

聽著羅伯特斟酌詞彙的說話方式，凱羅琳覺得他真的是個很溫柔的人。羅伯特非常憤怒，但他的憤怒與自己無關。鍊金術師和凱羅琳暴露在危險之中，這才是他感到氣憤的原因。

「是，我都明白，哥哥大人。」

看到妹妹依然微笑著回應，羅伯特難以啟齒似的繼續說道：

「妳是想要保護鍊金術師吧，凱兒。身為亞格維納斯家的人就該有這樣的志氣，我這個哥哥也以妳為傲。只不過，妳挺身保護的不是鍊金術師，而是迷宮討伐軍的名譽和形象。」

如果迷宮討伐軍已經掌握鍊金術師，不論有什麼樣的刺客來襲，他們應該都會加以死守。即使結果是要把鍊金術師關在高塔或地牢中。可是一旦那麼做，往後休森華德邊境伯爵家就有可能因為非人道的對待而留下汙名。正因為如此，扮演「鍊金術師」的凱羅琳必須自由行動，讓自己協助迷宮討伐軍的事傳遍城內外。

凱羅琳「想要保護鍊金術師」的意念被利用來保護迷宮討伐軍的名譽，而不是鍊金術師。這一點是羅伯特最無法原諒的事。

「謝謝您擔心我，哥哥大人。即使如此，我還是想要盡到這份職責。」

都說到這個地步了，凱羅琳的表情和想法仍然沒有任何改變。明明是個溫和賢淑的美麗千金，這麼頑固的個性不知道是像誰。

「凱兒，這件事根本不值得妳賭上性命。」

羅伯特費盡唇舌，試圖阻止妹妹。可是凱羅琳用意志堅強的眼神注視著哥哥，這麼繼續說道：

「哥哥大人，亞格維納斯家是庇護鍊金術師的家族，當然要站在第一線了。只要我吸引眾人的目光，總有一天迷宮毀滅，誕生許多鍊金術師的新世界來臨，從魔森林氾濫（魔物暴動）中倖存的鍊金術師就能以普通鍊金術師的身分活下去了。」

沒錯，這就是凱羅琳的願望。

她希望總有一天能再次前往「枝陽」，和瑪莉艾拉兩個人一起製作魔藥。

就算不是特別的唯一一家店也沒關係。只是許多魔藥店的其中之一就夠了。

不管有多少競爭者，瑪莉艾拉和凱羅琳所做的魔藥一定不會輸給任何人。那片溫暖的陽光絕對不會有人潮消失的一天。

瑪莉艾拉雖然是珍貴的鍊金術師，身分卻只是普通的平民。如果她被拱上高位，集眾人的目光於一身，甚至成為政治道具，就無法過著自由的生活了。

保護鍊金術師就是亞格維納斯家的使命、凱羅琳的使命。

「凱兒，妳……」

羅伯特此刻終於理解凱羅琳。

他早就知道凱羅琳會蒐集各式各樣的魔導具和藥草來製藥。妹妹從小就會喊著「哥哥大人，哥哥大人」並追著羅伯特到處跑，所以他一直以為妹妹是在模仿自己。其實並非如此。她繼承了亞格維納斯家的血統與意志，而她本身就是不折不扣的「鍊金術師」。她當然沒有與地脈締結契約。凱羅琳只有技能，無法製作魔藥。可是，技能就代表了靈魂與肉體的型態。

既然沒有魔藥，那就製作能夠療癒人們的藥品吧。

對擁有鍊金術技能的人來說，這是極其自然的事。

羅伯特豈能否定身為「鍊金術師」及「亞格維納斯家之女」的妹妹所作的決定？

「……我知道了，凱兒。那麼身為亞格維納斯家的一員，我會幫助妳。」

「謝謝您！哥哥大人。」

凱羅琳露出打從心底感到高興的表情。

（我的生命所剩不多了。可是，至少讓我保護凱兒吧。）

羅伯特已經了解凱羅琳的意念，兩人之間不再有鴻溝。此刻就是統御魔藥與鍊金術師長達兩百年的亞格維納斯家集結全力的時候。羅伯特握緊帶有火之刻印的左手手腕，默默祈禱。玩火賢者一時興起才給的刻印雖然是期間限定的便利道具，但並不會耗損靈魂或壽命。

很遺憾的是，羅伯特還留有一個嚴重的誤會。

「對了，哥哥大人，這裡究竟是什麼地方呢？」

「這裡是我們家族的隱藏倉庫，位於迷宮都市東邊的森林。」

雨勢仍然很大，沒有停歇的跡象，但凱羅琳認為應該在太陽下山之前回報自己平安的消息，於是兩人離開了地下室。

登上地下室的陡梯後，兩人來到的地方看似老舊爐灶的內部，周圍都被燻得焦黑，從半崩塌的材料投入口爬到外面就會發現，這裡似乎是個已廢棄的炭窯。

利用山腳的斜坡和土石製成的炭窯有三座，彼此相鄰，最右邊的炭窯內部連接著隱藏倉庫。

每座炭窯都非常老舊，煙囪也已經崩塌。迷宮都市的日常生活不會使用木炭，但以前矮人鐵匠會使用木炭來製鋼，所以森林裡留有炭窯也不足為奇。

（話說回來，我們家族的地下室暗門也好，這個隱藏倉庫也好，祖先們還真是喜歡這類機關呢。真想讓瑪莉艾拉小姐也看看。）

明明是如此隱密的倉庫，裡頭收納的東西卻只有羅伯特拿來當作椅子的幾個箱子。箱子雜亂地放在地上，還被坐在屁股下，倉庫裡或許沒有保管什麼貴重物品。

凱羅琳這麼想，跟著哥哥在獸徑上前進。

羅伯特借來的迷宮討伐軍外套不會滲水，能保護凱羅琳不被大雨淋濕，但雨水使道路十分泥濘，凱羅琳所穿的鞋子底部太薄又有鞋跟，走起來相當費力。

雖然羅伯特提議揹起凱羅琳，但失去意識的時候就算了，早已長大的千金小姐根本不好意思被哥哥揹在背上。

（對了，當時喝茶之後，我變得很睏……）

甦醒並見到哥哥以後，凱羅琳一心只想說服哥哥，根本沒有餘力回想被綁架時的事。

（我現在平安無事，而且事情是哥哥大人所做的，父親大人和護衛們應該也還安好。）

由於惡劣路況帶來的疲勞，凱羅琳忍不住向羅伯特抱怨兩句。

「哥哥大人也真是壞心。就算不下安眠藥，好好談談也能解決問題呀……」

可是羅伯特的回應出乎凱羅琳的預料。

「我才沒有下什麼安眠藥。我確實有潛入基地找妳，但我抵達迎賓館的時候，護衛和父親等人全都睡著了。」

「咦……」

「我之所以能把妳帶出來，都是多虧這個刻印的力量，還有比歹徒稍微早一點抵達房間的運氣。」

「哥哥大人，父親大人……父親大人還平安嗎！」

「我沒有確認到，但應該平安。當時沒有時間帶他走，不過父親身邊有許多護衛隨行，我也打開了迎賓館的門，讓其他人早點察覺異狀。」

不論要當作人質或以虐殺的方式來恐嚇他人，年輕女孩都比年老男子更有效果。正因為如此，羅伯特才會在短暫的時間內優先確保凱羅琳的人身安全。

羅伯特沒有搜索敵人的能力，但當時企圖綁架凱羅琳的入侵者應該就在附近。羅伯特左手的刻印具有極高的性能，對它灌注魔力就能完美隱藏氣息、魔力甚至身影。它並非讓使用者變成透明人，而是讓對方把自己當作路邊小石頭般沒有意義的東西。羅伯特曾經用路邊的貓狗驗證過幾次，發現帶著沒有意識者就能獲得同樣的效果，但如果是帶著有意識者，效果就會略為減弱。

凱羅琳被下藥迷昏的事，對羅伯特和凱羅琳來說都非常幸運。因為如此，羅伯特才能騙過企圖下藥並綁架凱羅琳的歹徒。

羅伯特以外的某人對自己下藥，差點擄走自己——這個情報讓凱羅琳突然陷入恐懼。她甦醒的時候，身邊只有羅伯特一個人，所以雖然驚訝又混亂，卻也感到有點安心。即使哥哥曾施行不人道的邪術，對凱羅琳來說仍然是溫柔的哥哥。透過談話就能互相理解，他也願意幫助凱羅琳。這個認知並沒有錯，羅伯特確實在真正的惡徒襲擊凱羅琳之前將她救出，保護了她的安全。

明明已經有所覺悟。頭腦明明能夠理解。

可是，自己差點被身分不明的歹徒襲擊的事實，讓凱羅琳的心臟彷彿被強烈的恐懼緊緊揪住。

02

「吉克，把瑪莉艾拉叫回來。」

芙蕾琪嘉的銳利聲音在下著雨的「枝陽」後院迴響。

吉克趕到瑪莉艾拉身邊，把手放在她的肩膀上呼喚：「瑪莉艾拉！」

不知道有沒有聽到自己的名字，瑪莉艾拉用飄忽不定的動作轉頭面向吉克。

「瑪莉艾拉，回來吧。妳不是找到她了嗎？已經可以回來了！」

瑪莉艾拉對吉克呼喚的聲音沒有明確的反應，用迷茫的眼神注視著吉克。

這個時候的吉克第一次意識到。

平時看習慣的瑪莉艾拉的眼睛，和芙蕾琪嘉一樣都是金色。

瑪莉艾拉的眼裡沒有吉克看著她的臉，只有淡淡的虛幻光芒在其中輕輕翻騰。

（這是「生命甘露」的光嗎？不，難道是瑪莉艾拉所說的地脈顏色！）

瑪莉艾拉那對熟悉的眼睛明明和以往是相同的顏色，卻沒有映照出吉克和周圍的景象。

瑪莉艾拉就待在這裡，她的心卻好像位在很遙遠的地方。

「瑪莉艾拉！快回來！瑪莉艾拉！妳聽得見吧！」

吉克緊抓著瑪莉艾拉的肩膀不放，不願讓她離開。吉克大聲呼喚明明待在這裡，卻好像即將前往遠方的瑪莉艾拉。

可是，瑪莉艾拉的金瞳只映照著某處的光之大河，吉克連她有沒有聽見自己的聲音都不知道。

「瑪莉艾拉……！我們不是約好了嗎！水果、甜點，還有半獸人王肉！我還沒有全部湊齊啊！瑪莉艾拉！瑪莉艾拉！」

吉克在瑪莉艾拉的眼裡尋找自己所知的她，放聲呼喊。

瑪莉艾拉，瑪莉艾拉，瑪莉艾拉。

透過大氣和雨滴擴散至周圍一帶，差點溶入其中的瑪莉艾拉是否有聽見他的吶喊、他尋求自己的意念呢？

「……肉？」

「瑪莉艾拉！」

也許是吉克蒙德身為請客哥的勤勞有了回報。

在傾盆大雨中，吉克熟悉的瑪莉艾拉站著傻笑，用那雙金瞳看著肉……不對，是看著吉克。

吉克吐出一口氣，不知是出於安心還是失望。

吉克抓住瑪莉艾拉肩膀的手可以感覺到她的體溫相當低。她的精神離開肉體，恐怕經歷了一趟吉克難以理解的嚴酷旅程。即使如此，瑪莉艾拉還是用一如往常的金瞳展露笑容，所以吉克慰勞她的辛苦，同時盡量用一如往常的語氣對她說道：

「……總而言之，先洗個澡再吃水果吧。」

「肉呢？」

「下次吧。」

「我們明明約好了～！」

「嗯，我會遵守約定的。下次我一定會獵來。所以現在……歡迎回來，瑪莉艾拉。」

「嗯，我會等的。我回來了，吉克。」

瑪莉艾拉與吉克彼此說道，走進家中。

兩人的距離比平常還要稍微近了一些，但他們本身都沒有發現。

用溫暖的眼神看著兩人之後，芙蕾琪嘉說著：「那今天就用將軍油來做半獸人烤肉吧！」跟著兩人一起回到家裡。

03

「安眠藥的成分已經分析完畢！」

原以為很快就能得知結果的安眠藥鑑定不如預料，花了數刻鐘才終於完成。

許多素材都具有安眠毒素，但觀察沉睡的士兵和羅伊斯的症狀、殘留茶水的狀態，就可以將範圍縮小到一定程度。接著只要依序進行試驗，便能查出安眠藥的種類，並從中掌握線索。

這項作業並不會花費太多時間。如果是在迷宮都市採得到的素材的話。

找來賈克爺爺才終於分析完成的安眠藥並非迷宮都市可得的成分，因此才能取得重要的線索。

「這是小型諸國經常使用的安眠藥。」

不是為了解決失眠問題，而是要陷害他人而調配的這種安眠藥能輕易溶於水且無色、無臭、無味，還會隨著時間經過而分解消失。由於不是魔藥，生效所需的時間稍長，沉睡的時間也短，但反覆服用就有可能留下嚴重的後遺症，是一種暗算專用的藥劑。

這次要是賈克爺爺的鑑定再慢一點，安眠藥就已經全部分解，無法斷定歹徒使用了什麼藥。

這個答案使會議室掀起一陣小小的騷動。

戰亂不斷的小型諸國中有某個國家，或是和小型諸國有交易的帝國領地想要阻礙迷宮都市公開販售魔藥。

為的是什麼？

經由幹道運送的什麼東西一旦消失，就會造成他們的困擾？

察覺答案的維斯哈特把馬洛叫來，小聲對他下達指示。馬洛默默點頭，然後離開了會議室。

另一方面，負責訊問的尼倫堡露出恍然大悟的表情。

這一天，針對亞格維納斯家的襲擊總共有三次。從訊問的結果可知，三起事件都是不同的團體所為。從逮捕的當下就看得出來，襲擊工房、亞格維納斯家宅邸、基地的團體有明顯的等級落差，所以軍方推測先前的兩場襲擊是單獨犯案或受僱的佯攻部隊。

最初襲擊工房的三名瘦弱歹徒是當時在場的商人名下的奴隸。商人的行為就是所謂的自導自演，他似乎是想要「在惡徒襲擊鍊金術師時出手相助，藉此賣人情，搶占魔藥相關的利益」。根據被迫扮演歹徒的三名奴隸所言，商人似乎要求他們演出恐嚇後逃走的簡單戲碼，事成之後就讓他們恢復自由之身。不過商人當然完全不想留下活著的證人，一開始就打算叫那些品性惡劣的護衛殺了三名奴隸。

從歹徒失去意識前的舉止察覺異狀的馬洛指名奴隸商人雷蒙負責訊問，才讓三名歹徒得以脫離商人的「命令」約束力，坦白招供。

商人父子的訊問十分簡單，尼倫堡只是**溫柔地**問了幾個問題，他們就一五一十地招了，供詞似乎也不是謊言。唯一不明的地方在於襲擊日重疊的事實。商人和商人的護衛都說襲擊日是他們自行決定的，這座城市也沒有會幫助他們的熟人。商人等人是單獨犯案，與其他襲擊事件無關，也坦言自己並沒有受到他人僱用。

其次，襲擊亞格維納斯家宅邸的一行人似乎是在帝都活動的竊盜團體。

雖說是竊盜團體，但也不是綁架的專家。他們算是稍微高等的盜賊團，雖然多少能忍痛且態度固執，在沒有魔藥的迷宮都市長年擔任治療技師的尼倫堡卻認為「迷宮討伐軍的士兵還比較有骨氣」。

尼倫堡熟悉人體，所以能精確地給予痛楚；認為用治癒魔法或魔藥治療傷勢是常識的人看到尼倫堡用宰殺牲畜般的表情解剖活生生的人，恐怕會以為他是惡魔的化身吧。

歹徒很快就乖乖招供了，但他們只是經由他人仲介而受僱，並不知道關於雇主的事。順帶一提，他們接到的命令是綁架凱羅琳。交涉是在帝都進行，下手的前一晚才有寫著詳細指示的信送到迷宮都市的旅館。準備用來監禁人質的空屋已經人去樓空，沒有找到任何關於雇主的情報。

連續兩次都撲空，所以軍方認為芙蕾琪嘉在基地逮到的入侵者可能才是真凶。芙蕾琪嘉使之昏厥並逮捕的三人之中，兩人一清醒就用預藏的毒藥成功自盡，剩下的一人雖然遭到阻止而活下來，面對尼倫堡的訊問卻什麼都沒有說。

即使是尼倫堡的訊問。

可見他們是習慣痛楚的一流祕密部隊。

如果是來自小型諸國，那一切都說得通了。

那個地區總是紛爭不斷。有許多以戰爭為業的團體盤踞在此，據說紛爭無法平息就是因為他們從中作梗。使用安眠藥的職業間諜——既然能潛入迷宮討伐軍，就表示他們是相當老練的高價人才。

從維斯哈特向馬洛下達指示，又與萊恩哈特低聲交談的樣子看來，真相應該已經呼之欲出了——尼倫堡這麼想。

可是，維斯哈特的表情依然悶悶不樂，也沒有命令迷宮討伐軍出動。

潛入基地的歹徒不只有在工房附近逮捕的那些人。在迎賓館下藥並帶走凱羅琳的人還沒有被捕。基地的門已經關閉，即使搜遍內部，仍然沒有找到凱羅琳和疑似入侵者的人影。歹徒很有可能已經移動到基地外了。

到底在哪裡？派遣馬洛前往的地方會有線索嗎？

沉重的氣氛持續著。

（**訊問**果然太溫和了嗎……）

要是下手再重一點，就算有魔藥也不見得能**恢復原狀**。尼倫堡並沒有接到那麼嚴苛的訊問指示，但時間正在一分一秒地流逝。應該用剛才取得的安眠藥情報質問嫌犯，想辦法挖掘情報。

尼倫堡刻意把閃過腦海的愛女——雪莉的臉封印在內心深處，為了讓被捕的間諜吐出情報而從座位上起身。

這個時候。

「報告！鍊金術師表示已經得知千金小姐的去向！」
迪克帶著吉克來到迷宮討伐軍。

04

一群騎兵在雨中奔馳。
他們氣勢逼人，就連強勁的豪雨都讓出一條路，逆風也無法阻止他們行進。彷彿連天氣都站在一行人這邊，但風雨之所以避開他們，是因為維斯哈特在最前方用風魔法劃開大氣。強風或豪雨都休想阻止他。
「維斯，帶第三隊去吧。」
聽到吉克帶來的情報，萊恩哈特吩咐維斯哈特帶著迪克率領的隊伍去救出凱羅琳。
「主人交代我一定要拯救凱羅琳大人。請各位也帶我一同前往。」
這麼請求同行的吉克也跟在一行人的最後方。鍊金術師（瑪莉艾拉）表示，凱羅琳身在迷宮都市東邊的森林。附近似乎有廢棄的炭窯。東邊的森林有好幾處廢棄的炭窯，但既然是沿著山腳的斜坡建成，就能鎖定大致的位置。
地點離迷宮都市並不遠。就算在森林入口從騎獸下來再徒步前進，也不必深入森林。不到一刻鐘就能抵達。

可是，命運究竟要阻撓維斯哈特到什麼地步呢？一行人抵達炭窯時，凱羅琳已經離開，泥濘地面保留的新鮮腳印在獸徑上延續了一段距離，卻在途中消失到森林裡。

「分頭搜索！她應該還沒有走遠！從足跡看來，她正受到某人追趕！動作快！」

接到維斯哈特的指示，以三人為一組的士兵分頭踏入森林。

「找到了。」

維斯哈特抵達炭窯時，凱羅琳聽到了這個聲音。最初對這個帶有異國腔調的聲音有所反應的人是羅伯特，他對四周散布製造幻覺的詛咒，然後馬上抓著凱羅琳的手跑進森林裡。

如果現在仍下著豪雨，至少能稍微隱藏兩人的蹤跡，雨卻已經在不知不覺間停止，依舊泥濘的地面還讓凱羅琳的步伐變得更加困難。吸滿雨水的洋裝變得沉重，礙手礙腳的草木就像是要把凱羅琳和羅伯特困在原地。

「沒用的，咒術師。」

或許是要展現實力差距，黑衣男子破除詛咒，緩緩朝兩人走來。他恐怕就是在迎賓館下安眠藥的凶手。明顯是個職業間諜的黑衣男子遮住了臉部且身手矯健，明明能輕易混入樹林之中，卻刻意暴露自己的身影，縮短與兩人之間的距離。

「唔！」

羅伯特為了盡量阻止間諜的腳步，急忙施展詛咒，同時對左手的刻印灌注魔力以消除氣息。如果凱羅琳沒有意識，他們或許能趁著短暫的空檔隱藏蹤跡。羅伯特確實一度躲過這名間諜的目光，把凱羅琳帶出迎賓館。可是，既然凱羅琳有意識，再怎麼高超的刻印都會讓氣息微微滲出。

「不錯的隱身技巧。你的情報值得研究，亞格維納斯的後裔啊。」

他或許看穿了羅伯特的刻印，也有可能認為是技能或魔法。間諜似乎把羅伯特視為獵物了。

「情況有變。我無法帶走兩人，所以……」

「快逃啊！凱兒！」

察覺危機的羅伯特把凱羅琳推向森林深處，自己則跳到間諜前方，試圖阻擋他。

「我說沒用的。」

「哥哥大人！」

間諜輕巧地躲開撲向自己的羅伯特，只用幾步便逼近凱羅琳，對她舉起不知何時拔出的白刃。

「凱兒！」

羅伯特呼喊妹妹的名字，對她伸出手。那雙手沒能抓住眾多鍊金術師託付的夢想，以及心愛的愛絲塔莉亞的性命。沾染罪惡的手難道連妹妹也無法拯救嗎？

這就是染上詛咒的報應嗎？

伸出的左手有火之刻印。賦予刻印的火之化身閃過羅伯特的腦海。

那肯定不是這個世界的產物。如果祈求更多奇蹟，別說是寧靜的人生，連安穩的死亡都必須犧牲。

（我不在乎。）

如果什麼都抓不住，只能哀嘆自己的無能，那麼生與死都沒有意義。

不管是我的生命還是靈魂，全都拿去吧。所以，拜託，拜託，救救我的妹妹。

染上邪術，被剝奪當家之位，在那個封閉的地方、靜止的時間中，只有凱羅琳的信能轉動羅伯特的時間。

如此重逢之後，她仍舊願意叫他一聲「哥哥大人」。

咻！

這個時候，一支箭飛了過來。

吉克蒙德能夠找到凱羅琳等人，有一半是出於偶然。芙蕾琪嘉經常為了沒酒可喝、想要下酒菜、廁所沒有衛生紙等非常無聊的雜事而放出具有指向性的魔力，呼叫吉克來打雜，而這個時候的吉克隱約感覺到了她的魔力。

順帶一提，瑪莉艾拉對魔力很遲鈍，不管芙蕾琪嘉放出多少魔力，她都完全不會發現；

所以呼叫瑪莉艾拉的時候是用聲音，瑪莉艾拉不在聲音所及的範圍內就改叫吉克。這樣的魔力操作並不是一件簡單的事。賢者大人常常在相當無聊的地方使用高超的技術。

另一半的原因在於吉克每天都被師父叫去魔森林，在不知不覺中找回了身為獵人的自己。所以他將注意力轉向魔力的來源時，明明距離相當遠，還是立刻找到了凱羅琳等人。

看到逼近凱羅琳的間諜時，吉克毫不猶豫地拉弓。

他的動作就像呼吸一樣，自然而流暢。

自從在迷宮都市重拾弓箭，吉克每次拉弓，還有「精靈眼」時的「射擊」就會閃過腦海。那個時候彷彿有一雙看不見的手引導自己瞄準哪裡、怎麼拉弓，所以吉克總是能射出完美的一箭。

「我想像那個時候一樣，射中目標。」

「我想像那個時候一樣，甚至比那個時候更好。」

每次吉克這麼想，就會忘記正確的架式、正確的動作是如何，愈來愈搞不懂究竟是哪裡出了錯。彷彿反映了吉克的迷惘，他的射擊與理想漸行漸遠，令箭矢無法捕捉目標。

自從被師父叫去森林，吉克就沒有餘力思考能不能射中、技術好不好的問題。就算扔石頭、空手打倒魔物，吉克也想拿到肉，然後回到瑪莉艾拉身邊。或許是排除雜念，躲在草叢或樹林中對獵物射箭的練習有了成果吧。

身體已經想起還有「精靈眼」時重複無數次的正確動作、正確姿勢。吉克自幼便累積至

今的獵人經驗不曾消失，一直存在於自己體內。

「精靈眼」非常強大。它能夠指出獵物的弱點，引導身體做出正確的動作，甚至能修正箭的軌跡與威力，強化攻擊。就連自己心中的懦弱和迷惘，它都能掩護。

可是，即使沒有「精靈眼」——

即使迷失又犯錯好幾次，暴露自己的懦弱，吉克還是克服了一切難關。

（我絕不再讓任何人奪走瑪莉艾拉重視的一切！）

吉克蒙德拉弓。

正確的姿勢、正確的動作和純淨的心，都將他的「射擊」引導至目標。

正射必中。

吉克蒙德發射的箭輕而易舉地飛越魔法無法觸及的長距離，貫穿間諜的手臂。

「啊啊啊！是誰！」

從無法察覺的遠處射出的箭擊中間諜，因此弄掉了劍的他掃視四周。

這裡是樹木茂密的森林中，其中有縫隙能讓箭矢穿過就已經是奇蹟。

更別說是瞄準縫隙了。簡直就像是樹木自行閃避，讓箭矢通過似的。

但不可能有第二次。能讓箭矢通過的路線可不多。

第一箭似乎是因為剛好被樹擋住，所以沒有射中要害。被射中的部位是右手，既然沒有被一擊打倒，就是間諜的勝利。左手仍然完好，還有時間殺了千金並帶走咒術師。

瞬間如此判斷的間諜正要拿出其他武器的時候，發現自己的身體無法隨心所欲地活動。

（凍結了……！是誰？）

發現礙事者似乎不只有弓箭手的間諜立刻讓魔力在自己的全身流竄。只要藉著魔力勉強活動從表面漸漸凍結的身體，就算會產生裂傷，能暫時活動就沒有問題。因為任務的失敗與死亡同義。

間諜摸索出悄悄靠近的寒氣根源，同時擲出三把針一般的短刀。反覆浸泡毒液的短刀表面已經被腐蝕，沒有金屬的光澤。在這種森林，短刀會混入樹木的陰影，無法輕易辨識。

除非對手是普通人。

「『寒冰護盾』。」

冰之貴公子輕易擋下所有短刀，從樹林之間現身。

維斯哈特一直以來都在陰暗的迷宮與高等魔物交戰，被寒氣限制行動的間諜擲出的短刀就像是在天上飛的小蟲。

「你以為這種膚淺的攻擊能爭取時間嗎？」

維斯哈特冷酷地說道。間諜在看見他的瞬間準備發動最後攻擊，維斯哈特在間諜眼中的輪廓卻開始模糊。

「……可惡的黑色害蟲。」

維斯哈特的聲音是否有傳進間諜耳裡呢？

由於維斯哈特持續施展的「寒冰領域」魔法，間諜的身體從裡到外都徹底凍結，變成一尊冰雕像。對間諜投射冰冷的視線後，維斯哈特趕到凱羅琳身邊。

「妳沒事吧！凱兒！」

「維斯大人……」

在陌生森林的泥濘獸徑上逃跑，又遭到白刃襲擊的凱羅琳一看到維斯哈特的臉，似乎是知道自己終於得救了，突然雙腿一軟，差點跪坐在地。

「危險！凱兒。」

維斯哈特趕緊伸出手，以環抱的方式撐住凱羅琳。

「那……那個，維斯大人，真抱歉，讓你見醜了……」

凱羅琳難為情地別開視線。

雖然有外套可以擋雨，今天依然是多災多難的一天。凱羅琳被下藥迷昏、帶往森林裡的藏身處，直到剛才都在下雨的林中獸徑上移動。髮梢有雨水滴下，臉上的淡妝也早已脫落。鞋子和裙襬都沾滿了雨水和泥巴。說不定連臉上都沾到泥巴了。

連睫毛是否捲翹、瀏海長度和彎曲程度、臉上的一兩個雀斑都會影響心情的花樣少女可不會想讓別人看到自己這個樣子。

可是在維斯哈特的眼裡，凱羅琳那副沒有被妝容遮住的細緻肌膚因為恐懼而失去血色，看起來更加潔白，沿著纖長睫毛與瀏海落下的水滴也比任何寶石都還要耀眼。凱羅琳的手放在維斯哈特扶著自己的手上，冰冷又微微顫抖著。雖然她住在迷宮都市，卻也跟每天對付魔物、與死亡相鄰的維斯哈特不同。對期待光明未來的少女而言，覺悟到死亡的體驗究竟有多麼恐怖呢？

凱羅琳的臉失去血色，雙手顫抖，腳也軟弱無力的模樣就是證據。即使她因為得救的安心感而挨在維斯哈特懷裡嚎啕大哭也不奇怪。可是她沒有流淚，也沒有陷入慌亂，而是努力用顫抖的雙腳站穩。

（多麼堅強又美麗……）

凱羅琳不依靠任何人，試圖獨自站穩的模樣讓維斯哈特深受感動。

「凱兒，妳不必孤單自立，不必獨自揹負一切。我會和妳一起承擔，陪在妳的身邊。」

「維斯大人……？」

維斯哈特緊緊握住凱羅琳的雙手，支撐著她，在泥濘的地面跪下。

「凱羅琳，我願成為妳的依靠。直到生命終結為止，讓我與妳共度一生吧。」

「維斯哈特大人……」

這裡不是滿天星斗之下，也不是美麗的薔薇庭園。雖然雨已經停止，腳下卻是泥濘的腐葉土，周圍還有長著苔蘚的樹木。身邊沒有美麗的大理石像，而是殺手的冰雕。

雖然這幅景象說不上浪漫，兩人眼裡卻只有彼此的身影。所以，不論身在何處都無所謂。

「好的……好的！維斯哈特大人，我也……」

凱羅琳帶著染上薔薇色的臉頰，接受了維斯哈特的求婚。

自從凱羅琳成為亞格維納斯家的正式繼承人，便做好以休森華德邊境伯爵家的成員為丈夫的心理準備。亞格維納斯家是歷史悠久的家族，雖然以前曾握有魔藥相關的權力，但在魔藥已經枯竭的現在，沒有土地也沒有多少收入的亞格維納斯家已經變成只在政治上留有一點價值的家族。

況且還有兄長犯下的過錯。不論要與什麼樣的對象成婚，凱羅琳都不能有怨言。先前的未婚夫是比她年長二十歲，甚至沒有見過面的帝都鍊金術師。對她來說，政治聯姻是理所當然的事。

可是，每次維斯哈特帶著甜點和花束造訪「枝陽」，凱羅琳就會心想「如果我的丈夫是這樣的人就好了」。

凱羅琳並非是被維斯哈特的外貌或家世吸引。他那很受女性歡迎的英俊長相對凱羅琳來說，光是軍人的身分就足以將其抵銷。凱羅琳長年擔任藥師，認為軍人比冒險者還要死腦筋，連治癒魔法和魔藥都不會區分使用，是一種碰到什麼事都想靠毅力解決的人。可是維斯哈特也知道普通的藥雖然完全不及魔藥，卻具有不挑地點的優勢，對凱羅琳認為藥也有幫助的想法表示贊同。

而且他會輔佐兄長，抱著消滅迷宮的強烈使命感；他以消滅迷宮後的世界為目標，這一點就跟凱羅琳的願望是相同的。

在凱羅琳的眼裡，維斯哈特是志同道合、值得尊敬的人。這樣的人希望自己成為他的伴侶，沒有什麼事比這更令人感激的了。

「我們一起守護鍊金術師吧！維斯大人！」

凱羅琳帶著滿臉笑容接受求婚，聽到她這麼回應的維斯哈特面不改色，心中卻暗自感到落寞。

（……是啊，說得也是。對凱兒來說，這終究是政治聯姻。即使她認為這是為了守護鍊金術師和魔藥的政策，那也無可奈何……）

就算是維斯哈特這種讓迷宮都市甚至帝都的女子都為之瘋狂的美男子，依然無法攻陷天真的城牆嗎？因為太過失望，感覺就像是從地底仰望高牆的維斯哈特沿著凱羅琳瞄了一眼的視線望去，看著被箭射中又化為冰雕的殺手。

那支箭……要不是有那支箭爭取時間，維斯哈特不知道能不能及時趕上——

維斯哈特想起那支箭的射手與其主人。

（算了，我和凱兒的關係比他們進展得更順利。既然已經排除障礙，那就慢慢來吧。）

不愧是迷宮討伐軍的副將軍，克服重重苦難的精神簡直有如鋼鐵。維斯哈特馬上振作起來，從泥濘的地面站起，對凱羅琳伸出手。

「好了，凱兒小姐……不，我已經可以叫妳凱兒了吧？我們回迷宮都市吧。」

微微一笑的維斯哈特比平時更加閃亮。面對這樣的維斯哈特，凱羅琳有些遲疑，忸忸怩怩地開口說道：

「不好意思，維斯大人。」

「怎麼了？凱兒。」

「那個……哥哥大人救了我。雖然他或許有逃亡的罪名……但要不是哥哥大人的幫助，我一定無法再見維斯大人一面。」

「哦，原來是這麼一回事，凱兒。一切都是為了拯救妳啊。」

「所以，維斯大人——」

凱羅琳稍微低著頭停頓了一下，然後又下定決心繼續說道：

「——可以請你把冰凍在那邊的哥哥大人恢復原狀嗎？」

在殺手的後方不遠處，羅伯特擺出「想對我妹妹下手就先殺了我吧！」的姿勢，同樣化為一尊冰雕。

而且是非常尷尬的位置。

雖然羅伯特的姿勢充滿想要拯救妹妹的決心，體能卻完全不足以阻擋殺手，根本沒有保護作用。只要看他與殺手冰雕的位置關係就能清楚知道。他被凍結在相當遠的位置。

而且最糟糕的是——

維斯哈特雖然冰凍了兩人，卻只是封鎖他們的行動；因為有訊問的必要，所以維斯哈特沒有殺了他們。特別是戰鬥力低的羅伯特，他只有表面凍結，以十分丟臉的姿勢把他人在無法動彈的自己後方對妹妹求婚的過程聽得一清二楚。

（這簡直是……簡直是人間地獄！）

現場沒有人能聽見羅伯特的心聲。

他只能獨自在心中哭泣。

這就是與火之惡魔進行交易的代價嗎？這就是犧牲寧靜的人生和安穩的死亡所得到的結果嗎？妹妹確實得救了。不過，不過……！

被維斯哈特解除凍結，又被趕來的迪克等人帶走的羅伯特始終沉默地低著頭，彷彿失了魂。

「我已經叫馬車到森林外待命了。妳能走到那裡嗎？」

「是，維斯大人。」

凱羅琳被維斯哈特牽著手，在森林裡慢慢走著。

「維斯大人……」

「嗯？怎麼了，凱兒？我走太快了嗎？」

「不……不會，什麼事也沒有。」

凱羅琳無法看著回頭關心自己的維斯哈特，不禁別開視線。

（我到底是怎麼了呢？）

明明是冰魔法的專家，維斯哈特牽著凱羅琳的手卻又大又溫暖。身為亞格維納斯家的女兒就該表現出堅毅的態度，凱羅琳的注意力卻都放在相繫的手上，心臟猛烈跳動的聲音吵得不得了。

（維斯大人選擇我作為政治聯姻的對象……可是我……）

凱羅琳何時會察覺掌控自己內心的這份情感究竟是什麼呢？

而維斯哈特又是何時會察覺凱羅琳注視自己背影的熱情視線，還有她那顆快速跳動的心臟呢？

雨後的森林潮濕又泥濘，使兩人攜手前進的步伐有些不穩。

自雲間穿透的陽光使樹林的水滴閃閃發亮，從在場的人眼裡看來，它們彷彿都在祝福兩人未來的道路能充滿幸福。

05

「歡迎蒞臨，昆茨・麥洛克閣下。」

治理矮人的城市——洛克威爾自治區的昆茨．麥洛克正如預告，在凱羅琳遭到綁架的恰巧兩天後抵達迷宮都市。

為了不喜歡拘謹的麥洛克，萊恩哈特準備了兩人單獨的酒席來迎接他。

「這次突然來訪，很感謝閣下撥空與我會面。我們矮人除了打造物品之外，實在是不夠周到，前天才發現沒有事先告知閣下。哎呀，真是沒面子。」

「不會，洛克威爾自治區與我們有著超過兩百年的友誼。身為領主的麥洛克閣下親自造訪，我們當然竭誠歡迎。美酒十分充足，請盡情享用。」

「那麼，我就恭敬不如從命了。雖然我只有一半的矮人血統，這一半卻相當惱人呢。一見到好酒，我就情不自禁。哎呀，實在是不好意思。哦，這是在帝都剛上市的八年陳酒吧。沒想到閣下早已取得，看來行經魔森林幹道的商隊經營得相當順利呢。」

麥洛克眉開眼笑，伸手拿起酒。

雖然嘴巴上說「不好意思」，他的舉止卻沒有任何諂媚或卑屈的神情，十分坦蕩蕩。麥洛克有一半的矮人血統，身材粗壯矮小，也具備鬍子與眉毛都很濃密的矮人特徵。雖然體型比矮人的平均身高還要高一些，他依然是個讓人一眼就能看出矮人血統的五十多歲男子。不過，他把普通矮人引以為傲的長鬍子剪短，眉毛也有經過修飾。髮型當然也很清爽，呈現潔淨整齊的紳士風範。

他說話的語氣溫和又得體，給人的印象就像擅於經商的貴族。最能讓人感覺到貴族氣息的地方應該是他的大眼睛。如果仔細觀察開心歡笑、細細品酒的麥洛克，就會發現他的眼神中並不包含他的真心。

深不可測的半矮人領主——這就是名叫昆茨·麥洛克的男人。

「帝都的酒都是上等貨。我會安排行經山岳幹道的商隊運送酒類的。」

麥洛克優雅地啜飲著酒，萊恩哈特對他這麼提議。

意思是即使魔森林的幹道開通，行經山岳幹道的商隊也不會消失。麥洛克會在這個時期造訪迷宮都市，只有可能是為了魔森林幹道會因為魔藥的公開販售而開通的事。

「那真是太令人感激了。」

麥洛克用不變的笑容這麼回應。

「可是，閣下的好意我心領了。不，我是單指送酒過來的事。哎呀，美酒實在是非常吸引人的提議，讓我差點就忘記本來的目的了。那也是我來拜訪的其中一個理由，不過我想請求的是別的東西。」

（談得比想像中更快。既然會直接開口，就表示已經他已經了解事情的始末了吧……）

萊恩哈特看著麥洛克那雙難以捉摸的大眼睛，面不改色地催促他繼續說下去。

「哦，那麼閣下想要什麼呢？」

「沒什麼，不是什麼了不起的事。就跟帝都的所有商人一樣，我們洛克威爾自治區也要成立商會。總不能老是依賴人家幫我們運送物資嘛。所以我們決定自己運送商品到帝都，自己販售。哎呀，矮人作生意簡直是兒戲，請當作矮人學藝，一笑置之吧。」

「不不不，閣下謙虛了。既然是與邦達爾商會共同出資的商會，豈會有所不周？」

你笑，我笑。

眼神全無笑意，只有嘴角友善地上揚。

邦達爾商會是迷宮都市的大型藥草商，很擅於經由山岳幹道以躍谷羊商隊出口商品。他們頗有先見之明，早已料到公開販售魔藥會使藥草流出迷宮都市的量減少，於是搶先將運送路線轉移到魔森林。他們自然而然地看上洛克威爾的武器與防具，作為替代藥草的商品。

「哎呀，不愧是大名鼎鼎的將軍閣下，消息可真靈通。所以，我希望能在迷宮都市設立分店，應該無妨吧？」

你笑，我笑。

「當然沒問題了，麥洛克閣下。地點已經由邦達爾商會準備好了吧？」

聽完萊恩哈特已經掌握大致情報的回應，麥洛克進一步說道：

「魔藥的公開販售可以說是迷宮都市的革命性轉機吧。哎呀，能夠見證如此歷史性的瞬間，我感到無比榮幸。今後會有許多人蜂擁而至，工匠的人手有多少都不夠。洛克威爾絕對不會吝於協助。我們改變以往的銷售通路，經由迷宮都市買賣就是證據。不過，我們是不擅經商的矮人。若是沒有**他人的幫助**，我們恐怕也經營不下去。」

「快別這麼說，麥洛克閣下。從洛克威爾自治區到迷宮都市需時一週，而從迷宮都市到帝都，熟悉者只要六天就能抵達。從洛克威爾自治區經由山岳幹道需要三週才能抵達帝都，所以走這裡是條捷徑。在中繼站也能談一筆生意，麥洛克閣下的慧眼實在令我敬佩。」

哈哈哈。哈哈哈。

乾渴的笑聲在屋內迴響。談話的內容明明一點也不有趣，大人卻對彼此枯燥地發笑。這個樣子也難怪他們會口渴。

麥洛克大口喝乾杯中物，笑著對萊恩哈特說道：「哎呀，這杯酒真是美味啊。」

結果，麥洛克只是想要經由比以往更近的魔森林路線前往帝都，為此前來打聲招呼罷了。

當然，為了避免遭拒，他非常周到地請了紮根迷宮都市的商會居中協調。雖然他也有提出特別優待的厚臉皮要求，但本來就有被拒絕的心理準備。在迷宮都市作生意的提議沒有被拒絕，所以最後也算是喝了杯「划算的酒」。

這場交涉本來就只是萊恩哈特預料到的其中一種劇本。而且是預料中最穩當的劇本。

洛克威爾自治區距離帝都很遠，規模也遠比迷宮都市小。居民明明都是些為工藝著迷的矮人，麥洛克卻連帝都剛上市的酒都已經得知。

目前沒有任何情報指出他與兩天前在迷宮都市發生的亞格維納斯家千金綁架事件有關，但在這個時機造訪迷宮都市的麥洛克不可能沒有掌握任何情報。

他們是矮人。雖然語言相通，也能與人類生育後代，兩者卻是不同種族。

以工藝本身為生存意義的他們不管途中做出的無數習作去了哪裡、落入誰的手中，全都無所謂。就算自己打造的武器同時流向與帝國敵對的國家，他們也不在乎。他們的動機是不同的價值觀。唯有理解彼此的差異，才能找出共存之道。

所以萊恩哈特說了一句話——歷代當家相傳的魔法語言、友好的咒語。

「我們也衷心期待洛克威爾完成『無上之刃』的一天。到時候請務必替我打造一把。」

「無上之刃」。

這是洛克威爾自治區的眾多矮人追求的唯一目標——在不產奧利哈鋼的洛克威爾鑄造超越奧利哈鋼的鋼鐵，打出至高無上的刀刃。

為此，他們需要多少工匠、時間與開發費用呢？

麥洛克之所以出售矮人的武器和防具，就是為了這個目標。

麥洛克是極其少見的優秀領主，擁有商業與政治的才能。而且他也兼具矮人「想要打造無上之刃」的原始慾望。

可是麥洛克只有一半的矮人血統，並不具備成就「無上之刃」的鍛冶才能。麥洛克連這一點也理解，其慾望已經化為類似執著的感情，使他渴望「無上之刃」。

了解矮人的理想並加以協助——聽到願意成為友善鄰居的萊恩哈特這麼說，麥洛克的眼睛第一次凝視著萊恩哈特。

剛才他的眼神是看著「眾多人類的其中之一」，而現在卻是看著「萊恩哈特」。

「對了，聽說令弟維斯哈特閣下已經訂下婚約。哎呀，真是可喜可賀。雖然還遠遠不及無上之刃，但下次來訪時，我一定會獻上當代最好的刀劍作為賀禮。」

（那起事件發生後才過了兩天啊。真是個不能掉以輕心的男人……）

萊恩哈特對麥洛克掌握情報的速度之快感到驚嘆。這個消息，就連迷宮都市的貴族都有許多人不知道。不過，這樣的回答並不壞。

「敬『無上之刃』。」

「敬迷宮都市的繁榮。」

對舉杯相敬的兩個男人而言，酒的味道並不壞。

06

藉著追查商人一行人，軍方終於逮到綁架凱羅琳的主謀。商人一行人是單獨犯案，並沒有接受他人的指示。因為他們的手法拙劣又外行，只要有所接觸就能察覺他們的企圖，並且輕易偷聽犯罪的情報。

貪財的商人父子向想去迷宮都市的人收取車資，載著他們來到城裡。商隊利用多餘的空間載送人或物本來就是常有的事，所以迷宮都市攔檢訪客的過程非常簡單。除非是特別可疑的人，否則不會加以監視，一旦進入城市就無法掌握這些人的蹤跡。

「如果是有珍貴戰鬥技能的冒險者，應該沒理由在這個時期來吧。」

剪著指甲的泰魯托這麼評論黑髮綠眼且年近三十歲的文官型男子。因為泰魯托的一句話，一般來說不會有人留意的這名男子被迷宮討伐軍列入了應注意的對象。

而且，由於襲擊迷宮討伐軍基地的歹徒是小型諸國的間諜，幾片領地於是浮上檯面。熟知其中之一的馬洛對「黑髮綠眼且年近三十歲的文官型男子」有了頭緒。

「好久不見了，我妻子過得好嗎，管家先生？」

幾乎在維斯哈特出發去救助凱羅琳的同時，馬洛帶著勤務兵雷多與奴隸兵塔羅斯，來到「文官型男子」暫住的房間。

「老……老爺，好久不見了。我本打算明天去打聲招呼……」

應該是根本沒有料到馬洛的到訪吧，貝拉特伯爵家的管家見到自已本來該侍奉的主人，雖然驚慌，卻還是行了形式上的一禮。

「別再裝傻了。走私武器至小型諸國，想必賺了不少吧？還能僱用那麼多的間諜呢。」

「您……您在說什麼……」

「潛入基地的間諜已經被捕了。他們很快就會全盤招供。」

馬洛的態度非常淡然，面對身為自己家臣的管家犯下的罪，他沒有任何動搖或促使對方感到悔恨的行為。那對碧眼的深處隱約顯露著放棄，恐怕還有沉沉的憤怒。跟在馬洛身邊的雷多和塔羅斯認為，帶著靜靜怒火的馬洛看起來也有些悲傷。

「可……可惡，要是你……要是你能死在魔森林的話……！你怎麼可能理解無法與孩子相認的我是什麼心情！」

從馬洛的態度察覺狀況的管家不再辯解，拔出了劍。他對自己表面上應該侍奉的貝拉特家女婿——馬洛刀劍相向，「要是你能死在魔森林」就是他的真心話。馬洛早已料到這個男人特地造訪迷宮都市的目的，還有馬洛等人從凱羅琳的工房返回基地時為何會遭到襲擊。

他的藉口確實非常自私。馬洛看著貝拉特伯爵家的管家自暴自棄地揮砍過來，開始思考。

這個管家與身為主人的貝拉特女爵有著不倫關係，為了在檯面下繼續保有這樣的關係，他讓與自己同為金髮碧眼的馬洛入贅貝拉特伯爵家。他的黑髮只是為了掩人耳目才染的。

如果沒有被捲入這項愚蠢的奸計，馬洛就能在迷宮都市過著寧靜的生活了。被利用、被拆散的馬洛與其戀人所嚐到的悲傷和辛勞，這個男人恐怕連想都不會去想。

（速度好慢的劍。）

沒有戰鬥能力的管家所揮的劍在馬洛眼裡簡直如同兒戲。就算不躲開，穿在衣服裡的裝甲也會擋下攻擊，不會造成多大的傷勢。面對這個愚蠢又悲哀的男人，故意承受一擊或許也無所謂——馬洛無意間這麼想。

「不可以。」

「塔羅斯……」

馬洛的奴隸兵——塔羅斯站到馬洛面前，擋下管家的劍。

馬洛與這個沉默寡言的高大男子相識並不久。自從發生林克斯那件事，開始將奴隸當作奴隸看待的馬洛算不上是特別好的主人。不過，侍奉並保護主人本來就是奴隸應盡的義務，塔羅斯只不過是理所當然地保護了態度也不算特別壞的馬洛而已。不論是現在，還是上次遇襲的時候。可是塔羅斯的舉動讓長年沒有受到應有對待而想要隨波逐流的馬洛冷靜了下來，恢復該有的狀態。

「放開我，放開我！」

管家被塔羅斯壓制在地，噴著口水大叫。

（無法與孩子相認的心情嗎……）

唯獨這一點，馬洛能夠理解。只不過，管家現在的狀況是他本身造成的。想到自己受到的對待，馬洛根本沒有必要同情他。

「如果只是要阻止魔藥的公開販售，你應該沒有必要來到迷宮都市。你就這麼想要取代我嗎？」

聽到馬洛如此靜靜發問，管家沉默不語。既然他要取代馬洛，就代表要消滅馬洛的存在。

「那麼，我可以幫你實現這個願望。」

聽到馬洛靜靜說完這句話，將頭髮染黑、持續偽裝自己的管家失去了意識。

只要了解事情的始末，就會發現來龍去脈非常單純。

貝拉特伯爵家由於多項莽撞政策而陷入財政困難，為了重振旗鼓，管家利用洛克威爾自治區的商業交流，向位於紛爭地帶的小型諸國走私武器與防具。貝拉特伯爵家的領地不只是位於洛克威爾自治區到帝都的幹道上，也是通往小型諸國的分歧點，所以非常易於走私。

但小型諸國是與帝國敵對的地區，販售洛克威爾的武器到那些國家就是背叛帝國的行為。管家應該也十分清楚風險。他或許也想要早點振興領地的財政，停止走私。

可是，貝拉特伯爵的領地還沒有回到正軌，迷宮都市就開始公開販售魔藥了。洛克威爾自治區也會開始經由運輸成本低的迷宮都市來販售武器，而且躍谷羊商隊會大幅減少，連商隊帶來的利益都將失去。走私必須依賴大量的流通，才能避人耳目。主流的運輸管道一旦轉移到魔森林，這筆生意就幾乎不可能持續。

所以管家僱用了小型諸國的間諜，企圖以綁架鍊金術師的方式來阻止魔藥的公開販售。小型諸國的間諜雖然技術高超，有什麼萬一時卻容易被推測出主謀。帝都的盜賊團就是被僱來混淆視聽的人，收到豐厚報酬的他們並沒有獲知關於雇主的任何情報。商人的襲擊事件是偶然，前往迷宮都市時混入商人一行人而察覺其企圖的管家只不過是刺探了他們的動向，選在同一天下手罷了。

既然僱用了小型諸國的高價間諜，不論貝拉特伯爵家的管家是否在迷宮都市，都不會影響到作戰的成敗。

可是管家依然來到了迷宮都市。目的是取代馬洛。

如果馬洛受了無法繼續待在迷宮討伐軍的重傷，管家就能將他帶回貝拉特伯爵家。被帶回的馬洛恐怕會面臨監禁或殺害的下場。往後會以馬洛的身分活下去的，是恢復原本金髮的管家。既然是必須退出軍隊的重傷，即使容貌、聲音和記憶有異常，也不會有人起疑。為了扮演深愛丈夫的妻子，貝拉特女爵特地寄信給馬洛，甚至希望經過多數人的檢閱。

管家就是為此才來到迷宮都市襲擊馬洛等人，企圖將半死不活的馬洛強制帶回貝拉特伯爵家。

亞格維納斯家襲擊事件後過了數週，兩組客人造訪了貝拉特伯爵家。

第一組訪客是帶著「受了重傷」的馬洛回來的迷宮討伐軍士兵。他恐怕經歷了劇烈的痛苦吧，除了殘留的稀疏頭髮和綠色眼睛以外，容貌已經傷得難以辨別；士兵表示毀容的**馬洛**已經反覆經歷損傷和治癒魔法與魔藥的治療，在迷宮都市是不可能治好他的。

看到**馬洛**變得無法獨力行走，甚至連說話和進食都有困難的模樣，貝拉特女爵堅稱他不是自己的丈夫。不過，同行的士兵從懷中取出一瓶魔藥，對**馬洛**和貝拉特伯爵家的兒子使用，證實兩人有血緣關係。那是過去不曾出現在這個地脈的血緣魔藥，用於揭穿不忠的事實。因為有鍊金術師出現在迷宮都市，才有辦法取得這種物品。

「父親？您真的是父親嗎？」

即使長年離家，對年幼的兒子來說，父親仍然是值得仰慕的人物。留下哭著陪伴在重傷父親身邊的年幼兒子，以及領悟一切的貝拉特女爵，迷宮討伐軍的士兵說道：「使用幾瓶特級魔藥的話，或許能多少恢復。」然後離去。

而第二組訪客——

「貝拉特女爵，關於走私武器至小型諸國一事，我們想跟您談談。」是來自帝國的審問團。

「貝拉特伯爵家已經被廢黜，但似乎逃過了死刑。畢竟馬洛很明顯與走私無關，而且主謀的管家也**下落不明**。連他的老家也沒有受到責罰。聽說一家三口現在靠著支付給**馬洛**的年金，過著清貧的生活。」

「喔，這樣啊。」

金髮碧眼的男子看似一點興趣也沒有，聽著迪克訴說這一切。

「大家都說雖然妻子犯下背叛帝國的重罪，卻也對癱瘓的丈夫不離不棄，所以才會讓皇帝感動得網開一面呢，馬洛。」

「感動嗎……」

管家「希望兒子叫自己一聲爸爸」的願望的確實現了。

可是對習慣奢侈生活的母子來說，帶著一個化為醜陋模樣、身體也無法自由行動的男人過著貧困的生活，究竟算不算幸福呢？和妻小同住的那個男人又會有什麼感受？

馬洛所能領取的年金是每年三枚金幣。這個金額別說是買新衣服了，甚至只能求個溫飽。而且，迷宮討伐軍的士兵留下了「使用幾瓶特級魔藥或許有望恢復」的一句話。

如果沒有可能性，還能乾脆地放棄。可是不懂得工作，只會花費年金的妻子會為了**馬洛**而準備特級魔藥嗎？

不論妻子多麼厭惡又冷落**馬洛**，年金的給付對象都是他。妻子恐怕無法拋棄**馬洛**吧。

「在我看來倒像是惡質的懲罰。」

說完，成為普通平民的馬洛向迪克告別，返回自己的家。

既然在諜報部隊工作，就遲早有必要消除自己的身分，所以將**馬洛**的身分讓給對方並不會令他有所留戀。多虧從管家那裡取得並提交給帝都的情報，馬洛的老家並沒有受到任何責罰。對馬洛來說，這樣的結局並不壞。

皇帝對貝拉特伯爵家下達的裁決以他們所犯的罪來衡量，可以說是很寬容的懲罰。

不過——

「歡迎回家，親愛的。」

「歡迎回家，爸爸。」

有棟房子在傍晚的迷宮都市透出溫暖的燈光。那是有熱騰騰的飯菜和妻女正在等著馬洛的家。

丈夫的收入不錯，衣著並不華美卻體面的妻女在家裡等著他的歸來。精心烹煮的料理飄出陣陣霧氣，家裡打掃得既整潔又舒適。馬洛身為這個家的一分子，擁有一份好工作且值得尊敬，是個溫柔的丈夫兼父親。

這是馬洛築起的成果，他當然有資格享受。

（不過，如果——）

馬洛無意間萌生某種想法，卻又將它封印。再繼續思考，恐怕會侮辱在貧困的環境下獨自生養女兒的妻子。

「我回來了。」

馬洛這麼說道，靜靜關上家門。

07

「我懂了。」

吉克出發去救助凱羅琳之後，瑪莉艾拉低聲這麼說道。

「妳懂了什麼？」

師父發問的口氣比往常更溫和。

「嗯，搞懂各種事。可是最重要的是『生命甘露』。」

說完，瑪莉艾拉和師父一起前往「枝陽」二樓的工房。

瑪莉艾拉拿出乾燥的月光魔草，還有庫利克草、曼德拉草、鬼棗等熟悉的材料。

「鍊成空間」，「注水」，「生命甘露」。

瑪莉艾拉沉默地展開「鍊成空間」，在魔法產生的水裡溶入「生命甘露」。她同時展開另一個「鍊成空間」，用細細的管子連接兩個「鍊成空間」。形狀就類似過去使用過好幾次的高階魔藥鍊成容器。

「原來噴嘴這種東西，簡單就夠了。」

為了製作高階魔藥，瑪莉艾拉訂購過好幾種噴嘴。

只噴水的噴嘴中，最簡單的是管子前端有小洞的類型，洞口的形狀很獨特。如果是稍微複雜一點的類型，有些是水流路線呈鋸齒狀，噴水口前還有水窪的造型；有些是水經由複數路線改變流速，形成漩渦狀。若是同時噴出水和空氣的類型，則會有空氣的管線將水的管線包覆在中央。

瑪莉艾拉用「鍊成空間」模仿過噴嘴，發現水會被其他路線的水和空氣攪動，在噴嘴出口附近分散。所以，只要改變水和空氣的流向，攪亂噴嘴出口，就能噴出更細的水霧。

不過，這種做法需要控制太多地方，瑪莉艾拉總覺得不太對。

這一天，瑪莉艾拉用「鍊成空間」做出的是簡單輸送水和空氣的熟悉噴嘴。她讓水自然落下，用空氣簡單吹散。這麼做可以讓水滴在凍結的同時與月光魔草的粉末輕易混合。只不過，水滴的尺寸過大，會使萃取液變淡。

「我發現根本沒有必要只施加外力。」

這麼低語的瑪莉艾拉對溶入水中的「生命甘露」灌注魔力。「生命甘露」要使用魔力汲取，不可能在汲取之後就無法操縱。自己為何一直沒有發現這一點呢？

啵！從噴嘴噴出的水滴開始飛散，化為比霧更細的大小。

因為是非常小的粒子，就算飛散也不會發出聽得見的音量。可是瑪莉艾拉的意識就在一顆一顆水滴的附近，覺得飛散時的小小水聲聽起來就像鈴聲一樣熱鬧。

啵，啵，啵。鈴，鈴，鈴鈴。

瑪莉艾拉製造的「鍊成空間」容器在轉眼間瀰漫霧氣，經過冷卻和攪拌，內部呈現彷彿細小粉末在高黏度液體中游移，或是有意識的霧氣集中流動的狀態。原本是純白色的霧氣接觸到月光魔草的細微粉末，開始染上淡淡的黃色，有如毛毛細雨般匯集到容器的底部。

「……成功了。原來就這麼簡單。」

過去從來沒有想過，也根本辦不到的事竟然簡單到令人疑惑自己為何一直不懂，瑪莉艾拉就這麼完成了月光魔草的萃取。

「瑪莉艾拉，好好做到最後。」

「是，師父。」

高階魔藥的難關在於月光魔草的萃取。只要做完這個步驟，接下來就簡單了。瑪莉艾拉同時進行好幾項步驟，單靠鍊金術技能完成了高階魔藥。

「書庫」開啟了。

感覺就像是一直緊閉的門在不知不覺間敞開似的。

也有些人形容這種感覺就像是原本只有黑白的景象增添了新的色彩。因為在沒有藍色的世界，人是無法閱讀藍色文字的。

瑪莉艾拉沿著開啟的新知，試圖尋找自己唯一想要的魔藥。

「別心急，瑪莉艾拉。首先要從基礎開始。從普通的特級魔藥做起吧。」

師父這麼告誡尋找眼球特化型的瑪莉艾拉。

「……是。」

瑪莉艾拉知道特級魔藥的做法。就在剛才，她已經能夠得知。可是，眼球特化型特級魔藥的做法雖然能隱約知道，想要仔細閱讀時又會變得模糊不清。正如師父所說，學會做基本的特級魔藥才是當務之急。

「啊，師父，材料……」

「嗯，我明天叫迷宮討伐軍去準備。畢竟沒有人會用，肯定累積了至少一百年的量。瑪莉艾拉，今天妳做得很好。妳還有其他的發現吧？那是很重要的事。明天再開始做特級魔藥吧。反正也沒辦法馬上學會。所以今天這種日子，妳就好好休息吧。」

看到師父不同於以往的溫柔模樣，瑪莉艾拉覺得師父果然是很厲害的人。

因為就連瑪莉艾拉終於察覺的心思，師父都已經看穿了。

08

亞格維納斯家襲擊事件後過了幾天，吉克正式恢復了自由之身。

他身為冒險者的成就，以及這次救出凱羅琳的功績受到了肯定。吉克終於脫離奴隸身分，同時成為A級冒險者。

由於主人是鍊金術師（瑪莉艾拉），吉克的特赦還附加繼續護衛瑪莉艾拉等幾個條件，但這些都是吉克希望的事，所以手續都順利完成了。

吉克恢復自由之身的「契約解除」儀式日，瑪莉艾拉從早上開始就一直坐不住；明明只是要去奴隸商人雷蒙的商館，她卻找出全新的襯衫甚至內衣給吉克穿上，還把鞋子跟鎧甲都擦得亮晶晶，把包包的內容物拿出來又放進去，確認是否有忘了帶什麼，又放了零食進去而被反駁「不需要」，甚至在背包裡塞滿各種高階魔藥以防萬一，卻被吉克以「沒有危險」為由拒絕。

她當然沒有心思製造魔藥，所以今天暫停鍊成。別說是眼球特化型特級魔藥了，瑪莉艾拉連普通的特級魔藥都還不會做，於是多次對吉克說：「沒有趕上這一天，對不起。」

瑪莉艾拉這麼急切地期待吉克獲得特赦的日子，解放奴隸的儀式卻簡單得令人驚訝。

「啊，這幾乎都已經解除了呢。『契約解除』。好，結束了。」

「咦？就這樣？」

「……我感覺不到什麼變化……」

瑪莉艾拉還以為會跟締結契約時一樣，有火焰在天上飛舞，強風捲起塵土，還有水從杯緣滴落，然後術者大喊「汝之血肉回歸汝身～！」之類的咒語；可是奴隸商人雷蒙只是隔著襯衫輕拍了一下吉克胸口的隸屬烙印，儀式就結束了。

現場沒有其他見證人，只有陪著吉克的瑪莉艾拉和他一起前往看似會客室的房間，在文件上簽名後，雷蒙便以蓋印章般的輕鬆態度解除了契約。

雷蒙並非敷衍了事。他擺出前所未有的開心表情，笑咪咪地交互看著瑪莉艾拉與吉克。

「之所以沒有變化，應該是因為隸屬契約本來就快要解除了吧。我從吉克蒙德先生的隸屬紋幾乎感覺不到瑪莉艾拉小姐的魔力。您是不是幾乎都沒有下達『命令』呢？」

「啊，呃，是的。」

瑪莉艾拉這才想起來，自己對吉克下達的命令只有一開始叫他「不要說出我是鍊金術師的事」這一項。瑪莉艾拉和吉克的生活並不需要「命令」。這對瑪莉艾拉來說是理所當然的事，以雷蒙的經驗和普遍的情況而言卻是很稀有的案例。

「哦，那真是太了不起了。隸屬紋是人工賦予的東西，並非自然形成的。因此，如果沒有定期灌注主人的魔力，效力就會漸漸減弱。為了戴耳環而穿的耳洞如果長期不戴耳環，最後就會癒合吧？這也是同樣的道理。」

隸屬契約這麼簡單，真的沒關係嗎？如果不「命令」就會減弱，奴隸難道不會因為自行解除而逃走，產生運用上的問題嗎？

彷彿要回答瑪莉艾拉的這個疑問，雷蒙繼續說了下去：

「隸屬契約的約束力並不只作用於主人刻意使用魔力下達的『命令』。我們平常所說的話雖然只有一點，卻也含有魔力。試圖掌控對方、讓對方聽話的言詞會透過隸屬紋，束縛奴隸的舉止。愈是不順奴隸的意，效力就愈強。如此一來隸屬契約也會變得更加根深蒂固。」

雷蒙暫時停頓在這裡，露出遙望遠方的眼神，然後再次把視線移到瑪莉艾拉與吉克身上，繼續說道：

「我一向認為，命令不只會束縛人的舉止。忽視意志、控制行動的做法會漸漸扭曲一個人的人格和心智。」

瑪莉艾拉覺得雷蒙的語氣雖然溫和，言談中卻帶著強烈的意志。這或許就是他灌注在話語中的魔力吧。瑪莉艾拉瞄了一眼鄰座的吉克，發現他似乎有什麼感想，正在專心聽著雷蒙的一字一句。

「可是吉克蒙德先生並沒有那樣的情形。請恕我直言，我施予隸屬契約的時候，吉克蒙德先生或許是受到前一任主人的影響而變得相當扭曲，現在卻連這樣的情形都消失了。這應該是因為兩位的關係中充滿了彼此的關愛吧。兩人之間若是有著比隸屬契約更強韌的羈絆，隸屬契約就不具任何意義。」

雷蒙雖然做著買賣奴隸的工作，本質卻是非常好的人。看到有人建立比隸屬契約更堅強的關係，他似乎非常高興。聽到人家說這段關係中充滿了關愛，瑪莉艾拉感到非常難為情，吉克卻用認真的表情答道：「是，我今後也會繼續保護瑪莉艾拉。」讓瑪莉艾拉連耳朵都漲得通紅，不禁低下頭。

雷蒙用溫柔的視線看著這樣的瑪莉艾拉，然後說了「話說回來」，擺出嚴肅的表情面對吉克。

「請過目，這是吉克蒙德先生以前的主人──那名商人的罪狀紀錄。」

吉克蒙德接過雷蒙遞出的文件，開始迅速閱覽。

以前擁有吉克的商人父子在迷宮都市襲擊了亞格維納斯家的工房，因此被逮捕。光是這件事就是重罪。不只如此，從他身邊的債務奴隸的狀態來判斷，虐待和其他諸多罪行也在追查之下曝光。

文件上也載明了商人誣告救出自己兒子的奴隸，將商隊穿越魔森林失敗的責任推給他，謊稱他讓商人的兒子暴露在危險之中的事。

商隊沒有魔藥便試圖穿越魔森林，因此害死許多保有人權的債務奴隸，所以商人在法律上完全站不住腳。

「我們被一個奴隸騙了，我們也是受害者。都是因為那個奴隸，連我的兒子都受了重傷。」

如此拙劣的謊言竟因為商人付出高額賄款而過關。如果把罪名嫁禍給死去的奴隸，那就有點牽強了，但當時卻有一個人存活下來，甚至剛好因為發高燒而意識不清。

沒錯，就是吉克蒙德。

「您的冤罪已經得到證明。賠償金會用商人父子的私人財產來支付，可是自從這項商隊計畫失敗，他們的資金調度似乎就出了問題，這次來到迷宮都市也是為了一舉致富。另外還有被迫參與這次襲擊且差點遭到殺害的奴隸等多名被害者，所以賠償金恐怕不多吧。」

雷蒙最想轉達的應該是「冤罪得到證明」這件事。

A級冒險者的收入很豐厚。反過來說，其名譽並不是一點賠償金就能夠彌補的。

「我不收賠償金，請分給那些差點遭到殺害的奴隸吧。只要證明我是被冤枉的，那就足夠了。」

吉克靜靜地這麼回答。彷彿要測試他的答案，雷蒙又接著說道：

「這樣啊。說到那對商人父子，他們已經淪為犯罪奴隸，此刻就待在這棟商館。」

——您要買下他們嗎？有機會復仇喔。您可以盡情發洩自己所受的屈辱、恐懼，以及不時支配身心的強烈憤怒喔——

這就是雷蒙的言下之意。

不論是準備了商人父子的罪狀紀錄，或是買賣商人父子的提議，甚至於追究他們的其他罪名以洗刷吉克的冤屈，或許都是維斯哈特為了感謝吉克救了凱羅琳而安排的回報。

不過，吉克沒有一絲猶豫，斷然答道：

「不，我過去已經浪費太多時間，不想再管這種事了。」

「這樣啊，是我太多管閒事了。如果您需要人手，請務必光臨本商館。」

奴隸商人雷蒙畢恭畢敬地行禮。吉克已經不是奴隸，而是擁有A級身分的冒險者，有可能成為奴隸商人的顧客。

「我們回家吧，瑪莉艾拉。」
「嗯！」
聽到不再是奴隸的吉克依舊會說「回家」，瑪莉艾拉高興地回答。
「啊，可是我還想去一個地方耶～」
說完，瑪莉艾拉不時偷瞄著吉克。她用盡全力裝得若無其事，看起來非常不自然。
「是『躍谷羊釣橋亭』嗎？」
「呃……嗯，對啊……？」
瑪莉艾拉語氣含糊，非常不懂得說謊。吉克早就發現，她其實在「躍谷羊釣橋亭」計劃了一場紀念吉克獲得特赦的驚喜派對。總是黏著瑪莉艾拉的師父說：「我先過去了，快點來喔！」還帶著興高采烈的表情出門就是決定性的證據。吉克不會發現才怪。
兩人離去時的距離感與來時相同，雷蒙以溫暖的眼神看著他們，一如往常地用「歡迎再度光臨」的臺詞替兩人送行。
前往「躍谷羊釣橋亭」的途中，吉克對瑪莉艾拉輕聲搭話。因為是配合驚喜派對的時間出門，太陽已經快要下山，在路上拉出長長的兩道影子。
「瑪莉艾拉……林克斯他……」
「嗯……」

緩緩地走在吉克身旁，瑪莉艾拉凝視著長長的影子。簡直就像初次來到迷宮都市的那一天，與林克斯並肩同行的時候。

「其實，林克斯喜歡妳。」

「嗯……」

林克斯曾說過，自己昇上A級後就要對瑪莉艾拉表明心意。所以，吉克認為被留下的自己有義務在此刻轉達這件事。

瑪莉艾拉一直盯著腳下的影子，吉克不知道她的表情是什麼模樣。

「瑪莉艾拉，我也喜歡妳。」

而這份心意也一樣。

現在非說不可。

「吉克……其實啊，我沿著『生命甘露』去找凱兒小姐的那一天……」

聽完吉克下定決心的告白，瑪莉艾拉斷斷續續地串起一字一句。

「我拚命尋找凱兒小姐，好不容易找到之後，我就跟雨滴一起掉進地底下了。」

既然已經找到凱兒小姐，就沒有必要不斷回到天上。瑪莉艾拉於是和雨滴一起掉落，滲透到大地之中。就如同「生命甘露」回歸地脈似的。

「那個時候，我忍不住想：進入地脈是不是就能見到林克斯了。」

聽到瑪莉艾拉這麼說，吉克靜靜屏息。

「……妳見到他了嗎？」

與已逝的親友重逢——那是多麼美好的事？

「沒有，我沒有見到他。可是我心想或許能見到他，就不斷往地脈的深處沉下去了。」

瑪莉艾拉的自我擴散得非常稀薄，記憶與感情都變得極不明確。「再繼續下沉就回不去了」、「我必須幫助凱兒小姐」等明確的意志和思緒似乎都留在肉體中而模糊不清，無法順利認知。只有一股安穩的感覺彷彿甦醒前的輕柔睡意，在深深下沉的過程中填滿瑪莉艾拉。

「可是啊，當時我聽見了。」

聽見吉克呼喚瑪莉艾拉的聲音。

「所以我心想：我想回去。」

這就是現在的瑪莉艾拉能給出的最好答案。

當時的她感到非常害臊，所以忍不住說了「肉」。

瑪莉艾拉已經察覺了。

可是，她還不知道自己想要怎麼做。

原本看著影子的瑪莉艾拉不知道從什麼時候開始，已經抬頭望著吉克。靦腆微笑的臉受到夕陽照耀，發出紅色的光輝。

「這樣啊。」

「嗯。」

即使是這樣的回應，吉克或許也滿足了，於是兩人再次往「躍谷羊釣橋亭」邁出步伐。

遠處的「躍谷羊釣橋亭」已經敞開大門，師父、光蓋和迪克隊長用酒醉的腳步跌跌撞撞地走出來，三個人並肩揮舞握著酒瓶的手。主角明明還沒有到場，等不及的他們就已經開始喝了。還是老樣子。

「哇，已經開始了！吉克，我們快去吧！菜都要被吃光了。」

說完，瑪莉艾拉與吉克快步跑去。

夕陽溫暖地照耀著他們兩個人。

09

過了一陣子。

一如往常地住在「枝陽」的吉克收到了一則情報。看來這座城市有好幾個雞婆的人一直關心著吉克。

情報的內容是關於襲擊亞格維納斯家工房的商人父子。

據說曾經被商人奴役的一個男人買下了淪為奴隸的父子。受命襲擊亞格維納斯家工房的這個男人因為商人的奸計，維持奴隸身分的期間比本來還要長。商人的罪行曝光之後，他也獲得釋放。

「我已經什麼都不剩了。」

離開奴隸商館時留下這句話的男人究竟發生了什麼事，沒有人知道。

據說男人帶著自己購入的商人父子，踏進了迷宮。

此後，沒有任何一個人再見到商人父子與那個男人。

The
Survived
Alchemist
with a dream
of quiet town life.

04
book four

第六章

真正的覺醒

Chapter 6

01

很久很久以前。

遠在這片土地成立人類國家的很久以前。

森林精靈的女王陛下跟魔物和動物一起居住在某個森林深處。

森林非常豐饒，動物都很和善，魔物也比其他土地還要溫馴多了。森林精靈的女王會跟野獸或魔物一起在樹林間奔馳，有時跟鳥兒一同歌唱，有時和年幼精靈一起在花園跳舞，過著寧靜又快樂的生活。

某天，精靈女王受到年幼精靈的呼喚而來到花園，發現那裡有一個人類倒在地上。

那個人類是用弓箭獵捕野獸維生的獵人，因為遭到魔物攻擊而身受重傷，所以才會逃到這裡來。

森林裡的小型野獸會吃果實和昆蟲，大型野獸也會吃小型野獸過活。

所以魔物吃掉人類也是森林的自然循環。

「人類，吃掉。我的，獵物。」

魔物這麼說，想要吃掉獵人，但精靈女王對牠說：

「請把他交給我吧。我正好需要人手。」

精靈女王看到獵人微微睜開的藍色眼睛，一眼就喜歡上他了。所以，精靈女王治好了獵人的傷勢。

精靈女王不知道人類這種生物比森林的任何生物都更聰明、更溫柔，也具備更豐富的感情。

「啊，多麼美麗的人啊。」

甦醒的獵人看見精靈女王便這麼說道。注視精靈女王的那雙眼睛是深深的藍色。比天空或湖泊都還要深邃的清澈眼睛裡映照著精靈女王的身影。

「哎呀，多麼漂亮的眼睛。你是多麼地迷人呀。」

獵人的美麗藍眼、說話時的開心笑容、變化多端的感情、體貼祂的溫柔、思考各種點子的智慧，全都讓精靈女王著迷不已。

精靈女王從來不知道世界上還有這麼細膩又多彩的生物。

回過神來，精靈女王已經徹底喜歡上獵人了。

而獵人也一樣。兩人墜入愛河，一起在森林深處過著愉快的生活。

02

「哎呀，艾蜜莉，妳在看書嗎？」

「對啊，雪莉。艾蜜莉最喜歡這個故事了！」

「來看英雄的故事啦～打敗龍的那種。」

「我想繼續聽這個故事～」

今天的「枝陽」也聚集了一群孩子，十分熱鬧。

每個人都說著自己想說的話，對話有點牛頭不對馬嘴，但他們似乎沒有放在心上。就算話題轉到別的方向，他們也會莫名在同樣的時機彼此大笑，看起來非常開心。這就是語言能力與溝通能力互不相干的典型例子。

艾蜜莉等人就讀的學校有個小小的圖書室，可以借到貴族或富商捐贈的書籍。艾蜜莉在學校學到了稍微困難一點的字，於是從圖書室的角落借來老舊的童書，唸故事給其他人聽。

師父經常在這種場合突然從某處冒出來講些冷知識，今天卻沒有出現在「枝陽」店內。師父現在很忙。畢竟她那個值得捉弄和鞭策的愛徒正在二樓的工房陷入苦戰。

「唔嗯——！」

「快啊，瑪莉艾拉。就差一點了！加油～！」

瑪莉艾拉發出彷彿便祕好幾天的哀號，師父則在一旁隨意聲援。雖然師父嘴巴上說就差一點了，其實還差了百點甚至千點。即使如此，瑪莉艾拉仍然拚得臉紅脖子粗，使勁壓縮裝著「生命甘露」和「地脈碎片」的「鍊成空間」。

「嗯————！」

就算用力到紅著臉大叫也跟「鍊成空間」的操作沒什麼關係，但瑪莉艾拉還是忍不住出聲。畢竟壓力非同小可。

轟！

「鍊成空間」終於從較薄的地方裂開，噴出裡面的「生命甘露」和「地脈碎片」。

喀喀喀喀！

由於「鍊成空間」內部是高壓狀態，破裂的衝擊力就跟爆炸沒有兩樣。「生命甘露」本身的體積會在噴出「鍊成空間」的同時溶解並消失在大氣中，所以爆炸的風壓沒什麼大不了的；可是「地脈碎片」飛出來的速度就像子彈一樣快，威力足以輕易貫穿人體。因此，瑪莉艾拉操作的「鍊成空間」外側有師父用「鍊成空間」築起一道牆壁。被師父建構的透明牆壁反彈而劇烈跳動的「地脈碎片」或許是因為有一部分溶於「生命甘露」，很快便應聲碎裂，融化似的消失了。

瑪莉艾拉的「鍊成空間」絕對無法擋住像子彈一樣的「地脈碎片」，為什麼師父的「鍊成空間」就能輕易彈開呢？追根究柢，師父建構的牆壁真的是「鍊成空間」嗎？瑪莉艾拉曾經問過一次，師父卻用平淡的表情歪著頭說「不知道」，所以那或許是師父下意識使出的某種能力，瑪莉艾拉可能辦不到吧。

「又失敗了……」

「哈哈～真可惜！沒關係，不要氣餒！反正材料多得是。再接再厲吧～！」

「唔，師父！妳也給我一點建議吧！雖然『地脈碎片』有很多，但還是很貴的！」

今天已經失敗第幾次了呢？瑪莉艾拉的工房裡放著好幾個水桶，裡面裝滿了大約跟小指前端差不多大的「地脈碎片」。這些全都是從亞格維納斯家收購來的東西。

亞格維納斯家以調查、研究的名目，這兩百年來一直都有在收購「地脈碎片」。在亞格維納斯家地下室甦醒的鍊金術師之中也有能夠鍊成特級魔藥的人，但並非所有人都是那麼高階的鍊金術師。特別是這一百年內，沒有任何一個做得出特級魔藥的鍊金術師甦醒。

可是亞格維納斯家有幾條奇怪的家規，其中有一條是「收購所有『地脈碎片』並加以保管」，所以特別守規矩的這個家族世世代代都會收購「地脈碎片」，像冬眠前的松鼠一樣，勤奮地把這些東西儲存在地下室。

沒錯，這個地下室就是羅伯特藏匿凱羅琳的密室，位於東邊的森林。

羅伯特當作椅子的箱子其實是裝滿了「地脈碎片」的寶箱。

在官方的紀錄中，凱羅琳的綁架事件表面上是因為羅伯特想把這些隱藏財產的存在轉達給繼承當家之位的凱羅琳，才會把她偷偷帶走。凱羅琳並不是遭到綁架，而是自願離開，卻因為聯絡上的疏忽而引起了一點騷動。

繼承下來的「地脈碎片」以稍微高於當初收購金額的價格，由迷宮討伐軍和瑪莉艾拉收購了大部分。

「地脈碎片」在帝都是一顆要價一枚大銀幣的昂貴商品，光是一顆的價格就足以買到高階魔藥。可是在沒有鍊金術師的迷宮都市，它就只是一種漂亮的小石子，所以收購價格只有十分之一，也就是一枚銀幣。這樣的金額雖然和狩獵的辛苦不成比例，但以沒有用處的小石子而言也算是不錯的價格，所以幾乎都由亞格維納斯家接收。

在擁有迷宮的城市，這樣的東西累積了約百年的分量。「地脈碎片」共有幾萬顆，即使單價便宜得出奇，瑪莉艾拉把用不到的金幣將近一半都拿來支付，仍然連一半的量都買不到。

亞格維納斯家反而因為瑪莉艾拉與迷宮討伐軍的購買而獲得意想不到的臨時收入。亞格維納斯家已經訂下凱羅琳與維斯哈特的婚約，因為要迎接維斯哈特這位君主的親屬為女婿，所以會產生不少花費，這筆收入可說是一場及時雨。既然已經能藉由除魔魔藥來穿越魔森林，就有必要去休森華德邊境伯爵的領都和帝都打聲招呼，到時候的花費可不像在迷宮都市參加公開場合一樣，訂做幾件禮服就能了事。不只是身為主角的維斯哈特和凱羅琳，同行家臣的服飾也要講究，就連乘坐的馬車，甚至是隨身攜帶的物品都要符合家族格調。

他們結婚後也依舊不會有魔藥的收入，所以不論要取得土地，或是開始新事業，都需要投資的本金才能維持相同格調的生活。

基於上述原因，瑪莉艾拉遵照師父的話，花了大筆金幣買下「地脈碎片」，在師父的挑釁之下努力練習做特級魔藥。

每天都會消耗將近百顆的「地脈碎片」，相當浪費。

失敗的「地脈碎片」消失的樣子就像泡沫或煙霧，以泡沫化來形容或許比較貼切。

看著金幣逐漸飛逝的模樣，瑪莉艾拉打從心底感恩每天都會帶肉回家的吉克。這或許也是某種泡沫化。但願她這份心情不會真的如同泡沫般消失。

「嗚啊——！又失敗了——！」

在吉克的價值如同泡沫般消失之前，瑪莉艾拉試圖溶解的下一個「地脈碎片」又化為泡沫了。

就像製作高階魔藥時最困難的步驟是萃取月光魔草作為基礎成分，製作特級魔藥時最困難的步驟就是讓「地脈碎片」溶入「生命甘露」。

話雖如此，聽到師父說「那就來試試看吧～」的隨興語氣，不疑有他的瑪莉艾拉便開始單靠技能進行鍊成了。從小養成的習慣已經根深蒂固，只要師父說「辦得到」，瑪莉艾拉就相信自己辦得到。

「生命甘露」在「鍊成空間」以外的地方接觸到物質就會如煙霧般消散，但若是在「鍊入其中。

成空間」內處理，除了可溶於水和油的特性之外，幾乎跟水沒有兩樣。把水放在高溫高壓的環境下，就會在特定的溫度和壓力化為介於氣體和液體之間的狀態，變得可以溶解一般情況下不會溶於水的物質，使之分解；將「生命甘露」變成這種狀態的話，「地脈碎片」就會溶入其中。

只不過，即使不將溫度和壓力提高到這種程度，只要多花些時間，連砂子也會被水溶解並凝固為堅硬的石頭，所以用稍低的溫度和壓力也能使「地脈碎片」慢慢溶入「生命甘露」。如果讓這種稍微溶化的「地脈碎片」離開「生命甘露」的話，它就會應聲破裂並消失。順帶一提，如果將「地脈碎片」敲碎就會整個碎成細小的顆粒，然後立刻溶解在大氣中。所以無法使用粉碎以促進溶化的方法，瑪莉艾拉只好每天都使勁壓縮加了「地脈碎片」的「生命甘露」。

如果只是壓縮「生命甘露」，應該不需要加進「地脈碎片」，然而師父就是不允許。

「啊啊啊啊！好難喔！」

「……那當然了。」

聽到瑪莉艾拉大喊，像個傭人般站在師父身後的羅伯特不禁插嘴說道。

「這根本……」

「羅～布～不要妨礙瑪莉艾拉～」

啪啪啪啪！啪啪啪啪！

師父馬上使出彈額頭攻擊。

「啊，好痛！好痛好痛好痛好痛，好痛啊，對不起！」

「我不是說過了嗎～你把錢還清之前都是我的僕人，懂不懂啊～？」

「咿……呼……我就說了，管家爺會把錢……」

「那是你家的錢吧？所以是凱兒的錢，現在已經不是你的錢了。請妹妹幫自己還錢未免太丟臉了吧？」

「可可……是，究竟要到什麼時候才……」

「啊啊？你不知道借錢要還利息嗎？敢再給我囉嗦，小心我燒了你喔。」

「對……對不起……」

瑪莉艾拉傻眼地看著師父和羅伯特的對話。

凱羅琳的綁架事件後過了幾天，不知為何，師父帶了羅伯特過來。還說要「讓他工作來還自己借的錢」。

可是師父借給羅伯特的錢是從光蓋那裡借來的，還錢給光蓋的人則是瑪莉艾拉。師父明明連一枚銅幣也沒有付……

羅伯特被帶來的第一天，臉色比以前在地下室見到時還要糟糕，眼睛下面有黑眼圈，還會看著某個點小聲碎碎唸，給人有點詭異的感覺。可能是沒辦法好好控制詛咒，他有時候會突然兩眼發直，就像隨地做記號的狗一樣，到處散布詛咒。每次發生這種事，師父就會使出

「火焰～！」或是彈額頭攻擊，把他臭罵一頓，實在是吵得不得了。

順帶一提，師父使出「火焰～！」攻擊的時候，羅伯特就會被火柱包圍，卻神奇地沒有燙傷，頭髮也沒有燒焦。頂多是偶爾碰到火焰而讓皮膚稍微發紅，或是衣服有點焦黑罷了。瑪莉艾拉覺得袖子或下襬燒焦也無所謂，但羅伯特似乎無法忍受，每次都會重新換上造型完全相同的全新衣服，還被師父告知：「這也要算在你的債務上！」因為還要加上利息，簡直像是在滾雪球。

羅伯特每天都會回到亞格維納斯家，除了不會繼承當家之位以外，他仍然是亞格維納斯家的一員，衣服也是亞格維納斯家準備的東西，明明就是免費的，師父卻像黑道一樣獅子大開口。

不過，師父每次使出「火焰～！」攻擊，羅伯特洩露詛咒的頻率就會降低，詭異的氣息也會減少，所以瑪莉艾拉和「枝陽」的常客都對師父睜一隻眼閉一隻眼。最重要的是——

「嘿！啊，沒丟進垃圾桶。羅布，幫我丟一下。」

師父不只沒把垃圾丟進垃圾桶，甚至把裡面的垃圾都打翻了，於是使喚羅伯特打雜。不用應付師父這麼不講理的行為，大家都心懷感激。

（好～師父就交給羅伯特先生，我再努力一下吧～！）

光是能把麻煩又難照顧的師父交給別人，瑪莉艾拉就滿足地重新開始了溶解「地脈碎片」的步驟。

羅伯特正想說出口就被師父打斷的情報，瑪莉艾拉並沒有發現。

在帝都，鍊金術師並不會單用「鍊成空間」來將「地脈碎片」溶入「生命甘露」。原因在於壓力過高。

「鍊成空間」只會建立在厚重金屬容器的內側，光是這麼做就需要一名以上的鍊金術師守在一旁。金屬容器看起來就像鐵塊上有一根手指大小的洞，鍊金術師會把「生命甘露」和十個「地脈碎片」放進裡頭，然後從上方插入相同內徑的金屬活塞，施加數百公斤的負荷。另外還要從金屬製容器的外側加熱。

瑪莉艾拉沉睡的兩百年間，容器的材質、加壓方法和加熱方法有許多進步，但使用容器進行機械式加壓的方式本身並沒有改變。

而且即使經歷了兩百年的進步，人們仍然無法將「生命甘露」控制到足以完全溶解「地脈碎片」的溫度與壓力。因此，理論上只要一顆就足夠的「地脈碎片」必須用到十顆才能勉強溶出一瓶份的「地脈碎片」。換句話說，不論是兩百年前還是現在，要單靠鍊金術技能處理「地脈碎片」簡直是痴人說夢。

難度如此高，師父卻要求瑪莉艾拉只用技能徹底溶解「地脈碎片」。

（為什麼呢？做月光魔草萃取液的時候也是，我總覺得不是單從外側加壓就好……）

瑪莉艾拉用指尖輕彈「地脈碎片」。

「地脈碎片」亮晶晶的，非常漂亮。仔細一看，還會發現每一顆的形狀、大小、色彩和亮度都稍有不同。感覺就像奔龍或躍谷羊一樣。雖然一開始會覺得每一隻都像同樣的騎獸，但經過相處就能漸漸分辨不同個體的差異。

（啊，對喔……）

覺得自己隱約抓到線索的瑪莉艾拉拿起一顆「地脈碎片」，將它握在手心。

03

後來，獵人的家人和朋友，以及他們的家人和朋友都聚集到森林精靈的女王和獵人居住的森林，建立起一個小村子。

獵人的家人和朋友全都是善良的好人。

他們不會像森林的魔物一樣到處亂咬，又比森林的野獸更勤奮，打造了舒適的家園。

就算是冬天，火精靈也能在溫暖的暖爐中快樂地跳舞；井裡隨時都有乾淨的水，水精靈有時候會從裡面探出頭來。

人們耕作的田地非常鬆軟，土精靈都很高興能舒展僵硬的身體。

人們告訴精靈女王的歌比鳥兒還要多，精靈女王和森林裡的友善動物都會配合風精靈的旋律，大家一起開心地合唱。

住在村子裡的許多精靈和動物都很喜歡人類，於是大家同心協力，創造出一個樂園般的村子。

美好的事還不只這些。

在許多同伴的圍繞之下，精靈女王與獵人生下了一個可愛的小男嬰，幸福得不得了。

生活在這個村子裡的所有成員都希望這樣的幸福可以一直一直持續下去。

可是，好景不常。

自從人類定居在這個地方，就有些成員不能一起生活了。

沒錯，牠們就是魔物。

非常非常遺憾的是，魔物和人類無法共存。

「我們以前明明可以跟精靈女王一起過著快樂的生活。」

魔物們非常憎恨與精靈女王一起過著快樂生活的人類。

以前是森林的一部分，而且可以自由奔馳的地方已經變成村子，魔物無法進入。

雖然村子只是森林的一小部分，自己的地盤被搶走的魔物還是非常憎恨人類。

被排擠而生氣的魔物為了搶回自己的地位，在某一天集合起來，襲擊了村子。

04

「不知道村子後來怎麼了～？」

在被窩裡打瞌睡的艾里歐就像是突然想起什麼似的，這麼小聲問道。

「村子？」

「嗯，精靈的村子被魔物襲擊了。」

「其實是今天艾蜜莉唸了有精靈女王的故事書給我們聽啦，媽。」

「哦，是那個故事呀。那麼，要不要聽母親大人說後續的故事呢？」

「不用了，沒關係。我們約好明天再繼續聽了。」

艾里歐回答愛爾梅拉的問題，帕洛華又補充說明。享受母子在睡前的閒話家常以後，愛爾梅拉回到有丈夫沃伊德在的客廳。

「孩子們呢？」

「已經睡了。」

愛爾梅拉坐下來，依偎在沃伊德身邊。桌子上放著兩人各自收到的令狀，內容是迷宮討伐軍請求兩人參加第二次的赤龍討伐行動。上次只有愛爾梅拉收到令狀，這次卻是兩份。其中一份是給沃伊德的。

「令狀是怎麼說的?」

「和上次一樣。上頭寫著為了迷宮都市的未來,懇請我們協助。帶令狀來的士兵也很有禮貌,沒有威脅或強制的意思。」

聽到愛爾梅拉的問題,沃伊德回答書信的大致內容。

上次討伐赤龍的作戰以失敗告終。多虧及時趕到的沃伊德和萊恩哈特所下的艱難決定,沒有人因此而死,但眾人面對會飛的對手根本無計可施。在那之後又過了一個月以上,到現在還是找不到能擊落赤龍的方法。

經歷上次的討伐,赤龍已經不會再進入魔法的射程範圍內。赤龍噴出的火焰有了重力的幫助,射程遠比魔法更長,所以軍方從帝都訂購了能進行遠距離射擊的弩砲,卻在瞄準赤龍之前就被牠噴出的火焰燃燒殆盡。

「這次我也一起去吧。」

「不行,親愛的!要是那麼做……」

愛爾梅拉阻止表明參戰意願的沃伊德。

「別擔心,愛爾梅拉,我不會**忘記**妳的。從我們相遇的時候開始,我就一直記得和妳一起度過的時光。」

沃伊德抱住愛爾梅拉的肩膀,溫柔地說道。愛爾梅拉也倚靠在他身邊,表情閃著些許的不安。

愛爾梅拉邂逅沃伊德的地方是這座城市的迷宮深處。在魔物橫行的危險樓層看到一個男人呆呆地坐在岩石上，愛爾梅拉向他打了招呼。

「你一直待在這種地方很危險喔。」

這麼說出口之後，愛爾梅拉才發現自己的忠告有多麼愚蠢。這裡是迷宮深處，而且距離安全的樓層階梯很遠，並不是弱者能夠抵達的地方。

這樣的話並不適合對理解危險且有能力面對的強者說。

可是，男人就像是在傍晚的公園對小孩子說話一樣，回應道：「是啊，妳也早點回去吧。」

隔天，又再隔天，那個男人依舊坐在同樣的地方。愛爾梅拉也漸漸開始在意起這個男人，所以每天都會來查看他的狀況。

「你呀，到底要在這裡待到什麼時候？」

聽到愛爾梅拉這麼問，男人回答：「直到一切消失為止吧。」

愛爾梅拉詢問他的名字，他便表現出稍微思考的舉動，然後說自己名叫「沃伊德」。從他思考後才答出名字的舉動看來，愛爾梅拉心想「可能是假名吧」。而且他的眼神非常空虛，簡直像是為了尋死才坐在迷宮深處似的。所以愛爾梅拉才會出於擔心而來拜訪他，他卻每天都以不變的模樣待在相同的地方。

自稱沃伊德的男人很文靜，一點也不適合充滿魔物的迷宮，而且講起話來牛頭不對馬嘴。明明昨天也有見面，他說話的表情卻總像是初次相遇一樣。

愛爾梅拉漸漸喜歡上沃伊德的沉穩氣質。明明待在迷宮深處，卻光是有沃伊德在身邊就令她感到莫名安心。

天生擁有「雷神的庇佑」的愛爾梅拉隨時都帶著微微的電流，只要直接碰到她的皮膚就會產生強烈的靜電。能夠自然觸碰她的人，只有完全習慣靜電的家人而已。所以她從小開始，除了戰鬥時以外都穿著包覆全身的服裝，一直過著避免造成他人不悅的生活。可是沃伊德一點也不在乎愛爾梅拉的靜電，很自然地與她相處。

沒有過多久，沃伊德的祕密就曝光了。

這裡是迷宮深處，隨時都有強大的魔物四處徘徊，而且有時候還會出現比平時更強的魔物。愛爾梅拉陷入危機的時候，沃伊德正如字面所述，挺身保護了她。就這麼打倒魔物的沃伊德明明受了致命傷，傷口卻在轉眼之間癒合。魔物發動的所有攻擊都被沃伊德的技能「空虛隔閡」徹底消除。

沃伊德若無其事地打倒魔物後，回頭對愛爾梅拉溫柔地微笑，就像遇到初次見面的對象，這麼說道：

「妳沒事吧，**小姐**？」

沒錯，他完全忘了愛爾梅拉，以及兩人一起度過的這幾天。關於號稱「隔虛」的S級冒險者，愛爾梅拉也曾聽過傳聞。據說他擁有銅牆鐵壁般的防禦力，以及超乎常人的恢復力，有如無敵之盾。

「每次身體痊癒，我的記憶就會消失。雖然不會忘記語言和社會規範之類的事……」

面對不斷逼問的愛爾梅拉，沃伊德一如往常，溫柔地答道。他的手裡拿著一本書，上面寫滿了密密麻麻的細小文字。那是他的日記。雖然他為了方便形容而稱之為「忘記」，但他的記憶其實不是被遺忘，而是消失了，所以無法再次想起。為了盡量記錄自己覺得重要的事，他才會開始寫日記，而新的頁面上寫的全都是關於愛爾梅拉的事。

「沒想到我會連自己的名字都忘了。」

因為沒想到會失去自己的名字，所以日記上完全沒有寫到——沃伊德笑著這麼說。

「聽說帝都有很多自稱是我家人的人。」

標著記號的頁面上寫著這樣的事。

被騙了又騙，騙了又騙。

連自己受騙的事都忘了，甚至想不起自己的名字。

即使被譽為無敵鐵壁、極致之盾，他也全都不記得了。

簡直就像是自己的意念、記憶、形成自我的一切，全都被消除攻擊的「空虛隔閡」吞噬殆盡。

既然如此，那就任由它吞噬吧。日記的頁面上寫著，他就是因為這麼想，才會坐在迷宮（這裡）。直到語言、戰鬥方式，甚至是自己身為人的事都徹底消失為止。

「不要哭，愛爾梅拉。我沒事的。」

看到愛爾梅拉淚如雨下，沃伊德溫柔地說道。

「那是因為你連喜悅和悲傷都徹底忘了。」

愛爾梅拉覺得他是個善良的人。他的日記明明寫著數度受騙與受傷的事，他卻還覺得幸好受傷的人只有自己。

「不要哭，愛爾梅拉。你們痊癒的速度不像我這麼快。不論是身體，還是心靈。所以請妳不要這麼悲傷。」

愛爾梅拉不這麼認為。連受傷的記憶都遺忘，一定是比受傷還要悲哀的事。所以，這個人才會獨自坐在迷宮的深處吧。

「不對！」

愛爾梅拉激動地抱住沃伊德。

沃伊德不感到悲傷的事，對她來說才是最悲傷的。感性的年輕女子激動到流淚的地步，雷電的控制力當然也就變得不太可靠了。

劈哩啪啦滋滋滋滋滋！

「啊！對……對不起！」

這可不是道歉就能了事的電壓。因為對象是沃伊德，所以只是一瞬間吐出煙霧就馬上恢復原狀了；但如果是一般人，就會造成必須緊急交由治癒魔法師處理的重傷。正因為如此，愛爾梅拉才會從小就與人保持距離，努力控制自己的能力。

「不，我沒事。妳真是充滿了刺激性呢，愛爾梅拉。」

不過，沃伊德不以為意，笑著原諒了愛爾梅拉。

「咦？你還記得我的名字？」

「奇怪？」

接下來的進展就不用多說了，沃伊德與愛爾梅拉一起離開迷宮，隱瞞自己的身分，共同生活到現在。愛爾梅拉身為藥草部長兼「雷帝」，是個非常引人注目的人，所以在她背後擔任家庭主夫的沃伊德沒有引起任何人的注意和懷疑，一直過著寧靜的生活到今天，也沒有遺忘與愛爾梅拉一起度過的時光。

後來聽說這些事的賈克爺爺很不浪漫地說：「語言就不會忘記吧？是不是因為電擊才同樣變成固定的記憶？」但愛爾梅拉年輕的時候……不，就連生了兩個兒子的現在，她依然認為那是愛的奇蹟。

她沒有根據，也不敢驗證。愛爾梅拉根本不願想像沃伊德會遺忘他與自己兩個人，後來漸漸增加到三個人、四個人的家庭時光。

愛爾梅拉甚至不知道沃伊德已經活了多長的一段時間。根據愛爾梅拉蒐集的情報，他應該只有正常的歲數。不過，沃伊德的能力也有可能會治癒他的老化。開始住在一起之後，愛爾梅拉每次發現沃伊德的眼角出現淡淡的皺紋，或是頭上混了一點點白髮，就會忍不住感到高興。因為這樣，她才有辦法相信自己能和沃伊德攜手度過同樣的時間，不必把他獨自留在迷宮深處般陰暗的地方。

沃伊德至今一直都是為別人戰鬥。所以，接下來只要由自己（愛爾梅拉）來戰鬥就夠了。愛爾梅拉希望沃伊德可以過著寧靜又安穩的人生。

愛爾梅拉想起上次討伐赤龍的事。她明明瞞著沃伊德離開，沃伊德卻不知道是怎麼得知的，及時趕來拯救愛爾梅拉脫離險境。愛爾梅拉因此保住一命，可是當時的沃伊德卻用有些疑惑的表情看著她。

彷彿忘了她是誰。

雖然沃伊德當時勉強想起來了，卻難保下次不會真的失去記憶。

「妳不用那麼擔心，愛爾梅拉。如果要我在沒有策略的情況下防禦攻擊，我也會拒絕。不過根據這份書信，軍方已經找到能觸及赤龍的攻擊手段了。而且如果我預料得沒錯，那是很耐人尋味的手段。」

沃伊德把愛妻抱到身邊，安撫著她。

「畢竟我也不想失去和妳跟孩子們過著刺激日子的回憶啊。」

愛爾梅拉抬頭望著丈夫的眼睛。他的眼裡已經沒有往日的空虛，而是映照著明確的未來。

05

魔物是非常非常強大的生物。

不論森林裡的多少野獸團結起來，都不是牠們的對手。

獵人等村民絞盡腦汁，和野獸與精靈並肩作戰，拚命保護村子。

手巧的人類會打造阻擋魔物入侵的柵欄。

有的精靈變身成藤蔓，讓魔物找不到人類；有的精靈變身成草，散發魔物討厭的氣味；祂們讓柵欄更堅固，保護村子的安全。

有能力戰鬥的人類拿起武器，對抗魔物。

動物也幫忙搬運柵欄的木材，或是載著人類到處跑，一起英勇地戰鬥。

精靈也沒有輸給牠們，會幫助人類施放魔法。

人類呼喚火焰，就會出現火牆；人類呼喚冰雪，就會有好幾根冰柱從天而降；人類有危險的時候，就會有土牆保護人類；人類揮劍的時候，風之刃就會飛向遠處的魔物。

戰鬥非常激烈。

在這場戰鬥之中，心地善良的精靈女王說服魔物回到森林。

魔物有點凶暴，常常欺負森林裡的野獸和精靈，但牠們也一樣是住在森林裡的同伴。

所以精靈女王不想跟魔物爭鬥。

不管是人類、野獸、精靈或是魔物，祂都不希望任何一方受到傷害。

人類生活的地方只佔森林內的一部分。他們只要能在這裡靜靜生活就滿足了。

森林非常廣闊，所以請回到森林吧——精靈女王拚命拜託魔物。

啊，可是……

野獸與精靈愈支持人類，魔物就愈憤怒。

因為原本和精靈女王一起生活在這個地方的是魔物。

為什麼大家都站在晚來的人類那一邊？

為什麼只有我們被排擠？

精靈女王愈是溫柔地勸告魔物，牠們就愈是不懂自己為何比不上人類，於是發出憤怒的咆哮。

06

孩子們讀書的聲音傳了過來。

因為距離很遠，瑪莉艾拉聽不懂他們在說什麼，但一定是在「枝陽」的店內一角探頭讀著同一本書吧。

瑪莉艾拉手裡的「地脈碎片」原本也是**那樣的東西**。雖然不知道詳細的魔物種類，但卻能從緊握的掌心感覺到，這似乎是和許多同伴群居的魔物。所以和「生命甘露」一起放進「鍊成空間」之後，瑪莉艾拉在加溫之前慢慢提高壓力。與其說是提高壓力，不如說是讓「生命甘露」靠近它。就像是孩子們圍成一圈，玩著互相推擠的遊戲。

師父的「鍊成空間」非常堅固，好像能承受一定程度的攻擊，但「鍊成空間」本來並不是那樣的東西。它不是戰鬥技能。集中敲打一個點，它就會輕易損壞，而且即使有瑪莉艾拉的大量魔力，其強度也承受不住足以溶解「地脈碎片」的高壓。

所以不該用「鍊成空間」壓縮，而是讓「生命甘露」靠近。不該加熱「鍊成空間」，而是加熱「地脈碎片」附近的「生命甘露」。「鍊成空間」只是為了防止「生命甘露」接觸到空氣後回歸地脈而添加的防護而已。

「地脈碎片」是魔物體內的「生命甘露」形成的結晶。它就是化為實體的能量，如果魔力的結晶是魔石，它可以說是生命力的結晶。因為是在魔物體內形成的，所以能從中感受到魔物殘留的意識。這並不是明確的意念，而是想要找同伴、想要奔跑、喜歡什麼樣的氣溫等模糊的思緒，只要配合這些特性，它就會輕易溶入附近的「生命甘露」。

察覺這一點之後，雖然還是不容易，瑪莉艾拉也已經能以每十次就有一次的機率，成功萃取「地脈碎片」。

溶於「生命甘露」的「地脈碎片」就算從「鍊成空間」取出也能保持液態，散發著比「生命甘露」更強，卻也更虛幻的光芒。

「接著是庫利克草。」

以前瑪莉艾拉都是把粉碎的藥草放進含有「生命甘露」的水裡搖晃，但現在能用更簡單的方式萃取。只要用「生命甘露」包覆剛從後院採來的庫利克草，就能感覺到藥效成分集中在葉子的葉脈之間。

只要讓「生命甘露」溶入這些成分，然後「分離」即可。

瑪莉艾拉直接對藥效成分灌注「生命甘露」。從藥草的療癒之力可以感覺到大地的慈愛，就好像這個世界希望人類以及生活在森林裡的鳥獸都能健康地活著。

灌注「生命甘露」的時候，只要貼近這份願望和特性，庫利克草的葉肉就會變成乾爽細砂般的淡淡光點，脫離葉脈並流出。

「『藥晶化』。」

流出的療癒光點非常小，不管手指併攏得多麼緊密，還是會從指縫間漸漸流失。明明與「生命甘露」不同，是確實存在的物體，它卻好像具備如同「生命甘露」的「循環」特性，即使裝入瓶中也會在不知不覺間消失，怎麼樣都無法保存。所以必須用魔力連接每個顆粒，同時固定在這個世界。這一連串的步驟似乎就稱為「藥晶化」。

為了尋找凱兒小姐而差點溶入世界之後，瑪莉艾拉才學會使用這一招。「書庫」不知從何時起新增了「藥晶化」的名稱以及「如何將材料的效力化為結晶」的簡單說明。

或許是因為用魔力維繫藥晶的關係，只有製作的鍊金術師本人可以使用，但只要裝在魔藥瓶裡就比乾燥藥草更耐放，而且一顆砂粒的大小就能做出一瓶魔藥，非常節省空間。藥晶看起來閃閃發光，每種素材的顏色都不同，裝在瓶子裡再擺到架子上的話，還有賞心悅目的效果。瑪莉艾拉開心地把以前累積的素材和新採購的素材全都「藥晶化」，所以工房與地下室變得相當乾淨。

看到房間變乾淨，吉克滿意地連連點頭，可是習慣了雜亂房間的瑪莉艾拉卻覺得有點難以放鬆。只不過，師父常常把雜物帶到房間裡多出來的空間，就這麼放著不管，所以房間馬上就變回亂七八糟的樣子了。

「既然這麼方便，如果『書庫』能說明得更詳細一點就好了。」

瑪莉艾拉真希望自己能早點知道。

「就算有說明，妳以前也學不會怎麼用吧？」

看著尋找特定素材的瑪莉艾拉，師父笑著這麼答道。

這麼說也有道理。就算聽說要貼近藥草或素材的特性，以前的瑪莉艾拉也無法理解。

「接下來是『龍骸菇』和『龍血』，史萊肯的黏液已經藥晶化了……」

不愧是特級魔藥，材料十分豪華。

龍骸菇正如其名，是生長在龍的屍骸上的菇類。雖說是生長在屍骸上，它卻不是以血肉為養分，而是吸收外皮與骨骼中含有的魔力。只要是龍的一種即可，而且剛好有某個賢者在潮濕的季節尾聲燒死了大量的地龍，這些屍骸便成了適合菇類生長的溫床。那一帶的地龍並沒有被趕盡殺絕，所以為了順便採集龍血，迷宮討伐軍與冒險者公會聯合舉辦了一場「限B級以上者參加的強化集訓」。今後會需要許多特級魔藥的材料，所以為了同時訓練士兵與高階冒險者，這樣的集訓會定期舉辦。

吉克理所當然地被派去參加，明明知道地點的師父卻理所當然地不參加。

龍骸菇要以新鮮樹木也會起火的高溫進行乾燥然後磨碎，以溫度低於冰點的水來萃取。龍血有毒，所以要用溶解溫度不同的三種油，反覆進行搖勻後分離的步驟，仔細清除毒素。

剩下的材料有「人面樹果實」與「熱砂蠍毒液」。

這些材料來自迷宮都市的商人公會保有的庫存。兩者都是能從迷宮取得的素材，而且難度並沒有地龍那麼高，所以今後會提高收購價格，鼓勵冒險者採集。

這些素材還無法「藥晶化」。除非是處理過好幾次，已經充分理解的素材，否則無法「藥晶化」。瑪莉艾拉認為「藥晶化」不是製作魔藥必備的技術，而是讓習慣處理該素材的鍊金術師能簡單萃取，節省空間並長期保存的便利技巧。

人面樹是一種長著人臉，而且會到處移動的大樹。長著人臉的樹木型魔物有好幾種，人面樹就是其中之一。它們在迷宮的樹木型魔物中是活動力最強的類型，能用根部靈巧地行走，樹幹上的臉還會有不同表情。它們最大的特徵在於不定期結出的果實，果實成熟就會出現彷彿嬰兒臉的裂痕。長在樹上時，果實的表情就像睡著一樣安穩，可是一摘下來就會張大眼睛和嘴巴，經過乾燥還會變得像是浮現痛苦表情的老人，給人很噁心的感覺。成熟的果實也有藥效，但特級魔藥所需的是成熟前的青澀果實，並沒有臉。又薄又硬的果肉裡面包著有殼的大顆種子，種子的內容物就是材料。

未成熟果實的種子裡頭是液體，鑽洞就能取出。這種液體裡含有人面樹吸收的各種生物的魔力，會造成副作用，所以要放進用多吸思藤纖維揉成的一團海綿，去除多餘的魔力。

熱砂蠍毒液的調整重點在於如何去除雜質。會從熱砂中發動攻擊的這種蠍子強度屬於B級，很容易打倒，但能採到的毒液非常少，而且一接觸到空氣就會開始變質。送到鍊金術師手上時大多都已經分解，只有少數幾滴還能使用。不只如此，因為分解的進行是階段性的，分離所需的材料也很費工。

能在迷宮都市取得的分離用材料之中，矮人冶煉鋼鐵所產生的煤灰最適合；將它與苛性史萊姆溶液混合成泥狀後，要在高溫高壓的狀態下靜置數小時。靜置的時間和溫度很重要，可以讓煤灰的顆粒形成只讓未分解的熱砂蠍毒液進入的微小孔洞。

每一項材料的取得和處理方法都很繁雜，難度也高。不愧是特級魔藥。光是要湊齊材料就很花時間，但瑪莉艾拉做愈多魔藥，就愈能幫助迷宮討伐軍和迷宮都市，所以軍方會優先準備必要的材料。

跟「地脈碎片」相比，處理其他素材的難度就簡單多了。雖然步驟很複雜，但只要照步驟來就能完成。不斷默念、反覆處理就能記起來了。

能靠努力來達成的課題，瑪莉艾拉並不認為是障礙。

每次獲得新知，自己的世界就好像變得更開闊，其中充滿了無窮的樂趣。特別是在學會「藥晶化」之後，可能是因為熟練度提昇，瑪莉艾拉對素材的理解比過去更加透徹。過去一直是點與點的情報互相串連，漸漸構成一個體系的感覺讓瑪莉艾拉深深著迷，於是不斷反覆鍊成。

多虧如此，她只花了不到一個月就學會製作特級魔藥。雖然成功率還不到百分之百，瑪莉艾拉也終於能夠觸及特化型魔藥了。

「最後是眼魔的水晶體。」

瑪莉艾拉從裝著冰塊的大瓶子裡取出以濕潤布料仔細包裹的眼魔水晶體。

眼魔又稱觀察者，是眼球造型的魔物。

這種巨大眼球般的魔物靠著魔法隨時飄浮在半空中，還會使用高超的魔法攻擊敵人；以其水晶體作為材料，非常符合這種特化型魔藥的形象。

彷彿巨大透鏡的水晶體和瑪莉艾拉的兩隻手掌差不多大，材質可透光，摸起來卻有些柔軟。瑪莉艾拉拿出小刀，把眼魔的水晶體盡量切薄，一片一片仔細地進行「乾燥」處理。提高溫度或改變壓力都會使它變質，所以要切薄後烘乾，研磨成細粉。瑪莉艾拉將磨好的粉與事先準備好的特製醋混合，放在一旁備用。

處理眼魔的水晶體時，這種醋的調整比水晶體本身更困難。它是以萊納斯麥為基底，用多種穀物和果實、數十種堅果調配而成的醋，呈現黑褐色。順帶一提，它的味道非常刺激，難以下嚥。因為這瓶醋是剛做好的，所以酸味非常強烈，光是打開蓋子就會讓眼睛痛得快要流淚。

據說將這種醋裝在容器裡熟成十年，就會變成極為美味的高級品。相對地，處理眼魔水晶體所需的性質會失效，無法再當作魔藥的材料。不過瑪莉艾拉覺得機會難得，所以多做了許多醋，保存在地下室。真期待十年後的到來。

這種醋的做法也記載在「書庫」，但歸類在食品，所以不必記住所有的材料。要記住數十種醋的材料實在太辛苦了，連瑪莉艾拉都不禁感到慶幸。

瑪莉艾拉將處理完畢的材料依照一定的順序、一定的分量與一定的溫度進行調合。直到最後都不能掉以輕心。因為這是瑪莉艾拉一直想做的東西。

「……完成了。」

自從遇見吉克蒙德以來，過了大約一年的時間。

瑪莉艾拉終於做出了眼球特化型特級魔藥。

07

「吉克還沒回來嗎？吉克還沒回來嗎？」

終於做出心心念念的眼球特化型特級魔藥，瑪莉艾拉在「枝陽」的店內不停地來回踱步。

雖然距離晚餐時間還早，她卻已經煮好飯菜了。

瑪莉艾拉避人耳目，利用鍊金術技能做了一桌好菜。因為吉克的眼睛就要治好了。特化型特級魔藥還沒有出現在市場上，所以他還要繼續戴著眼罩，暫時保密，不過自己人還是可以慶祝一番。

就算今天師父盡情狂歡，把家裡的酒全部喝光光，瑪莉艾拉覺得自己也能用寬大的心胸原諒她。

可是，吉克偏偏在這一天被派去狩獵地龍，要到傍晚才會回來。瑪莉艾拉想請他一回來就喝下魔藥，師父卻難得正經地提出了礙事的意見。

「這是第一次使用特化型的特級魔藥，應該在適當的成員面前飲用。」

確實有道理。如果能事先知道恢復時間有多長等資訊，眼睛在戰鬥中受傷時也比較方便運用。這種魔藥並不便宜，也不是能輕易做出的東西，所以這是很珍貴的機會。

雖然很有道理，但師父為什麼只有在這種時候會說些正經的話呢？吉克好不容易能治好眼睛，這種時候明明不需要考慮前因後果。

師父沒有理會不高興地噘起嘴巴的瑪莉艾拉，在紙上寫了些什麼，然後交給尼倫堡。

「醫生，幫我把這個交給將軍兄弟。」

竟敢使喚尼倫堡跑腿，師父還是一樣所向無敵。

眼看著師父登上「枝陽」金字塔的頂點，已經放棄抱怨的瑪莉艾拉聽見孩子們在屋裡的角落呼喚自己。

「瑪莉姊姊，要不要一起來看書？艾蜜莉唸給妳聽！」

好體貼的孩子。瑪莉艾拉真希望師父能向他們看齊。難道沒有類似的魔藥嗎？瑪莉艾拉這麼想著，走向艾蜜莉等孩子的身邊。

「謝謝妳，艾蜜莉。你們在看什麼書？」

「書名叫作《安妲爾吉亞的故事》。我從中間開始唸喔！」

說完，艾蜜莉說明了簡單的故事大綱，然後開始唸起手中的書。

08

不管打倒多少，魔物都不停地湧進村子，使得獵人終於在戰鬥中喪命。

天啊！

精靈女王哭著拚命呼喚，獵人還是沒有睜開那雙漂亮的藍色眼睛。

悲傷的精靈女王只能哀嘆。

可是沒有時間哭哭啼啼的了。

精靈女王還有個可愛的兒子。

祂最愛的兒子和獵人一樣，有一雙藍色的眼睛。

一定要保護剛出生的孩子。

精靈女王把嬰兒交給獵人的妹妹，這麼說道：

「我接下來會跟地脈合而為一。只要借助地脈的力量，就能保護這片土地不被魔物入侵。只要我還守著這片土地，這片土地就不會被魔物襲擊。」

精靈女王擁抱心愛的孩子，然後把他交給獵人的妹妹。

「我會永遠守護著你，我心愛的孩子。」

說完這番話，精靈女王便消失到大地之中。

祂究竟用了什麼奇蹟之術呢？

精靈女王消失的同時，魔物就像是被看不見的手驅趕似的，紛紛回到森林。

精靈女王和獵人所生的孩子，以及一起生活的人類都在千鈞一髮之際得救。

從此以後，獵人的村子正如精靈女王所說，被一股神奇的力量保護著，魔物都不再靠近。沒有魔物入侵的土地既安全又豐饒，於是愈來愈多的人類來到這裡，村子漸漸發展成城鎮，城鎮漸漸發展成國家。

人們非常感謝精靈女王，所以細心呵護精靈女王與獵人的孩子，扶養他長大。

精靈女王和獵人所生下的男孩後來成為了國王，而他的國家就以精靈女王的名字命名，叫作「安妲爾吉亞王國」。

森林精靈女王就叫作安妲爾吉亞。

於是，安妲爾吉亞王國成為一個長久繁榮的國家，獵人的子孫也從此過著幸福快樂的生活。

「可喜可賀，可喜可賀。」

唸完一本童書的艾蜜莉很有成就感，滿足地吐出一口氣後闔上書本。看著她唸書的師父說「唸得好」，撫摸艾蜜莉的頭，然後又快速翻閱艾蜜莉的書，說道：「不過，真相跟這個故事不太一樣。」

「哪裡不一樣？」

艾蜜莉好奇地反問。周圍的其他孩子似乎也都很想知道。

不愧是師父，很擅於抓住孩子的心。

師父環顧每個孩子的臉之後，用不同於以往的沉靜語氣開始訴說。

「精靈女王把嬰兒交給獵人的妹妹之後是這麼說的：『我接下來會跟地脈合而為一。只要借助地脈的力量，就能保護這片土地不被魔物入侵。要發揮守護之力就需要**媒介**。所以，我要賦予我的右眼給這個孩子。只要這個精靈眼還在這裡，這片土地就不會被魔物襲擊。』接下來的情節就跟書裡一樣了。安妲爾吉亞的力量保護了村子，讓村子漸漸發展成人類的國家。據說從安妲爾吉亞那裡繼承『精靈眼』的男孩有著樹林般的深綠色右眼，而繼承獵人血統的左眼則是美麗的藍色。往後，即使這個男孩死了，安妲爾吉亞王國也一定會誕生唯一一名擁有綠色『精靈眼』和藍色左眼的男孩，讓精靈女王安妲爾吉亞繼續保護王國。」

「是喔！這個故事比較有趣耶！」

艾蜜莉的眼神閃閃發光，愛爾梅拉的兒子艾里歐也連連點頭。

身為哥哥的帕洛華稍微思考了一下，然後向師父問道：「可是，明明有精靈的守護，為什麼安妲爾吉亞王國還是滅亡了？」

「當然是因為精靈的守護之力消失嘍。」

師父說得彷彿親身經歷，然後說道：「好了～小孩子趁天黑之前快回去吧。」請四個孩子回家。

「師父，剛才的故事……」

瑪莉艾拉重新閱讀艾蜜莉剛才唸的《安妲爾吉亞的故事》，這麼低聲說道。師父以前說過各式各樣的故事，但瑪莉艾拉是第一次聽到這個故事。瑪莉艾拉有點納悶師父為何一直沒有說這個故事，又想起兩百年前遠遠眺望安妲爾吉亞王國的閃亮城堡時，師父曾說過城堡是因為「受到精靈的祝福才會閃閃發光」。

（師父剛才說的故事應該不是亂編的吧。簡而言之，安妲爾吉亞的國王繼承了精靈的血統和守護之力，而精靈之力的媒介就是——）

「我回來了。嗯？瑪莉艾拉，妳怎麼了？怎麼擺出這麼嚴肅的表情？妳看，我今天有分到地龍的肉喔。」

「歡迎回來，吉克！哇，是地龍肉耶！還有水果呢，真是大豐收。」

瑪莉艾拉的思緒被歸來的吉克打斷了。正確來說是被他帶回來的肉打斷。

吉克是不是覺得只要送肉給瑪莉艾拉，她就會高興呢？瑪莉艾拉好歹也是花樣年華的女孩。不過，就算送花，她的高興程度也會根據是不是素材而改變，所以選擇能確實討她歡心的肉也不算是錯誤的判斷。

「雖然我煮了很多晚餐，還是拿一些來烤好了。」

瑪莉艾拉這麼說著，興高采烈地拿著肉走向廚房。

師父吩咐吉克去沖個澡，然後叫住正要回家的羅伯特，交代他把「枝陽」所有的窗戶都關起來。

把肉切成方便料理的大小並收進冷凍魔導具的瑪莉艾拉還沒把做好的晚餐飯菜重新熱好之前，幫師父跑腿的尼倫堡就回來了。看來晚餐還要再過一陣子才能開動。

「他們兩位都能過來。我先去把地下室的門打開。」

說完，尼倫堡前往地下室，過了不久便帶著萊恩哈特與維斯哈特來到「枝陽」的店內。

「咦？連萊恩哈特大人都來了？」

瑪莉艾拉到現在才終於察覺事情非同小可。

沖完澡的吉克一回來，也同樣露出疑惑的表情。

「聽說眼球特化型的特級魔藥完成了。」

「是……是的。」

聽到維斯哈特發問，瑪莉艾拉點頭回應。師父說「應該在適當的成員面前飲用」，但瑪莉艾拉沒想到竟然連萊恩哈特都來了。

為了避免被外頭的人偷窺，將天窗以外的所有窗戶都關上的「枝陽」店內除了瑪莉艾拉、吉克、師父以外，還有羅伯特、尼倫堡，以及身為迷宮討伐軍的將軍和副將軍的萊恩哈特與維斯哈特。

竟然叫這兩個人過來，師父究竟在想什麼？既然有必要請他們看吉克喝魔藥的樣子，就應該自己主動去拜訪才對。

深感惶恐的瑪莉艾拉看著萊恩哈特，兄弟倆卻都沒有不悅的跡象。唯一搞不清楚狀況的吉克感到疑惑，卻還是走向瑪莉艾拉身邊，站在身為護衛的固定位置。

「開始吧。」

萊恩哈特催促瑪莉艾拉，於是眾人的視線集中到吉克身上。瑪莉艾拉向萊恩哈特點頭，然後對困惑不已的吉克遞出一瓶魔藥。

「呃，吉克，這是眼球特化型特級魔藥。我終於做出來了，抱歉讓你等了這麼久。為了看吉克治好眼睛的樣子，大家才會特地來到這裡。」

眼球特化型特級魔藥。

聽到瑪莉艾拉說出這個詞，吉克整個人愣住了。

僅剩的左眼睜得好大，凝視著瑪莉艾拉遞出的瓶子。

（為什麼是現在呢──）

看著瑪莉艾拉遞出的魔藥瓶，吉克蒙德這麼想。

這瓶魔藥是吉克一直渴望的東西。

自從失去「精靈眼」，彷彿滾落斜坡，或是失去立足之地的一連串墮落之中，吉克一直都渴望著這瓶魔藥。當企望與渴望最終化為絕望，他輾轉來到這個城市。

即使是被瑪莉艾拉拯救以後，吉克也曾多次希望自己還有「精靈眼」。

瑪莉艾拉是與迷宮都市的地脈締結契約的鍊金術師，所以吉克也懷抱過一絲希望，心想自己或許總有一天能取回「精靈眼」。

可是，他已經在不知不覺間遺忘了這份小小的希望。

今天，吉克用弓箭從遠處射穿了地龍的眼睛，並用瑪莉艾拉贈送的祕銀之劍給了牠最後一擊。他和同隊的迷宮討伐軍成員合力打倒強敵，輕敲彼此的拳頭，慶祝勝利。

他不再是被某人囚禁的身分，有一個自願回去的家。

有點讓人放不下心，卻無可替代的笑容會迎接他。

吉克蒙德現在已經別無所求。

對自己來說有意義、有價值的一切，他都已經擁有了。

不知從何時開始，吉克甚至隱約認為失去「精靈眼」就是得到現在這一切所必須付出的代價。

（為什麼是現在呢——）

吉克一直以為，若是取得眼球特化型特級魔藥，自己一定會激動地收下，感嘆長年的願望終於實現，總算要苦盡甘來了。

但神奇的是，此時吉克的內心非常平靜。在眼前高興地遞出魔藥的瑪莉艾拉反而比他更加感動。

說著，吉克從瑪莉艾拉手中接過魔藥。

「謝謝妳。」

瑪莉艾拉用充滿期待的表情看著吉克。她的心意很單純。能治好傷口是好事，是值得開心的事，如此而已。

就像想給孩子吃美味的料理，那種充滿慈愛的感情。

吉克想把這個表情和今天的景象烙印在自己的獨眼之中，於是環顧「枝陽」店內。

店內並不狹窄，卻有多達七個人聚集在靠近入口的一半空間。

萊恩哈特是臨時來訪，瑪莉艾拉恐怕也沒有料到。太陽已經完全下山，「枝陽」店內只有眾人聚集的這一半空間點著燈光，所以有些昏暗。平時有日光照射的區域暗了下來，此刻正透著月光。

月光在店內擴散的模樣十分夢幻，眾人的視線卻都注視著吉克，急著要看到他喝下魔藥的樣子。為了讓大家看清楚，吉克取下眼罩，啵的一聲打開從瑪莉艾拉手中接過的魔藥。

（瑪莉艾拉第一次做魔藥給我的時候，還直接把瓶口塞進我的嘴裡呢……）

吉克當時驚訝得張大嘴巴，瑪莉艾拉就「嘿」的一聲把瓶口塞進吉克的嘴裡了。她平常明明笨手笨腳的，卻只有在餵別人喝魔藥的時候特別擅於控制力道。連這種小事都感到懷念，吉克喝乾了眼球特化型特級魔藥。

感覺非常不可思議。

不像力量那麼強烈，也不像光芒那麼耀眼，沒有形體，亦不存在，但卻流淌在自己體內，驅動手、腳、肌肉，使血液循環的泉源開始噴發，充滿全身。

一股奔流滲透肉體的固定質量，幾乎要超越身軀的界線而湧出體外，卻又形成漩渦，沿著身體天生的流向，在吉克蒙德的體內循環，同時漸漸集中到一個點。

彷彿巨大湖沼的底部開了一個洞，或是貫穿滿天星斗的黑暗空間，充滿吉克體內的泉源漸漸被吸入他的右眼。

源源不絕，源源不絕。

就像是掉進一個無底洞。

神奇的是，吉克的存在似乎從內部連結著某種根源，不論右眼吸收了多少，充滿他體內泉源都不會耗盡，只是持續流往一個點。

源源不絕，源源不絕。

聚集的光芒彷彿有了真實的密度，現出形體。

「吉克？」

聽到瑪莉艾拉擔心的聲音，吉克蒙德睜開雙眼。

那雙眼睛是深邃的藍色，以及森林般的綠色。
「吉克，太好了！」
「哦，沒想到復原得如此快速。」
「這就是所謂的『精靈眼』嗎……」
瑪莉艾拉高興地歡呼，尼倫堡確認魔藥的效果，維斯哈特則對吉克的眼睛發出驚嘆。然後——
「啊……」
吉克蒙德的嘆息從雙唇之間洩露。
「啊，原來這個世界充滿了精靈的光芒啊……」
那是年幼的吉克曾見過的景象。
還沒有轉化成任何型態的弱小光點充滿了各個角落。
瑪莉艾拉細心擦拭的櫃檯和常客坐著休憩的椅子都有。
就連沖泡花式發光茶水的茶具都聚集了許多光芒，就像是想要模仿似的，非常耀眼。
原本很陰暗的「枝陽」充滿了明亮溫暖的光芒，簡直就像有許多客人造訪的白天。吉克彷彿能體會精靈喜愛這個地方，感到快樂、感到開心的喜悅之情。
吉克變得傲慢而漸漸失去的繽紛世界，就像是要祝賀「精靈眼」復原似的，擴展在他的周圍。

（祂們回來了，祂們一直都在。瑪莉艾拉所建立的溫暖家園對精靈來說也是非常舒適的地方——）

吉克蒙德無法壓抑湧上眼眶的淚水。瑪莉艾拉也不禁泛淚的笑容和精靈的光芒在濡濕睫毛的淚珠中折射，使眼前的世界就像夢境般美麗。

在這個美麗世界的正中央。

在穿透聖樹的枝葉，從天窗照射到室內的月光中心。

佇立著一名綠髮綠眼的少女。

綠色少女彷彿與月光一同降臨，佇立在那裡。

由於吉克驚訝地凝視著少女，眾人從吉克身上移開視線並回頭一看，終於察覺「枝陽」店內的變化。

「是誰……？」

「這些光芒是……？」

長年對付魔物的萊恩哈特等人似乎看得出佇立在月光中的少女沒有惡意，卻不知道祂的真面目，疑惑地環顧瀰漫著小小光點的店內。

瑪莉艾拉無心顧及店內的模樣，只是注視著月光中的少女。她向少女踏出一步，小聲喚道：

「伊露米娜莉亞……？」

伊露米娜莉亞——這是兩百年前帶領瑪莉艾拉前往地脈的精靈之名。瑪莉艾拉不懂自己為何到現在才想起來。祂至今為止究竟待在什麼地方，現在又為何出現在這裡呢？明明有好多事想問，聽到無法理解現狀的其他人問道「是誰」，瑪莉艾拉就無法繼續說下去了。

站在月光中的少女——精靈伊露米娜莉亞定睛凝視呼喚自己名字的瑪莉艾拉，高興地微微一笑，卻沒有開口說話的舉動，似乎也無法理解萊恩哈特等人的疑問。

祂只是輕輕往前伸出握在胸前的雙手，把自己小心地捧在掌心的東西拿給瑪莉艾拉看。祂手裡的東西是形似花朵的容器，可是花瓣的前端到處都是缺角，還有好幾道裂痕，奇蹟似的沒有碎裂。

「這是當時那個七片花瓣的容器……？」

瑪莉艾拉對這個容器有印象。去精靈公園和地脈締結契約的時候，瑪莉艾拉和伊露米娜莉亞一起找到了這朵花。瑪莉艾拉找到的時候明明還是植物，伊露米娜莉亞用雙手將它捧起來之後就變成花朵形狀的容器了。

瑪莉艾拉發問，伊露米娜莉亞卻好像連她在說什麼都聽不懂。

「瑪莉艾拉，祂聽不懂的。大概是因為那個容器的關係，祂才能從魔森林氾濫（魔物暴動）中倖存吧。祂當時還是剛發芽的樹苗，所以能躲在容器裡。」

師父這麼代為說明。瑪莉艾拉不知道七片花瓣的容器對精靈來說是什麼樣的東西，但既然伊露米娜莉亞因此得救了，瑪莉艾拉很慶幸自己有一起幫忙尋找。伊露米娜莉亞似乎很珍惜這個殘破不堪的花朵容器，再次小心翼翼地用雙手包裹它，然後對瑪莉艾拉等人張開雙手。七片花瓣的容器化為光之粒子，像蒲公英的棉毛般飄起，從伊露米娜莉亞的手中擴散到整間屋裡。

擴散的光之粒子就像發光的雪片，慢慢往下飄落。

瑪莉艾拉等人明明待在「枝陽」店內，卻在不知不覺間漂浮於夜間海洋般的陰暗場所。

「這裡是前往地脈時的……」

這裡是兩百年前瑪莉艾拉跟著伊露米娜莉亞離開肉體後潛入的地方。

遙遠的深處有著地脈的光芒。可是現在和當時不同，瑪莉艾拉等人並沒有潛入地脈，而且所有人都還待在自己的肉體裡。

「這是伊露米娜莉亞看到的景象……」

聽到瑪莉艾拉輕聲這麼說，明白現狀的吉克和萊恩哈特等人冷靜地環顧了周圍。

瑪莉艾拉也放眼望去，覺得這裡不論看幾次都是很漂亮的地方。現在也有一顆一顆的光之粒子從地脈飄起，或是回到地脈。

腳下深處有接納了年幼瑪莉艾拉的溫柔光芒。

（……嗯？為什麼呢？我總覺得有種不太舒服的感覺……）

瑪莉艾拉微微有種異樣感。這裡原本應該是平等接納眾生的溫暖地方，可是現在卻讓人有種遭到排斥的感覺。就像被孤立在遠處一樣，令人心神不寧。瑪莉艾拉疑惑地望向伊露米娜莉亞，發現這名綠髮精靈正伸手指著地脈的深處。

（那是我跟地脈締結契約的地方吧。）

瑪莉艾拉凝神細看那道光。吉克等人也專注地凝視著地脈的一點。小時候的瑪莉艾拉就是跟著伊露米娜莉亞潛入了那個地方的深處。被耀眼的光芒圍繞著，瑪莉艾拉在那裡見到了「祂」。

瑪莉艾拉覺得「祂」不是地脈本身，而是連接地脈與地面上的橋梁，類似管理者的角色。因為地脈是能量本身，其中不存在心智。

可是，把自己的名字告訴瑪莉艾拉的「祂」深愛著人類、動物，以及這世上的一切。與地脈牽起脈線的時候，一股溫暖的意念流入了瑪莉艾拉心中。

瑪莉艾拉想起了當時「祂」告訴自己的名字。

也想起不久前艾蜜莉等孩子們所讀的故事。

瑪莉艾拉終於理解位在那裡的「祂」究竟是誰。

一旦了解到這一點，剛才看起來只是一道光的那裡就神奇地浮現出一個身影。是「祂」。

愈是集中意識，其身影就漸漸在光芒中顯現。可是，原本很美麗的身影卻——

「怎麼會……為什麼……安妲爾吉亞祂……」

瑪莉艾拉呼喚祂的名字時，眾人回到了「枝陽」的店內。

月亮在不知不覺間隱身到雲層中，除了零星點亮的照明魔導具，以及沒有形體的精靈散發的微弱光芒以外，「枝陽」店內沒有其他光源。剛才還確實存在的伊露米娜莉亞也已經不見蹤影，只有聚集在現場的七個人默默地站在原地。

「妳就是為了讓我們看到那幅景象才會叫我們過來的吧，『炎災賢者』啊。不過，那是……麻煩妳說明了。」

打破沉默的人是萊恩哈特。

他有許多事情想問。造成這種神奇現象的「精靈眼」究竟是什麼？在屋內飛舞的精靈又是？名叫伊露米娜莉亞的精靈是何方神聖，又消失到何處了呢？

不過這些都是瑣事，還有其他該問的問題。

身為迷宮都市的統治者兼消滅迷宮的一族，萊恩哈特必須知道。

師父靜靜微笑，然後對吉克麼說道：

「吉克，你的眼睛應該能清楚看見吧。擁有『精靈眼』的你一定知道祂是誰。你來向大家說明吧。」

被指名的吉克因為一口氣理解太多情報，帶著有些蒼白的臉色看著瑪莉艾拉，然後面向萊恩哈特。

「那是……位於地脈的祂恐怕是精靈安妲爾吉亞。而祂……」

彷彿害怕說出接下來的內容，吉克停頓在這裡。彷彿害怕聽到接下來的內容，瑪莉艾拉握住吉克的手。側耳傾聽的萊恩哈特與維斯哈特，甚至是一直保持沉默的尼倫堡和羅伯特，都親眼看見了安妲爾吉亞的狀態。就算吉克沒有繼續說下去，他們也知道結果。

可是，他們都不想接受這個事實。

「祂……安妲爾吉亞就快要被吞噬了。」

企圖吞噬安妲爾吉亞，並取代祂掌控地脈的東西，恐怕就是迷宮的主人吧。

根據王國滅亡的傳說，兩百年前發生魔森林氾濫（魔物暴動）的那天，將安妲爾吉亞王國的國民啃食殆盡的魔物自相殘殺，最後剩下的一隻吞噬了地脈的精靈，在那個地方產生了迷宮。這並不是憑空杜撰的故事。

安妲爾吉亞是精靈，同時也是地脈的主人。所以就算被魔物緊咬，祂也不會像弱小的人類一樣立刻消失。

緊咬安妲爾吉亞的魔物成了迷宮的主人，花費兩百年的時間，不斷往地下擴展迷宮。迷宮的成長恐怕不只會增加實際的樓層數量，還會吸收先前的地脈主人，漸漸侵蝕地脈，使魔物成為新的主人。

安妲爾吉亞還沒有消失。祂用僅剩的左眼凝視著吉克。即使自己就快要消失，祂還是帶著充滿慈愛的溫柔表情，彷彿很高興看到愛子的成長。

然而，如果祂被迷宮主人徹底吞噬……

「迷宮超越五十層樓，原來就是這麼一回事……」

維斯哈特無言以對。

「如果迷宮主人取代了地脈主人……」

不論是人、動物甚至魔物，安妲爾吉亞都平等地愛著所有的生命。

而瑪莉艾拉等人感覺到的不愉快，是魔物對人類的恨意殘渣。

魔物與人無法共存。如果那樣的東西統治了地脈，一定會──

「到時候這片土地就再也無法住人了。」

「炎災賢者」靜靜說出誰也說不出口的一句話。

安妲爾吉亞就快要被吞噬，其存在已是風中殘燭。

萊恩哈特等迷宮都市的居民沒有多少時間了。

這個事實超越了剛才萊恩哈特等人體驗的任何奇蹟，化為現場所有人的沉沉重擔。

The

Survived

Alchemist

with a dream

of quiet town life.

04

book four

終章

日落的國王

Epilogue

01

「我來說個老故事吧。」

「炎災賢者」面對啞口無言的一行人，這麼開口說道。

對萊恩哈特等生活在迷宮都市的人來說，那是發生在遙遠過去的故事；可是對大約一年前才甦醒在這個時代的瑪莉艾拉來說，故事裡的人物都活在她長年居住的世界，卻又比在場的任何人都還要陌生。

安妲爾吉亞王國。

受精靈守護的這個國家雖然與魔森林相鄰，卻絕對不會受到魔物入侵，極為繁榮且富強。特別是城堡的每一天，據說人們的生活就像成熟果實般甜美。

落地前的成熟果實與腐敗果實的界線究竟在哪裡呢？

經歷長久的太平盛世，人們漸漸變得安逸，忘了奇蹟與感恩。

聚集在華美王宮的人們崇尚的對象是家世伴隨而來的權威以及財富。這一切都是出於歷史悠久的國家體制，經由代代相傳所得的權力。不論是貴族或王室都一樣，要是沒有了家世和血統，在當時的安妲爾吉亞王國坐享榮華富貴的他們每一個人都只不過是因怠惰而痴肥的凡夫俗子。

可是人類既愚蠢又傲慢，見到他人低頭就會自滿，以為自己是萬中選一的血統，擁有特別的能力。

因此，在血統上擁有第一王位繼承權，卻不具備森林精靈女王——安妲爾吉亞的「精靈眼」而不得不將王座讓給弟弟，只能屈就宰相之位的男人對自己只因為沒有「區區的異色眼睛」而失去王座的事實感到難以接受。

他一直以為自己可以登上王座。可是，擁有「精靈眼」的祖父駕崩的隔天，因為右眼寄宿了「精靈眼」而繼承王位的人不是生為第一王子且一直甘於以宰相的身分輔佐父王的父親，也不是身為其長子的自己，而是年紀相差許多的弟弟。

一直相信自己能登上王位的宰相不管父親怎麼囑咐自己「扶持弟弟並守護國家」，他都難以服氣。

溫柔的弟弟雖然擅於狩獵和歌唱，卻也不過如此，只是個愚蠢又平庸的人類，其性格和能力優勢都不是治國所需的特質。

「古老的傳說根本就跟不上時代。有能力的人才有資格統治國家。」

宰相從小就受到眾人的侍候與敬重。這是因為他擁有第一王位繼承權，並不是因為人們佩服他的能力，但認為他人理所當然應該對自己磕頭的宰相卻連這一點都不懂。

為了成為國王，宰相花了許多時間準備。

既然古老的傳說如此礙事，那就從歷史中消除它吧。

「精靈之眼只會貶低王的權威。安妲爾吉亞王國是被精靈所愛的『王』所建立的繁榮國家。使榮耀回歸王權吧。」

宰相高聲歌頌王的權威，從歷史甚至孩子們閱讀的傳說故事中，消除了「精靈眼」的存在。

宰相一步一步確實地改寫人們的記憶。長久的和平使人們漸漸把安妲爾吉亞王國的建國歷史當作單純的童話或虛構的故事，所以竄改所有紀錄之後，接下來只要等待就行了。

所幸父親因為沒有得到「精靈眼」的打擊與過勞，不久便離開人世。

擁有「精靈眼」的年輕國王雖然善良，卻愚蠢得欠缺承擔國政的能力；據說宰相盡心幫助身為國王的弟弟，國王也很仰賴身為宰相的哥哥。國民都讚美他們是相親相愛的好兄弟，認為王國的繁榮已在命定之中，於是繼續沉醉於榮華富貴。

但沒有人發現這一切都是宰相的計畫，宰相的目標是暗殺身為弟弟的國王，篡奪王位。

年輕國王希望迎娶帝都第一美麗的公主為王妃的時候，宰相表現出親切的合作態度，命令一個熱心的年輕貴族居中牽線。

「許多人都希望迎娶美麗的公主為妻，可是公主沒有對任何人點頭。比起派出適合的媒人，讓熱情的年輕人轉達國王的心意是更好的方法。」

「原來如此，不愧是哥哥。公主早已擁有數不清的禮服和寶石，再送多少也無法引起她的注意。」

實在是強人所難。沒有高貴地位和豪華贈禮的年輕貴族面對任誰都想娶她為妻的美麗公主，怎麼有辦法引起她的注意？連這種道理都不懂的年輕國王實在太愚蠢，讓宰相不禁在心中發笑。

對宰相來說，國王的孩子就只會礙事。他只想讓國王提親失敗，以空有形式的手段推動這門婚事。宰相只是因為碰巧見到一名認真又富有正義感的年輕貴族，對他感到不愉快，才會選擇他作為使者。

可是，膚淺的點子有時會造成反效果——年輕貴族竟然成功替公主與國王牽起了姻緣。

「沒想到他會用那麼珍貴的彩虹花擺滿整個房間。那份感動與美麗比任何寶石都還要尊貴。我完全感受到國王的心意了。」

碰巧被宰相看上的那名貴族也是個鍊金術師，據說他利用自己的人脈，贈送單價貴重的彩虹花給公主，而且數量多到幾乎能溢出寬敞的房間。

擔任媒人的年輕貴族——羅布羅伊．亞格維納斯被提拔為安妲爾吉亞王國的首席鍊金術師。過了五年的訂婚期間，美麗的公主在某個秋日風光嫁入安妲爾吉亞王國。

「最多只能將婚約延後到現在啊。我原本想穩穩地讓他失勢之後再動手，但要是有繼承人誕生就傷腦筋了。」

宰相終於下定決心。

贏得公主芳心的國王高興地感謝宰相，他卻對這份心意感到厭煩。

沒有人察覺宰相的企圖，全國都為年輕國王與美麗王妃的婚事歡騰不已。安妲爾吉亞的冬日在狂熱之中過去，而在喜悅仍未消退的某個春日夜晚，王妃作了一個不可思議的夢。

只有獨眼的綠眼精靈在夢中警告王妃，要她立刻離開這片土地。

因為魔物很快就要從魔森林湧來了。

出現在夢裡的精靈和祂所呈現的毀滅景象都如同現實一般鮮明，王妃實在不認為那是單純的夢境。不論王妃怎麼對國王提出建言，說這是精靈的警訊，習慣了和平的國王仍然一笑置之。

夢境一天比一天鮮明，使王妃愈來愈不安。

只有替王妃與國王牽起姻緣的首席鍊金術師願意傾聽她所說的話。

「羅布羅伊先生，請將我帶到魔森林之外吧。」

促使新婚的王妃這麼做的，是精靈所說的一句話：

『請妳務必保護自己腹中的下一任國王——』

聽到精靈這麼說，察覺自己體內已經懷有新生命的王妃謊稱要「私下拜訪臥病在床的母親」，帶著鍊金術師羅布羅伊和結婚時同行的少數隨從，逃亡似的離開了安妲爾吉亞王國。

王妃穿越魔森林的那一天，宰相發起了篡位行動。

擁有「精靈眼」的國王殞命的瞬間，長久以來守護安妲爾吉亞王國的精靈庇佑消失了，使得魔物從魔森林蜂擁而來——

「這就是兩百年前發生魔森林氾濫（魔物暴動）的真相。後來我就睡著了，如果歷史有流傳下來，你們肯定比我更清楚吧。」

師父的話就停在這裡。

她所訴說的內容沒有記載在歷史中，導致魔森林氾濫（魔物暴動）的真相是連萊恩哈特等人都不知道的失傳歷史。而且，其中恐怕包含了重要的事實。

原本感到格格不入的羅伯特聽到故事中關於亞格維納斯家的起源，也以驚訝的表情看著師父。

此刻聽說的內容、剛才所見的地脈狀態、眼前這名擁有「精靈眼」的青年——

對此，萊恩哈特暫時思考了一陣子，然後向師父問道：

「如果這就是魔森林氾濫（魔物暴動）的真相，我還有一個疑問。」

萊恩哈特的疑問似乎就是維斯哈特的疑問，於是維斯哈特接續哥哥所說的話，開始訴說魔森林氾濫（魔物暴動）發生後不久的歷史。

※ 02

吞噬安妲爾吉亞王國的魔森林氾濫（魔物暴動）規模極大，將國民啃食殆盡的魔物必定會產生迷宮。若是對迷宮置之不理，最終就會成長到人類無法應付的規模，迷宮遲早會湧出魔物，與魔森林的魔物一起逼近帝都。

在那之前，因為魔森林的阻隔，帝國眼中的安妲爾吉亞王國難以攻略，卻幾乎不可能發動戰爭，是個富庶又友善的鄰國。

地脈的相異也強化了彼此的獨立性。戰爭等人類之間的爭鬥如果有了治癒魔法和魔藥等強大的恢復手段，就容易演變成消耗戰。若要進攻對手的地脈，除非拉攏該地脈的眾多鍊金術師作為自己的恢復手段，否則就會陷入相當艱苦的戰況。

更何況帝國與安妲爾吉亞王國之間有魔森林，即使用了再多除魔魔藥，還是不像空曠的平地一樣容易進軍。

而且安妲爾吉亞王國相當特殊，只有此處受到精靈的庇佑，是個魔物無法靠近的安全地點。安妲爾吉亞王國雖然只是小國，肥沃的土地卻能種出豐富的作物，還能從周圍的山脈取得礦物資源，從魔森林取得魔物的素材，是個十分豐饒的國家，所以從沒想過付出龐大的代價來跨越魔森林，擴張自己的領土。

因此，帝國才會在搭乘一週的馬車就能前往安妲爾吉亞王國的近處建立首都。對四周都是敵國的帝國來說，這裡可以說是最安全的地方。

可是在兩百年前，安妲爾吉亞王國被魔森林氾濫（魔物暴動）吞噬，成了魔物支配的土地。沒有人能料到這場災難。

即使想消滅出現在當地的迷宮、取回這個國家，過去使兩國之間保持適當距離的魔森林與不同地脈都成了障礙，化為固若金湯的堡壘。至少也要在迷宮周圍設立討伐據點，否則根本無法著手進行迷宮的攻略。

要是不攻略迷宮，萬一魔森林或迷宮湧出魔物，不要說是帝都了，甚至有可能威脅到帝國的存亡。

因為這些理由，負責看守魔森林的休森華德邊境伯爵收留了逃亡而來的安妲爾吉亞王妃，也答應帶王妃前來的安妲爾吉亞王國首席鍊金術師的懇求，舉兵從魔物手中奪回王國。

徹夜穿越魔森林的休森華德邊境伯爵率兵抵達的時候，包圍著美麗石灰牆的閃亮城堡已經不復存在，城內只剩下魔物啃食死屍的駭人光景，化為人類無法居住的地方。

崩塌的外牆、傾倒的建築物、因踩踏而裸露土地的碎裂路面都說明了魔物如雪崩般湧現的慘況。滅亡的國家荒廢到這個地步，還有人因為偶然前往他國，或是經由山脈逃離魔森林氾濫（魔物暴動）而倖存，簡直就是奇蹟。

從魔森林湧現的魔物將來不及逃生而躲在王國內的人們全部殺死之後，似乎引發了魔物之間的自相殘殺。傳說最後活下來的一隻魔物潛入大地，形成了迷宮。

人們之所以相信這個說法，是因為休森華德邊境伯爵軍抵達王國遺址的時候，那裡只剩下與魔森林相同程度的魔物，而城堡所在的位置已經產生迷宮。既然魔物引起如此嚴重的災害，照理來說城裡應該要擠滿魔物才對。

可是，即使魔物的量只和魔森林差不多，要確保人類能居住的地方還是得花費相當多的時間。

而且還有迷宮的存在。

根據帝都學者主張的學說，魔森林氾濫（魔物暴動）的犧牲者數量與生成的迷宮規模有關；基於這項推測，徹底吞噬安妲爾吉亞王國、位於王國遺址的迷宮會是相當少見的龐大規模。

為了避免魔森林氾濫（魔物暴動）再度發生，為了讓帝國人民繼續生存，這個迷宮必須消失。

為了讓這片土地回到人類手上，迷宮周圍築起了討伐據點，漸漸形成人們居住的城市。

「迷宮都市就是如此建立的。既然魔森林氾濫（魔物暴動）以後已經過了兩百年，到現在仍無法消滅迷宮，就表示這段路程絕對不容易。因為事態嚴重，皇帝也沒有吝於協助。這並不是光靠『奪回安妲爾吉亞王國』如此微弱的理由就能持續追求的目標。我們需要更明確的大義，甚至是足以稱之為夙願的理由。正因為如此，皇帝才會將亡國的公主許配給我們休森華德邊境伯爵家。」

魔森林氾濫（魔物暴動）不久前，逃出安妲爾吉亞王國的王妃已經懷有身孕。藉著迎娶出生的公主，帝國才有正當的名義將安妲爾吉亞王國遺址納入邊境伯爵的領地，休森華德邊境伯爵家也才能以「奪回祖國」為目標。

失去精靈庇佑的迷宮都市成了缺乏糧食、魔物橫行的危險土地，即使能完整取得亡國的領地，這片土地也已經不值得付出那麼大的犧牲來管理。休森華德邊境伯爵家是因為再度發生魔森林氾濫（魔物暴動）就會率先危及自己的領地才接受這件事，有什麼萬一時就會蒙受重大損失的鄰近諸國也都表示同意。

休森華德邊境伯爵家是擁有安妲爾吉亞王室血統的正統繼承者。

正因為懷抱著「奪回祖國」的夙願，他們才能流血奮戰長達兩百年的歲月，不斷挑戰迷宮。

可是既然如此，為王的證明怎麼沒有出現在這個家族？

這兩百年來，休森華德邊境伯爵家都沒有出現任何一個擁有「精靈眼」的人物。

「擁有王室血統的公主嫁入了我們休森華德邊境伯爵家。我們休森華德邊境伯爵家繼承了精靈安妲爾吉亞的血脈。」

維斯哈特斷然說道。他的這番話斷定了事實，同時也是在詢問真相。他的疑問是針對「炎災賢者」芙蕾琪嘉，同時也是針對吉克蒙德。

為什麼吉克蒙德會擁有「精靈眼」？

「休森華德確實繼承了安妲爾吉亞王室的血統。」

芙蕾琪嘉的金色眼瞳彷彿看穿了一切。

她看著萊恩哈特與維斯哈特的那雙眼睛就好像能判斷他們體內的血脈。被譽為古代賢者的神祕女子如此斷言，比皇帝召集眾多貴族所下的裁定更加強烈地烙印在腦中，使他們的疑問轉變為確信。

「可是啊，精靈安妲爾吉亞賦予眼瞳的愛子是個男孩。」

沿著芙蕾琪嘉的視線，所有人都轉頭望向吉克。

「……男系繼承嗎？」

萊恩哈特低聲這麼說，他所擁有的「獅子咆哮」也具有同樣的特性。

技能是一種不可思議的東西，一般來說容易透過血緣繼承，但也有只經由男系繼承，或是只經由女系繼承的技能。而稱為「庇佑」的技能之中，有些只有某個時代的一個人擁有，或是出現在滿足特定條件的人身上。

如果芙蕾琪嘉剛才說的話屬實，吉克擁有的「精靈眼」應該也是如此。只有男系子孫會繼承技能因子，前任擁有者一旦死亡，就會有一個滿足條件的因子擁有者被選上。

娶了公主的休森華德家雖然繼承了安妲爾吉亞王室的血統，卻沒有繼承到「精靈眼」的技能因子。

而且，既然在這兩百年的歷史中，包含吉克在內，有多名擁有「精靈眼」的人出現——「根據剛才的故事，精靈曾說『請保護下一任國王』。這麼說來，亡國王妃的孩子其實是雙胞胎嗎……」

不無可能。要為遙遙無期的迷宮討伐投入龐大犧牲的時代，亡國的王子就只會礙事。因為沒有國家、人民和資金的王子根本無法付出合乎犧牲的代價。

或許是一開始就對外宣稱只有一位公主出生，或是差點被殺的王子幸運被某人救出。沒有人知道答案。

擁有「精靈眼」的意義已經失傳，所以逃出生天的王子成了一個擁有稀奇眼睛的平民，埋沒至魔森林旁的邊境地帶，留下子嗣至今。毀滅國家的宰相所擬定的奸計在意想不到的情況下延續了王子的血脈。

「父母有跟你說過什麼嗎？」

聽到維斯哈特這麼一問，吉克啞口無言，搖了搖頭。

「父親只交代我要成為不辱『精靈眼』的人物，扶養我長大。」

吉克只答得出已逝父親所說過的話。

他的父親恐怕也不清楚詳情吧。家族中沒有人知道這句話的真正含意，只是尊崇「精靈眼」的庇佑，交代子孫成為「配得上精靈眼的人」。

其真意是——「身為安妲爾吉亞之王，你要成為不辱其名的人物。」

「呼……」

萊恩哈特嘆了深深的一口氣。這個問題可不能置之不理。

亡國的正統繼承者竟然……

可是，他的疑慮被芙蕾琪嘉一掃而空。

「那根本不成問題。安妲爾吉亞王國早就已經滅亡了。所謂的國家指的是土地嗎？是地脈嗎？兩百年的歲月可不短。你們奮戰了這麼久，想要保護的是錢嗎？是土地嗎？難道不是居住在這裡的人民嗎？既然如此，去問住在這裡的傢伙就行了。問他們『這裡是哪裡』。這裡早就已經是迷宮都市，是休森華德治理的土地。這傢伙的『精靈眼』確實是安妲爾吉亞的眼珠，但精靈本來就不懂君王、國家或是人類創造的體制。不管區區人類要讓『精靈眼』的擁有者站上什麼樣的地位，那都是人類擅自決定的事，精靈根本一點也不在乎。」

靜靜牽著吉克的瑪莉艾拉開始環顧飄浮在吉克身邊的光點。她小時候前往精靈公園時，精靈的體型更大，還有蝴蝶、鳥兒或人類的形狀，現在的精靈卻是無形的脆弱模樣。

可是，這些光點一下子在「枝陽」店內嬉戲，一下子靠近到吉克身邊，看起來非常開心。

「精靈都很喜歡吉克，只要吉克能幸福快樂，祂們應該就滿足了吧。」

瑪莉艾拉脫口這麼說道，芙蕾琪嘉也笑著點頭。

「沒錯，瑪莉艾拉。正確來說，祂們應該是透過顯現在這個世界的精靈王之眼，感受到了自己的王——安妲爾吉亞吧。『精靈眼』是強化精靈之力的觸媒，所以就連這些沒有形體的弱小精靈也能現身在這個世界。祂們是很單純的，只要這裡是個舒適的地方，『精靈眼』的擁有者又是個好人，祂們就很高興了。早就已經滅亡的國家對精靈來說一點也不重要。」

「簡而言之，剛才那番話的重點是在精靈安妲爾吉亞被完全吞噬之前，消滅迷宮吧。」

維斯哈特忍住差點出口的嘆息，訴說早已明白的事實。說起來很簡單，但他們不知道花了多少時間與心力，好不容易才走到這一步。

「就是這麼回事。而且，沒剩多少時間了。」

「賢者閣下說得倒是簡單……」

芙蕾琪嘉的輕鬆語氣讓一直保持沉默的尼倫堡不禁出言反駁。他眉頭的皺紋比以前還要深得多了。

「哎呀呀，醫生，你的屁股額頭好深喔。別擔心啦。你們已經大概知道**原理**了吧？自從魔藥上市，就開始有人從外地來到這裡了。只要多派一些人進迷宮就好。就算只有一隻哥布林，積沙成塔也能削弱迷宮。讓整座城市的人都進入迷宮吧。」

「話雖如此，光靠外地來的人還是相當不足。這座城市有許多人都受了傷，無法進入迷宮。」

一派輕鬆的芙蕾琪嘉對上行事謹慎的尼倫堡。這兩個人正好相反。尼倫堡的毒舌在芙蕾琪嘉面前就會收斂許多，但她似乎不以為意。

「所以啦，我們不是有特級魔藥嗎？」

「可是，目前完成的特化型只有眼球，如果要治療完全失去手或腳的傷患，即使有特化型，也不代表喝了就能長出新的腳。」

可能恢復的體積有限，而且缺損後如果過了太長的時間，身體可能會遺忘健全的狀態，導致無法順利治癒的情形。

面對尼倫堡的擔憂，芙蕾琪嘉只是一笑置之。

「你在說什麼啊，辦得到吧？你不是因為沒有特級，一直都用高階魔藥治療嚴重的傷勢嗎？你有技術，也有知識。至於醫生欠缺的知識，羅布的腦袋裡有。」

聽到這番話，尼倫堡就無言以對了。他明明已經習慣被當成殘忍的可怕人物，雙手沾滿令人避諱的血腥，芙蕾琪嘉卻絲毫不介意，如此當面認可他的實力與成果，令他不知該如何是好。

尼倫堡再次陷入沉默，於是芙蕾琪嘉轉頭面向羅伯特。

「羅～布～聽到了吧，你有工作了。你要跟醫生一起治療貧民窟的所有居民。你以前也闖了不少禍，只要有特級魔藥，應該能做到很多事吧？啊，記得要請人家把治療費算在你的名下。自己的飯錢自己賺。等你治好所有人，我就把你的債務一筆勾銷。」

「咦咦……」

突然被點名的羅伯特明顯皺起眉頭。想當然耳——

「羅～布～」

啪啪啪啪！啪啪啪啪！

師父對一臉不滿的羅伯特使出彈額頭攻擊。

「又來了！好痛！好痛好痛好痛，這樣真的很痛，我知道了啦！」

雖然師父是這個樣子，羅伯特也真是學不乖。他看起來甚至很享受師父的彈額頭攻擊。難得的氣氛都被破壞了。

「唉……原來妳不是為了轉達我們亞格維納斯家的光榮歷史才叫我來的啊……」

羅伯特垂頭喪氣地從師父身邊走向尼倫堡，尼倫堡卻又無情地低聲對他說：「你能對那位賢者閣下懷抱那種幻想，我反而很驚訝。」

「醫生和羅布正好相反，但應該會是很好的搭檔吧？」

迷宮討伐軍此刻誕生了一對瘋狂的治療組合。雖然兩人在性格或嗜好方面不同，卻都能採取忽視社會常識的手法，可謂奇才。

因為芙蕾琪嘉的一句話，萊恩哈特得以窺見迷宮討伐軍甚至迷宮都市的一部分未來；他雖然感覺到輕微的暈眩，仍然開口說出自己該做的事。

「首先得戰勝赤龍才行。」

「是啊，哥哥。『精靈眼』已經回來了。除了安妲爾吉亞的庇佑，據說這種魔眼還有提高弓箭的精準度與威力的效果。」

如此回應萊恩哈特的維斯哈特轉身面向吉克，問道：「吉克蒙德啊，你願意助我們一臂之力吧？」

「義不容辭。」吉克強而有力地點頭，這麼答道。

「為什麼自己會在此刻取回『精靈眼』」——

他已經有了答案。

這隻「精靈眼」是安妲爾吉亞希望人們獲得和平與幸福的願望。

即使它寄宿在吉克的眼裡，仍然不能私自占有。

吉克應該用它來實現平凡少女「想要在這座城市過著悠閒的快樂生活」的平凡願望。為了守護這名少女居住的整個世界，精靈才會賜予這份庇佑。

聚集在「枝陽」的一行人都擁有同樣的意念與目的。

「明天就來討論詳情吧。」

或許是要立刻擬定計畫，萊恩哈特與維斯哈特沿著同一條地下路線離開，尼倫堡也帶著羅伯特搭乘馬車，回到了基地。

03

其他人都離去後，吉克在寧靜的「枝陽」店內對瑪莉艾拉問道：
「瑪莉艾拉，妳好像不怎麼驚訝。」
「嗯，我只是恍然大悟。遇見你之後不久，我們不是有去河邊做魔藥瓶嗎？那個時候，明明只有那麼小的爐灶，卻還是吸引了火蠑螈過來。祂最後還送戒指給我呢。我現在才發現，原來那是因為有你在。柴火快要燒完的時候，你不是有幫忙添柴嗎？明明只是添了普通的柴火，火蠑螈卻高興得轉了圈圈。原來精靈都知道你是誰呢。」
「而且……」瑪莉艾拉接著這麼說，走向後院。
一如往常矗立在此的聖樹就像是連日沒有澆水似的，葉片都已經下垂，看起來很疲憊。
「原來祢就是伊露米娜莉亞。」
瑪莉艾拉朝聖樹的根部潑灑許多含有「生命甘露」的水，對祂這麼說道。
「剛才的事情好像耗盡了祂累積的力量，所以暫時沒辦法現身了吧。」
聽到師父這麼說，瑪莉艾拉點點頭，溫柔地撫摸聖樹的樹幹。
「伊露米娜莉亞，真高興能再見到祢。」
伊露米娜莉亞是聖樹的精靈。為了表明自己的身分，祂與月光一起穿透了模仿聖樹的天窗，降臨在「枝陽」店內。
「可是啊，比起身為朋友的我，祢給吉克的葉子還比較多，會不會有點太過分了？」
伊露米娜莉亞也和火蠑螈一樣，早就知道吉克是什麼人了吧。比起瑪莉艾拉澆水的時候，吉克澆水的時候，祂給的樹葉還比較多。

「祢偏心啦。」瑪莉艾拉笑著對聖樹這麼說。即使能聽到瑪莉艾拉的聲音，祂也無法理解內容。因為這個地方現在仍然是魔物的領域。可是，一片葉子從聖樹上翩然落下，輕撫似的掉在瑪莉艾拉的頭上。

「啊，對了。師父，我還有事情想問妳呢～」

才剛經歷那場談話，師父就吵著說：「我肚子餓了，快點吃晚餐吧。」於是瑪莉艾拉一邊把事先做好的大餐擺到桌上，一邊這麼問道。

因為意想不到的狀況，慶祝的氣氛有點打折了，但吉克治好眼睛的事情無疑是件好事。幸好師父隨時隨地都處於派對模式，所以三個人還是能獨自慶祝。

「嗯～？」

師父啃著剛烤好的地龍肉。

「剛才的故事裡，不是有提到亞格維納斯家的祖先送了彩虹花給公主的事嗎？那該不會是……」

「哦～那個啊，是妳小時候做了一大堆的東西。哎呀～那些東西真的幫了大忙。羅布……啊，我是說兩百年前的羅布啦。因為我用高利息推銷給羅布，讓他出人頭地之後再分期付款，所以我大概有五年都不用擔心沒錢吃飯喝酒了呢！」

「果然沒錯……」

小時候的瑪莉艾拉沒有意識到，但自從跟師父一起住在「枝陽」起，她才開始感到好奇。

瑪莉艾拉實在無法想像師父工作的樣子。她以前到底是從哪裡取得生活費的？

「算了，幸好師父沒有做壞事。啊，師父，今天也只能喝一瓶酒喔！」

說完，瑪莉艾拉沒收了師父興高采烈地拿來的第二瓶酒，倒了水在她的酒杯裡。

吉克蒙德帶著完整的雙眼，平靜地注視著這幅平凡無奇的日常景象。

The
Survived
Alchemist
with a dream
of quiet town life.

04
book four

附章

歸途

Additional Chapter

「血緣魔藥嗎？這種魔藥本身是不難做，可是缺了『捲空草的雙胞種子』呢。師父～那種素材有沒有容易分辨的方法啊～？」

凱羅琳被平安救出的幾天後，瑪莉艾拉接到了稀奇的魔藥訂單。

訂購的項目叫作血緣魔藥。庶民不太熟悉的這種魔藥無法治療傷病，也不會為身體帶來特殊的效果，貴族首次帶子女出席公開場合時卻一定會用到，是一種非常高價的魔藥。

它能證明該子女的血緣關係，將子女的血滴入血緣魔藥之後再滴入他人的血，如果是親子關係，魔藥會呈現深紅色；如果是手足關係，魔藥會呈現橙色；如果是祖孫關係，魔藥會呈現黃色；血緣愈遠，顏色也就愈淡。重視血統的貴族若想證明子女真的是自己的親骨肉，這是相當重要的魔藥。

明明屬於高階的魔藥，卻要價一枚金幣。這個價格是普通高階魔藥的十倍。

雖然這種魔藥如此昂貴，難度卻與高階魔藥無異。高價的理由有一半是出於喜慶價格，另一半的理由在於捲空草的雙胞種子是一種非常昂貴的材料。

捲空草本身並不是什麼稀奇的東西，在秋天播種的話，現在剛好可以收成，是一種豆科的作物。不知為何，呈螺旋狀的藤蔓會往地面延伸，抵達地面就會硬化。它的藤蔓並不是為了纏繞其他物體，而是轉變成支撐自己的支柱，所以才會被稱為捲空草。它是很獨立的豆類，豆莢裡只有一顆豆子。相對地，它的豆莢很柔軟，豆莢和豆子都可以直接水煮來食用。這種豆類偶爾會出現一個豆莢有兩顆豆子的情形，這就是所謂的雙胞種子。先讓它成熟到可以播種的程度再取出，就可以當作血緣魔藥的材料。

因為要一一確認可播種的豆子才能偶爾找到，所以物以稀為貴。

聽到瑪莉艾拉的問題，大白天就在挑酒的師父似乎一點興趣也沒有，於是隨口回應：

「雙胞種子啊，只能靠毅力了～現在剛好是收成期嘛～加油吧。呃……啊！」

最後那聲「啊！」到底是什麼意思？

「對了～魔森林的小屋剛好有埋雙胞種子呢。真是太巧了～」

轉過身來這麼說的師父臉上掛著不自然的笑容，肯定是想到了什麼餿主意。

師父一改原本毫無興趣的態度，連聲催促：「快點去嘛，現在就去！」帶著吉克和瑪莉艾拉，共三人一起前往魔森林的小屋遺址。

（按照師父的個性，我大概能想像她同時埋了什麼東西……）

畢竟是師父沒有告訴瑪莉艾拉的儲藏地點，要猜出她偷埋的東西實在太簡單了。不過，瑪莉艾拉很高興事隔兩百多年以後還能跟師父一起前往魔森林的小屋，於是開心地跟在師父的身後。

「這還真是面目全非啊～」

師父就跟平常一樣開朗，看著以前跟瑪莉艾拉一起住的小屋目前的慘況。

師父對年幼的瑪莉艾拉說「歡迎回家」的小屋只剩下一小塊通往地下室的石磚地板，荒廢得連牆壁在哪裡都看不出來，早已被森林吞沒。就這塊地板也被大量的藥草遮住，除了瑪莉艾拉和師父以外，恐怕沒有人會發現這裡以前曾經有一棟小屋。

「啊，可是這裡是瑪莉艾拉第一次種的藥草田吧？庫利克草繁殖力很強，妳卻把它們種得很密集，結果它們就互相競爭，剩下了更頑強的幾株。真的很強耶，現在還有剩。還有這棵大樹，它是瑪莉艾拉用水果的種子種出來的。明明是雌雄異株的植物，瑪莉艾拉卻只種了雄株，每天都很勤奮地澆水，還問我：『師父～什麼時候才有水果可以吃？下個月嗎～？』但它是不可能結果的，當時我實在說不出口呢。」

彷彿能看見小屋在魔森林氾濫（魔物暴動）前的模樣，師父一臉懷念地說著往事。

「有發生那種事嗎……」

好像還記得，又好像遺忘的，令人懷念的記憶。

瑪莉艾拉跨越兩百年的時光，憶起那些日子的生活。吉克在師徒倆身後想像瑪莉艾拉小時候可愛的樣子，張開嘴巴傻笑。雖然他洩漏了一點可疑人物的氣息，但既然師父沒有對他放火，應該還在沒問題的範圍內吧。

「對了，我打算拿來**喝**……打算拿來用的雙胞種子在……」

「喝？妳要喝什麼東西啊，師父？」

面對瑪莉艾拉的追問，師父說著：「雙胞種子呢～」明顯假裝沒聽到，然後輕盈地跳進瑪莉艾拉進入假死睡眠兩百年的地下室。

「咦？那間地下室什麼都沒有啊。」

瑪莉艾拉吃力地跟在師父後頭爬進地下室，疑惑地問道。狹窄的地下室容納了師父、瑪莉艾拉和吉克，就擠得肩膀幾乎要碰在一起了。

「我看看，嗯，就是這裡。吉克，你用劍把這塊石頭撬開。」

師父所指的位置正巧是瑪莉艾拉進入假死睡眠時，鋪上魔法陣的正中央。

「這裡是最安全的地方，重要的東西就收在這裡。你們看，有了。」

師父指出的石磚和表面不同，是一塊薄薄的石板，吉克用劍尖一刺就輕鬆撬開了。把地上的石頭移開之後，下面有一個洞，約是雙手圈起來的大小，裡面藏著一個皮革袋子。皮革袋子裡的東西是用花蜜醃漬的捲空草種子，還有幾個酒瓶。

「啊～果然是酒！」

發現師父所藏的東西果然是酒，瑪莉艾拉這麼叫道。

瓶內的液體已經徹底變成奇怪的顏色，容量也非常少。變質成這樣，應該已經不能喝了。

放在一起的花蜜醃捲空草種子大概是下酒菜吧。腐爛到不留原型的種子已經乾燥，變成一堆謎樣物體。只不過，花蜜醃捲空草種子的瓶子旁邊還有另一個小瓶子，裡頭保存的雙胞種子是以「欺時花蜜」這種特殊花蜜醃漬，狀態完全看不出時間的流逝。

應該是師父製作或購買花蜜醃捲空草種子的時候偶然找到雙胞種子，所以才醃漬在「欺時花蜜」中，順便跟酒和下酒菜一起藏起來了吧。

而且還有另一樣東西。

「啊～酒果然不能喝了。不過這東西倒是還在。」

「咦？」

酒的保存狀態很差，已經酸得不能喝了。可是，既然這也在意料之中，愛酒成痴的師父很期待拿到的東西到底是什麼呢？

「呵呵呵，瑪莉艾拉，妳猜這是什麼～？」

「那……那是！」

師父從袋子底部取出的東西是幾張破破爛爛的紙片。墨水已經暈開，難以判斷上面寫了些什麼，但小時候做了這些紙片的瑪莉艾拉還是能想起那是什麼東西。

『敬師券。我要幫師父的忙。』

那些破破爛爛的紙片是小時候的瑪莉艾拉在某個紀念日送給師父的特別服務券。

「呵呵呵～使用這些券的時刻終於到了～！我想想～要請妳幫我做什麼呢～」

師父心情大好，瑪莉艾拉則抓住師父喊道：「請把那個還給我！」吉克緊盯著師父的動作，想趁機撿起她可能弄掉的券，同時收起完好的一瓶雙胞種子。

小時候送的「敬師券」讓瑪莉艾拉覺得非常難為情。那種東西明明沒有必要藏在最安全的地方。

結果，瑪莉艾拉為了把「敬師券」拿回來，只好幫師父的忙。就算沒有券，她平常也總是在幫忙就是了。

「我想吃用將軍油烤的半獸人肉！」

師父的第一項要求是用半獸人脂肪和半獸人王脂肪不斷攪拌而成的將軍油來烤半獸人肉。這種油無法使用魔法或技能來製作，完全是勞力的結晶。用它來烤半獸人肉的話……神奇的事發生了，便宜的半獸人肉竟然變得像半獸人將軍一樣美味，簡直是禁忌之油。

「了解～」

鍊成血緣魔藥之後，瑪莉艾拉走進廚房製作將軍油。和吉克相遇不久時攪個沒完才做出將軍油，又要再攪一次了嗎？

然而，瑪莉艾拉把半獸人脂肪放進盆子裡，再把整個盆子裝在攪拌機上，按下按鈕。

喀唰喀唰喀唰喀唰，喀唰喀唰喀唰喀唰喀唰。

攪拌機，超方便。而且馬力十足。

這就是人類兩百年來的進化！將軍油轉眼間就攪拌完成。好輕鬆，根本不需要吉克。

師父可能是不知道人類發明了這麼方便的魔導具，用目瞪口呆的表情看著香噴噴的半獸人肉在加熱魔導具上滋滋作響。師父很少會露出這種表情。

對於用魔導具做成的將軍油，師父說：「我感覺不到徒弟的愛……」好像有點失望，但瑪莉艾拉每天都用滿滿的愛在照顧師父，至少在「敬師券」這麼令人害臊的東西出現的日子，希望她能睜一隻眼閉一隻眼。

順帶一提，好不容易用料理換回的「敬師券」已經由吉克代替瑪莉艾拉收下，他還堅稱自己「拿去丟掉了」，所以這次恐怕被吉克藏到「枝陽」的某個角落了吧。

※ 補遺 ※

Appendix

安珀　♀ 29歲

擅於照顧人的巨乳美女。歷經苦難後終於與迪克結為連理。屬於不喜歡在他人面前恩愛的類型，所以迪克每次看到不介意在他人面前恩愛的沃伊德與愛爾梅拉夫妻，總是覺得羨慕不已。與外表相反，有著擅長理財的認真個性，新婚不久便到「枝陽」就職。瑪莉艾拉不在時，「枝陽」的生意也由她一手包辦。

艾蜜莉　　♀10歲

旅館「躍谷羊釣橋亭」的活招牌。到處向人推薦玉蜀黍的湯或茶，使周圍的人在不知不覺間把玉蜀黍說成「玉叔叔」，引發完形崩壞的恐怖分子……究竟是否真是如此不得而知，但她確實是個沒有戰鬥技能又早熟的普通女孩。迷宮都市的聖水中添加了她的頭髮。最近能在「枝陽」跟雪莉、帕洛華與艾里歐一起玩，她似乎很開心。

格蘭道爾　♂ 39歲

黑鐵運輸隊的盾牌紳士。腸胃虛弱，不適合吃肉類和油膩的食物，只能吃少量的蔬菜。因為如此，明明是戰士卻身材瘦弱、肌力不足，即使擁有強大的護盾技能也無法持盾。他當然也無法穿戴厚重的盔甲，因此才會辭去迷宮討伐軍的工作，加入黑鐵運輸隊。平常總是隨身攜帶雨傘代替盾牌，使用傘之盾牌強擊打敗壞人，有如「傳說中的勇者」。

伊露米娜莉亞

♀ ??歲

兩百年前引導瑪莉艾拉前往地脈的聖樹精靈。從魔森林氾濫（魔物暴動）中倖存，在「枝陽」成長茁壯。祂將瑪莉艾拉所澆的水中含有的「生命甘露」之力儲存起來，為了轉達安妲爾吉亞的危機而顯現在「枝陽」。與其他精靈一樣對吉克抱有好感，所以比起身為朋友的瑪莉艾拉，祂給吉克的聖樹樹葉特別多。

芙蕾琪嘉

♀ ??歲

具備精靈魔法與高階鑑定等驚人能力，由於狂放的性格而號稱「炎災賢者」的酒豪女子。雖然是瑪莉艾拉的師父，卻是綜合各種領域的師父型人才，所以瑣碎又麻煩的鍊金術等級很低。她的言行看似隨興，實則精準無誤，彷彿看穿了一切。其真面目充滿了謎團。

昆茨・麥洛克　♂52歲

洛克威爾自治區的代表。是個只有一半矮人血統的半矮人，兼具高超的政治手腕與矮人的自尊。因為在凱羅琳綁架事件發生的時機造訪迷宮都市而被懷疑與事件有關。看似是個麻煩人物，其實只要協助他達成矮人的夙願「無上之刃」，就能輕易拉攏他成為夥伴，相對而言是個好應付的大叔。

瑪莉艾拉師父（暫稱）的

鍊金術配方

《特級篇》

Master Mariera's

Alchemy Recipes

Special-Grade Edition

Special-Grade Heal Potion

地脈的治癒之力帶來的奇蹟！

特級魔藥

不論多重的傷，只要還活著就治得好！
連缺損的部位都能稍微恢復的奇蹟之藥。

【材料】 地脈碎片……寄宿在魔物體內的「生命甘露」結晶。
庫利克草……常見的藥草。藥效成分集中在葉脈之間。
龍骸菇……長在龍屍上的菇類，以殘留在外皮與骨骼裡的魔力為養分。
龍血……龍類魔物的血液。需要去除毒素。
人面樹果實……會用根部到處跑的活潑樹木結出的果實。使用成熟前的青澀果實。果實成熟就會長出嬰兒的臉，很噁心。
熱砂蠍毒液……棲息在熱砂中的蠍子所分泌的毒液。只能採到少量，一接觸到空氣就會變質。
克拉肯的黏液……海中軟體生物的黏液。可用史萊肯的黏液代替。

【份量】 地脈碎片……一個　庫利克草……一把
（一瓶份） 龍骸菇……一個　龍血……一匙　人面樹果實……一個
熱砂蠍毒液……數滴　克拉肯的黏液……半杯

Special -Grade Ʒyeball Specialized Potion

使失去的身體部位再生，專門治療眼球的秘藥。

眼球特化型特級魔藥

連吉克的精靈眼都治得好！眼球治療的最佳解！

【材料】 眼魔的水晶體……又名觀察者的眼球魔物體內的水晶體。
地脈碎片、庫利克草、龍骸菇、龍血、
人面樹果實、熱砂蠍毒液、克拉肯的黏液

【份量】（一瓶份） 眼魔的水晶體……治療對象所需的眼球分量一份
地脈碎片、庫利克草、龍骸菇、龍血、人面樹果實、熱砂蠍毒液、克拉肯的黏液……與特級魔藥等量

Sub-Materials for Special -Grade Potions

鍊成特級所需的副原料

特級魔藥的副原料

為了處理特別的材料，就需要特別的副原料。

【材料】 煤灰……矮人冶煉鋼鐵時產生的煤灰，用於分離熱砂蠍毒液。
苛性史萊姆溶液、史萊姆溶液……吃了鹽的雷屬性史萊姆的史萊姆溶液，以及牠噴出的氣體溶解到水中製成的溶液。
特製醋……以萊納斯麥為基底，用多種穀物和果實、數十種堅果調配而成的醋。熟成之後味道鮮美，但不能當作原料使用。

【份量】（一瓶份） 煤灰……一杯　苛性史萊姆溶液……一杯
史萊姆溶液……約一匙　特製醋……半杯

特級魔藥的做法

《1. 地脈碎片溶液》

以介於氣體與液體之間的超高溫高壓「生命甘露」溶解地脈碎片。

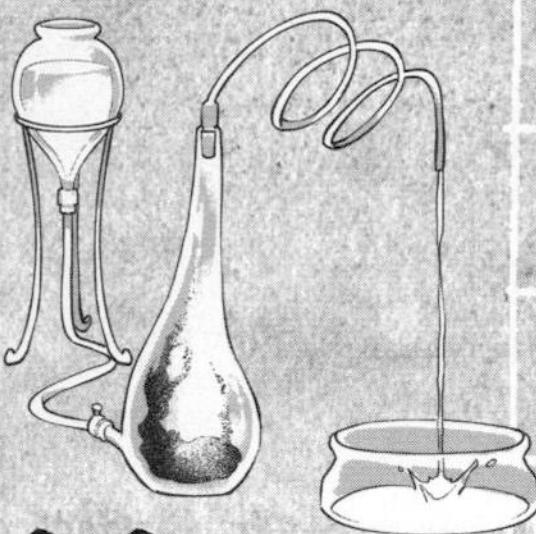

《2. 熱砂蠍毒液的處理》

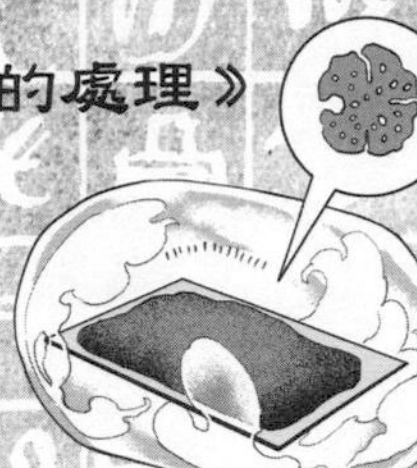

2-2

滴入熱砂蠍毒液之後慢慢水洗，以免沖掉吸附劑。接下來，用添加「生命甘露」的苛性史萊姆溶液將毒性成分從吸附劑分離，然後用史萊姆溶液中和。

2-1

把矮人冶煉鋼鐵時產生的煤灰與苛性史萊姆溶液混合成泥狀，在高溫高壓下靜置數小時，使煤灰變成具有細微孔洞的吸附劑。

《3. 其他材料》

3-2

從人面樹的青澀果實中取出種子，鑽洞倒出內部的液體。在液體中浸泡多吸思藤纖維製成的海綿，去除人面樹吸收的各種生物魔力後用酒精萃取。

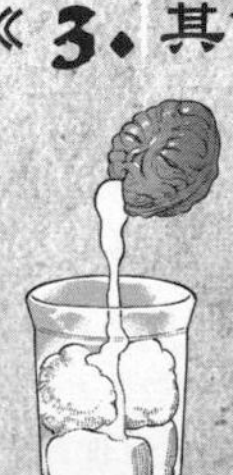

3-1

將龍血依序混入會在常溫下蒸發的油、液體的油、加溫過的固體油，然後分離以去除毒素。

3-3

以新鮮樹木也會起火的高溫烘乾龍骸菇，磨碎後用溫度低於冰點的水來萃取。庫利克草、克拉肯的黏液也要事先萃取或是「藥晶化」。萃取的過程都是使用含有「生命甘露」的溶劑。

《4. 眼魔的水晶體（眼球特化型）》

4-1

製作以萊納斯麥為基底，用多種穀物和果實、數十種堅果調配而成的醋。處理水晶體需要剛做好而帶有刺鼻臭味的醋。

4-2

把眼魔的水晶體切成薄片，在不變的溫度和壓力下烘乾，磨成粉並混入醋中。

4-3

以不沸騰的溫度煮到酸酸的氣味消失為止。過程中要添加含有「生命甘露」的水，使總量維持不變。

《5. 調合》

在地脈碎片溶液中依序添加庫利克草、克拉肯的黏液、人面樹果實、龍骸菇的萃取液之後，若是製作特化型則再添加眼魔水晶體的處理液。在整體混合均勻之前滴入熱砂蠍毒液，然後在整體混合均勻的瞬間添加龍血。直到最後都不能鬆懈！

！一點建議

處理地脈碎片的時候要配合它的感受來操控生命甘露喔。只要溫度和壓力調整適當，就算是低溫低壓也能輕易溶解。鍊成空間只要包裹在外面，避免生命甘露消失就夠了。

破限的時間
讓大家久等了！
我的故事要開始啦！
光蓋的生活中穿插著
第五集的關鍵字，
以粗體字進行下集預告的
超讚單元——
這就是「破限的時間」嘿！

想要守護重要的人們。想要取回重要的事物。

一切都為了這個願望——

瑪莉艾拉的腳步與吉克的努力，現在就要牽起命運之輪。

這一天，迷宮都市的大地產生強烈的地鳴。

「怎……怎麼回事！**魔物暴動**嗎！」

彷彿來自迷宮最深層的晃動襲擊了光蓋和師父，以及酒吧的客人與酒瓶，使得客人只得用**雙手**或**雙腳**，靈巧一點的人甚至用**腹部**接住從架子上飛出來的瓶瓶罐罐。

「這是地屬性的冬眠鯰魚引起的地震，不用擔心。」

不愧是博學多聞的師父。至於師父重要的酒，幾乎都被**奮起**的**愛德坎像個萬人迷**般捧在懷裡。根據師父的說法，地屬性的冬眠鯰魚平常沉睡在靠近水源的地下深處，每過數十年就會醒過來交配，**從地底下爬出來**而引發地震。

Limit Breaker's Time

「可是雨下得這麼大，地層會鬆動吧？」

在酒吧偷懶……蒐集情報的光蓋這麼說，看到窗外雨勢的師父發出「哎呀呀」的聲音。

「跟水屬性冬眠鯰魚的交配週期重疊了啊～睽違了**兩百年**呢。」

地屬性冬眠鯰魚的交配週期是七十年，水屬性則是三十年。這兩種冬眠鯰魚的週期每過兩百一十年才會重疊一次。只有一種是不會造成什麼損害，但若是兩種的交配期重疊，地震與大雨的災情就會擴大，有點棘手。

「光蓋，你看一下。這裡和這裡附近，形狀像蝶**翅隆**起的地形或許會發生土石流。要是不疏散居民，搞不好會**死人**。」

師父知道**安妲爾吉亞**王國時代的狀況，於是點出可能發生災害的地方，光蓋便從座位上站起來，準備救助災民。

「可惡，為什麼不選其他日子，偏偏要同時交配呢？」

「當然是為了**連結**(Links)兩個種族了。這兩個種族是可以交配的。對牠們來說，這就是**新世界的開始**。對了對了，外面下著大雨，萬一生出雷屬性就麻煩了。你最好穿著橡膠雨衣去。」

「知道了！我會準備應付四種屬性的啦！」

說完，光蓋趕回公會。**四種屬性**雖然不是祕密，**要**應付還是得由公會**全員出動**才行。

多虧光蓋率領的冒險者公會的活躍，迷宮都市沒有什麼重大損害，成功**跨越睽違兩百年的災厄**。隔天將近中午時，光蓋等人終於可以擺脫身上的悶熱雨衣，一回到公會便開始換衣服。

壯年男性長時間穿著橡膠雨衣進行肉體勞動，所以一脫掉悶得不得了的雨衣，一股鹹香便在公會中瀰漫。

「這個案子還**剩零**……**要**命啊！臭死了！『通風』！」

公會的女性職員工作到一半便使出「通風」魔法，把光蓋等人連同惡臭一起轟出門外。因為女性職員嫌臭而使冒險者公會的**主人被打倒**的故事因此流傳了一段時間。

※後記

第四集了。師父襲來，火焰～！

不，第四集不只有師父，還有瑪莉艾拉與吉克的成長、迷宮都市因為魔藥開始販售而大幅變化的模樣、凱羅琳的綁架事件以及將主角狠甩在後頭的羅曼史、馬洛先生家的沉重糾葛、吉克的「精靈眼」復原，還有魔森林氾濫（魔物暴動）的真相——在頁數許可之下，我盡量多加了一些內容，可是為什麼結束之後只留下了師父的印象呢？角色的個性或許塑造得太過強烈了。

那麼，暫且不論師父這位神祕美（？）女，故事終於揭露了「精靈眼」的祕密與兩百年前的真相。

吉克就是「擁有精靈眼的亡國繼承人」。在故事的構想階段，我也曾考慮過以吉克為主角的方案，但因為想走溫馨路線，所以決定讓他在瑪莉艾拉作著大口吃肉的美夢時獨自抱著苦惱，慢慢成長。因為吉克的設定太犯規了，甚至是以瀕死奴隸的狀態為起點。真是可憐。

這樣的吉克跨越了萬難，已經具備一定實力，所以下一集的他將會大為活躍。當然了，終於學會鍊成特級魔藥的瑪莉艾拉也是。

迷宮都市終於湊齊了「精靈眼」與特級魔藥，但問題依然堆積如山。

讓迷宮討伐軍傷透腦筋的赤龍依然健在，下方的樓層也還有許多強敵正在等著他們。可是，精靈安妲爾吉亞的生命已經是風中殘燭，剩下的時間不多了。

面對這個危機，瑪莉艾拉會做出什麼樣的魔藥呢？吉克、萊恩哈特與迷宮都市的人們又會怎麼戰鬥，開創自己的命運呢？待遇很悲慘的愛德坎會有春天來臨嗎？師父還是一樣喝個爛醉嗎？

而位於迷宮最深處的主人究竟是何方神聖……

第五集，故事終於要進入最後高潮。

最後，描繪令人驚豔的迷宮景色作為封面的插畫家ox老師、從進度安排到促銷等事務都一手包辦的清水編輯等角川的同仁，以及拿起這本書並閱讀至此的各位讀者、從網頁版便給我支持並提供溫暖感想的各位讀者，我要向你們致上由衷的謝意。

のの原兎太

のの原兎太

寵物兔總是在日出時分大吵大鬧，所以每天早晨約五點就會醒來。於是頭腦清醒的晨間時段便在撫摸兔子的情況下結束，有點浪費。

ox

插畫家。喜歡少年少女與非人生物、幻想風格的景色。
第四集了！一邊畫圖一邊想像畫面外的事物是很快樂的事。我也很想看看迷宮各個樓層的景色！……可是一定很危險，所以我並不想去。

史上最強大魔王轉生為村民A 1~2 待續

Kadokawa Fantastic Novels

作者：下等妙人　插畫：水野早桜

動盪的勇者來襲！
破格的「魔王」大爺詮釋的校園英雄奇幻劇第二集登場！

拉維爾學園的轉學生——席爾菲．美爾海芬，過去「勇者」莉迪亞率領之軍隊當中的重量級人物。她主張亞德就是「魔王」轉生體，監視著亞德，同一時間，校方收到逼迫校慶停辦的威脅信，亞德被迫處在謀略的漩渦當中，但他當然不可能屈服！

各 **NT$220/HK$73**

怕痛的我，把防禦力點滿就對了 1~6 待續

Kadokawa Fantastic Novels

作者：夕蜜柑　插畫：狐印

鬼影幢幢的第六階讓怕鬼的莎莉失去戰力!?
梅普露再度讓官方人員哀號連連！

鬼影幢幢的第六階讓好夥伴莎莉失去戰力！為了報答莎莉，梅普露開始探索之旅，而這次當然也不會有正常結果……手變多了？強制馴服史萊姆？最後還搞出BUG？正常運作的梅普露才是最可怕的超自然現象！官方人員哀號中的第六階攻略開幕！

各 **NT$200~220/HK$60~75**

叛亂機械 1 待續

Kadokawa Fantastic Novels

作者：ミサキナギ　插畫：れい亜

自動人偶×吸血鬼，
正義與反抗的新時代戰鬥奇幻！

對吸血鬼戰鬥用自動人偶「白檀式」將歐洲從吸血鬼軍的侵略下解救出來。事隔十年覺醒的第陸號水無月對戰後狀況感到愕然——海爾懷茲公國成了人類與吸血鬼和平共處的共和國。他認識了白檀博士的女兒嘉音以及吸血鬼公主麗妲，漸漸接受新的生活——

NT$220/HK$73

轉生成蜘蛛又怎樣！ 1~10 待續

作者：馬場翁　插畫：輝竜司

竟然有一群魔族意圖反叛!?
大肅清的時間到了！

「我」知道自己轉生到這個世界的原因了。可是，生活並沒有因此驟變，「我」至今依然待在魔族領地，專心找回實力。「我」製造出大量的偵查兵蜘蛛，把牠們派遣到世界各地，收集到源源不絕的情報……找到一群意圖反叛的魔族了！

各 **NT$240~250/HK$75~83**

我想成為影之強者！ 1 待續

Kadokawa Fantastic Novels

作者：逢沢大介　插畫：東西

中二病妄想全都變成現實？
主角威能×異世界轉生×會錯意喜劇降誕！

少年席德憧憬著以路人身分隱藏力量的「影之強者」——轉生到異世界後，席德設定的妄想敵人「迪亞布羅斯教團」似乎真的存在？同時，因為部下少女們「會錯意」，他一無所知地成了真正的「影之強者」！一行人建立的「闇影庭園」，將殲滅黑暗——

NT$260/HK$87

國家圖書館出版品預行編目資料

倖存鍊金術師的城市慢活記 / のの原兎太作 ; 王怡山譯. -- 初版. -- 臺北市 : 臺灣角川, 2020.05-
　冊 ;　公分. -- (Kadokawa fantastic novels)
譯自 : 生き残り錬金術師は街で静かに暮らしたい
ISBN 978-957-743-757-0(第4冊 : 平裝)

861.57　　109003326

Kadokawa
Fantastic
Novels

倖存鍊金術師的城市慢活記 4

（原著名：生き残り錬金術師は街で静かに暮らしたい 4）

2020年5月27日　初版第1刷發行

作　者：のの原兎太
插　畫：ox
譯　者：王怡山

發 行 人：岩崎剛人
總 經 理：楊淑媄
資深總監：許嘉鴻
總 編 輯：蔡佩芬
主　　編：朱哲成
美術設計：莊捷寧
印　　務：李明修（主任）、張加恩（主任）、張凱棋

發 行 所：台灣角川股份有限公司
地　　址：105台北市光復北路11巷44號5樓
電　　話：（02）2747-2433
傳　　真：（02）2747-2558
網　　址：http://www.kadokawa.com.tw
劃撥帳戶：台灣角川股份有限公司
劃撥帳號：19487412
法律顧問：有澤法律事務所
製　　版：尚騰印刷事業有限公司
ＩＳＢＮ：978-957-743-757-0